KB054679

안 올드한 미중년, 도서관 덕후의 세상 사는 이야기

너는 인문학 도서관에 산다

권 이 종

글샘 Writing Spring

안 올드한 미중년, 도서관 덕후의 세상 사는 이야기

너는 인문학 도서관에 산다

초판인쇄/2018년 3월 23일
초판발행/2018년 3월 30일

지은이/권이종
그린이/노경민
펴낸이/이종권
디자인/김영대
ISBN/979-11-963366-0-8

「이 도서의 국립중앙도서관 출판예정도서목록(CIP)은 서지정보유통지원 시스템 홈페이지(http://seoji.nl.go.kr)와 국가자료공동목록시스템(http://www.nl.go.kr/kolisnet)에서 이용하실 수 있습니다.
(CIP제어번호: CIP2018008157)」

글샘 Writing Spring
등록 제2016-000120
주소 : 서울특별시 송파구 동남로 113, 402호
전화 : 070-4306-5042/010-7351-8433
E-mail : 450345@hanmail.net
Blog : http://bellpower.tistory.com

머/리/말

일기를 쓴다

일기란 무엇인가. 일기는 너에게 설하는 삶의 특강이다. 일기는 네가 세상을 살아가는 방식의 기록이다. 일기를 쓰며 자신과 세상을 살피고, 매일 세상을 새롭게 맞이한다. 그래서 언제나 너의 세상은 새롭다.

책 제목을『너는 인문학 도서관에 산다』, 이렇게 붙여본다.

이 책의 예쁜 기획을 위해 자신의 일처럼 도와주신 세계동화 작은도서관 정소영 관장, 기발하고 재미있는 그림을 그려준 일신여중 3학년 노경민 학생, 베테랑 편집 전문가 대경북스 김영대 전무께 무한한 감사를 드린다.

2018년 3월

法鐘 권이종 拜

4

차/례

떨어지지 않는 꽃잎

서울 무지개

은하수를 건너서

흙

도서관을 넘어서

떨어지지 않는 꽃잎

떨어지지 않는 꽃잎

꽃은 피고 지고, 세월은 가고 ♪. 슬프지만 엄연한 자연의 현실이다. 그러나 또 해마다 새 꽃이 피고 지니 장기적으로 보면 그리 슬퍼할 일은 아니다. 언제나 새 꽃이 다시 피어나 그 덕분에 역사는 흐르고 그 맛에 생명은 산다.

너는 2016년 11월 4일 금요일 서울대 규장각에서 역사 강의를 듣고 관악의 늦가을 캠퍼스를 좀 걸었다. 단풍도 감상하고 운동도 하고, 사실은 귀가용 초록 버스를 타기 위해서였다. 그러나 이 가을, 너에게 운동과 단풍은 부가적 소득(extra profits)이다. 그런데 화단에 탐스럽게 피어 있던 나무수국(일명 불두화)이 꽃 형상을 유지한 채 그대로 말라 있었다.

"어, 이상하다. 꽃잎은 떨어지는 법인데 그대로 박제가 되어 버렸네. 이건 무슨 현상일까? 묵은 꽃이 떨어지지 않으면 다음해 새 꽃이 어떻게 피어날까? 저 꽃나무는 자연의 순환법칙을 모르는 걸까? 아니면 지어 놓은 작품이 너무 아까워 더 오래

간직하고 있다가 겨울 지나고 떨구려는 걸까?"

우리 사람들도 수많은 꽃을 피우고 수많은 역사를 쓴다. 어떤 역사는 흔적도 없이 사라지고, 어떤 역사는 박제가 되어 남는다. 수십억 인구가 살다간 그 수많은 역사, 정상의 역사, 비정상의 역사, 그들도 일부는 계속 박제가 되어 우리 곁에 문화재라는 이름으로 남는다.

책도 그 박제 문화재 가운데 하나다. 하지만 책은 생명을 간직하고 있다. 책은 삶을 말하고 있으니, 특히 고전은 삶의 지혜를 말하고 있으니 비록 표면상으로는 박제되어 있다 할지라도 내면적으로는 큰 생명력을 발휘하며 인류문명을 계속 확대 재생산하여 온 것 아닐까?

우리들은 문화재를 통해 우리가 오래 살았음을, 400만 년이나 살아왔음을 안다. 어떻게 살아야 할 것인지도 가늠한다. 지지고, 볶고, 싸우며, 그렇게 비정상적으로 또는 정상적으로 살아 왔음을 안다. 그런데 지금 우리는 문화재와 고전을 통하여 배운 바가 적어 그런지 또 세상을 이상하게 만들고 있다. 비정상의 정상화라는 슬로건과는 반대로 정상의 비정상화를 실현하고 있으니.

너는 어쩌려고 출판사를 등록했다. 책을 만들고 싶은 욕심 때문이다. 특히 고전을 다시 현대 언어로 쉽게 풀어주는 책, 새로운 세대에게 고전의 맛을 일깨워 주는 책, 그래서 새 세대의 삶을 정상적으로 꽃 피게 할 수 있는 책, 그런 책을 만들고 싶다. 도도한 역사 속에서 저 수국처럼 한 떨기 영원한 아름다운 생명을 약속하고 싶다.

당신이 오심은 우연이지만
마음을 나눔은 영원입니다.

서천 국립생태원 여행

2016년 8월 11일 백 교수님의 제안으로 서천 국립생태원을 함께 여행했다. 원래는 서천군 투어버스를 이용할 예정이었으나, 버스투어 신청자가 적어 서천군에서 운행을 안 한다고 해 그냥 우리끼리 자유여행을 했다.

새벽 5시에 서울을 출발하여 수원역에서 6시 59분 익산행 열차를 타고 9시 40분 장항역에 내렸다. 작열하는 태양을 달게 받으며 국립생태원에 들어섰다. 그 규모가 놀라웠다. 그래서 해설사가 해설하는 시간을 기다려 안내를 받기로 했다.

해설사의 안내는 10시 30분에 시작됐다. 생태원에는 지구상의 온갖 동물과 식물이 함께 살고 있었다. 역시 생명은 공존과 약육강식의 조화다. 생물의 먹이사슬, 처음 보는 신기한 식물, 해양생물, 각지의 동물들로 가득했다. 해설을 듣지 않고는 그들을 이해하기가 쉽지 않은 상태. 2시간 동안 걸어 다니면서 설명을 들으니 12시 30분, 전부 이해하지는 못하겠다. 우리는 민생고를 해결하러 곧 그곳을 떠났다.

대중교통편이 없어 택시를 타고 서천 해물시장으로 가니 상인들은 꽉 차 있는데 손님들은 별로 없었다. 여름철 성수기일텐데 경기가 좋지 않은가 보다. 우리는 곧 2층 식당으로 가서 싱싱한 회를 먹었다. 서울에서는 2만원이면 먹는 광어회를 5만원이나 받았다. 관광지의 바가지 요금인가보다.

식사 후 또 택시를 불러 타고 문헌서원으로 갔다. 문헌정보학도라서 문헌서원이라는 이름이 반갑다. 고려 말의 충신 목은

이색을 모신 서원이라는데 작은 캠퍼스 그리고 그 주변이 깔끔하게 정리되어 있다. 한복과 망건을 쓰고 공부하는 분들도 몇 명 보였다. 그래도 이 마을은 한학을 유지하고 있는 것 같다.

한증막처럼 찌는 날씨, 우리는 문헌서원을 주마간산하고 다시 한산모시홍보관으로 갔다. 거기도 관광객은 없고 상인들만 있었다. 모시 옷 한 가지에 30만원이 넘는 가격이 우리 같은 서민에겐 와 닿지 않았다.

시각은 어느 새 오후 3시 30분, 버스 정류장이 있어 기다리니 곧 버스가 왔다. 그래서 이번엔 저렴한 시내버스를 타고 서천역으로 갔다. 원래는 6시 40분 차표를 예매했었지만, 4시 차가 있다기에 표를 바꾸어 4시 열차에 올랐다. 날도 덥고, 교통도 불편하고, 열차에서 실컷 잠을 잤다.

2016.8.12(금).

보이게 일하라, 그러나 겸손하게 일하라

최근에 『보이게 일하라』는 책이 관심을 끌고 있다. 몇 달 전에 나온 책이다. 저자는 아마 경영 컨설턴트인 것 같다. 그의 책 『일본 전산이야기』는 한 때 베스트셀러였다. 『보이게 일하라』는 그 제목만으로도 이 시대 사람들의 관심을 끌만하다.

예전에 '암글'과 '수글'이라는 용어가 어른들 사이에서 있었다. "그 사람은 아는 것은 많은데 암글이라서 써 먹질 못해." 뭐 이러한 이야기다. 그런 암글 소유자가 우리 동네에도 있었다. 당시는 한문을 알면 글을 잘 안다고 했다. 그런데 수가 좁아서 그 아는 바를 써먹지 못하고 그냥 노동일만 하는 것을 암글이라고 했다. 그러나 학생들을 가르친다든지, 동네일에 당당하게 나서서 합리적으로 따진다든지, 아는 바를 사회적으로 써먹으면 그 사람은 여러 사람들로부터 칭찬을 받았다.

현대는 경영의 시대다. 그래서 과거의 사고방식대로 묵묵히 일만 하면 그 업적이 잘 드러나지 않는다. 다른 사람들과 소통

을 하면서도 본인의 실력을 발휘하여 열심히 일하는 것, 그것이 오늘의 경영인의 모습이 아닐까 싶다. 아무리 금덩어리 같은 아이디어를 가지고 있어도 표현하지 않고, 묵묵히 자기 주어진 일만 해 가지고서는 무능한 사람으로 치부되기 십상이다. 『보이게 일하라』는 책은 바로 그러한 점을 지적하는 책이 아닐까 싶다. 그래서 그 책을 꼭 구해 읽어보아야겠다.

그러나 한 가지 주의할 점은 우리는 보이게 일하되 항상 겸손해야 한다는 점이다. 선무당이 사람 잡는다는 말이 있다. 조금 아는 걸 가지고 침소봉대하며 나서는 것은 오히려 역효과를 내기 쉽다. 보이게 일하되 합리적이고 겸손하게 일하라. 그리고 실제 성과를 내보여라. 보는 것이 믿는 것이다(to see is to believe).

2016. 8. 12(금).

마이신과 마이산

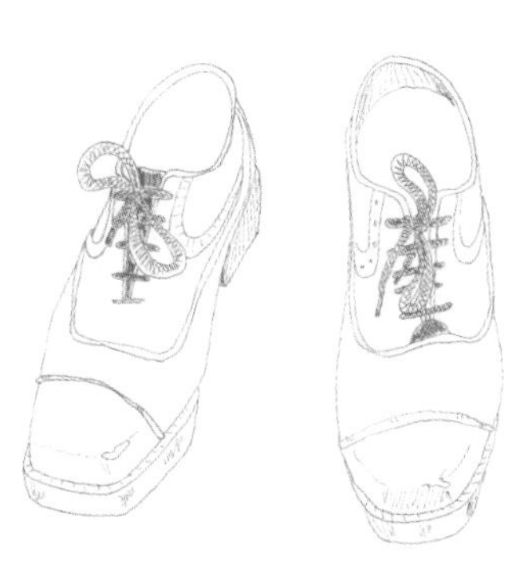

최근 잠실 지하상가를 지나다가 신발 가게 '마이신'을 발견했다. 어찌 보면 의약품 이름 같기도 한데 참 기발한 이름이라고 생각되었다. '나의 신발'이 마이 신인 것이다. 단어 조합이 영어와 한국어라 좀 안 맞기는 하지만. 그러면서 예전에 누이와 같이 가 본 마이산을 떠올렸다. 말의 귀를 닮아 마이산(馬耳山). 마이산은 진짜 말의 귀를 닮았다. 정말 특이하고 신기하다.

그런데 오늘은 '마이'라는 단어가 너에게 다가왔다. 내 것이라는 것, 내 것은 내가 선택한다는 것, 너의 신발도, 너의 책도, 너의 애인도, 다 네가 선택한

다는 것, 너의 산야, 너의 여행지도 다 네가 선택한다는 것, 그것이 마이의 의미인 것 같았다.

어제는 서천 여행을 마치고 오면서 수원역에서 정말 많은 인파를 보았다. 그러면서 저 젊고 싱싱한 사람들이 많이 활동하고 있으니 너는 이제 멀리 떠나도 되겠다는 생각을 해 보았다. 그래서 너의 생도 이제 마감할 때가 된 것은 아닌지 의심해 본다. 아, 그래도 너의 할 일은 다 하고 떠나야 되겠지. 이제 너의 시간이 많은 것 같지가 않다.

2016. 8. 13(토).

위대한 중학교

인생 65년. 그래도 인생이 무엇인지 잘 모르겠다. 모든 걸 내려놓아도 잘 풀리지 않는 인생, 네가 아직 무언가 집착하는 게 있나보다. 제 허물은 모른다는 게 예전 사람들의 말씀이었지. "남의 흉 보거라 말고 제 허물 고치 과져." 어떤 시조에 나오는 글귀다. 그렇다. 누구나 제 과오는 모른다. 그걸 안다면 성인에 가깝다. 그래서 사람은 언제나 겸손해야 하나보다.

어떤 사회문제가 있을 때 누구나 저마다 의인이고 옳다. 그러나 잘 따져보면 그 나물이 그 나물이다. 별로 깨끗하지도 못한 사람들이 자기들은 깨끗하다고 한다. 이 글을 쓰는 순간 텔레비전에서 중학생이 되면 행복하지 않다고 나왔다. 전 과목을 공부하여 시험을 보아야 되기 때문이란다. 그런데 그게 얼마나 행복한 일인가. 열심히 공부하여 새로움을 알아가는 그 청순한 소년, 소녀, 너는 정말 그 때로 돌아가고 싶다. 그런데 그 시절에 이른 소년소녀들이 행복하지 않다니, 하하, 아직 인생을 덜 살아봐서 그럴 것이다.

너는 중학교 때의 에너지를 지금도 유지하고 있다. 그 때의 신기함, 그 때의 희열, 그 때의 학구열이 평생 이어진 것 같기도 하다. 월사금 때문에 돈 걱정을 했지만 그래도 그 때의 지식과 지혜에 대한 열망을 지금도 잊지 못한다. 깨우침은 고등학교나 대학에서도 있을 수 있겠지만 너의 경우는 중학교 때 싹튼 것 같다. 세계를 알게 해준 그 계명중학교. 오늘 중학교 때의 짝꿍과 전화통화를 했다. 그 친구는 중학교를 졸업한 후 고등학교를 가지 못하고 농촌지도 공무원 시험에 합격하여 평생 농사기술을 지도하며 운전기사를 둔 농업기술센터 소장까지

지냈다. 은퇴한 뒤에도 지금 논산에서 딸기농사를 짓고 있다고 한다. 참 위대한 너의 친구다.

중학교는 위대하다. 인생은 중학교 시절에 윤곽이 잡힌다. 그 때 별 볼일 없으면 인생 별 볼 일 없다. 네가 느끼기엔 그렇다. 그러니 교사들은 14세부터 16세까지의 중학 인생들을 잘 안내할 일이다. 도서관은 특히 중학생들에게 신경을 써야 한다. 우리는 중학생을 위한 도서관 서비스가 별로 없다. 그러나 중학교의 중요성을 생각한다면 모든 중학교에 도서관과 사서교사를 두어야 마땅하다. 공공도서관도 청소년을 위한 서비스를 적극 개발해야 한다. 그런데 우리 교육당국은 이런 걸 아는지 모르는지.

2016. 8. 13(토).

오늘의 한 시간은 내일 두 시간의 가치가 있다

One hour today is worth two tomorrow.

오늘의 한 시간은 내일 두 시간의 가치가 있다.

원래 번역은 “오늘의 한 시간은 내일의 두 시간 가치가 있다.”로 되어 있는데 조사의 위치를 좀 바꾸었다. 가락동 인터넷진흥원 남자화장실 소변기 위의 작은 액자에 있는 글귀다. 이는 다시 말하면 오늘 할 일을 내일로 미루지 말라, 이런 뜻인 것 같다. 그런데 이 말이 너무 진부해졌으니 새로운 표현으로 다시 쓴 것이다.

산술적으로는 오늘의 한 시간이 내일의 두 시간일 수 없다. 그러나 일에는 타이밍이라는 게 있으니 무슨 일이든 타이밍을 놓치지 말라는 뜻 같다. 오늘 할 일을 오늘 다 하는 것이야말로 인생을 성공적으로 사는 방법일 것이다. 말은 쉽지만 실제로는 매우 어렵다. 그러나 화장실에 있는 이런 글은 화장을 하는 동안 잠시라도 생각하게 해주어서 좋다. 이를 화장실 인문학이라고 하면 어떨까. 화장실에서도 생각하는 것, 어떤 분은 화장실에 사전을 비치해두고 있다. 평소에는 보지 않는 사전이니 일도 보고, 사전도 보고, 생각도 좀 해 보는 그런 시간의 여유를 갖고자 해서일 것이다.

이제 방학도 보름밖에 남지 않았다. 그런데 네가 계획했던 일은 절반도 못 했다. 매일 빈둥거리며 잡 글이나 쓰고, 원근의 여행을 즐기면서 방학의 자유를 누리다 보니 해야 할 일이 순연되어버렸다. 그 일들을 하자면 또 몇 달 걸리게 생겼다. 방학 한 달에 할 일을 개학하면 두 달은 더 해야 할 것 같다. 조금이라도 만회를 위해 서둘러야겠다. 그러니 화장실에 있는 저 말이 정말 진리 아닌가.

2016. 8. 13(토).

우등버스 승객의 윤리

모처럼 우등버스를 타고 여행을 했다. 서울에서 세종까지. 우등 버스는 좌석이 일반 버스보다 넓다. 일반 버스의 좌석은 45석, 우등버스의 좌석은 30석 정도 되는 것 같다.

네 좌석은 오른 편 창 쪽의 외줄로 배치된 단독 좌석이었다. 그래서 좀 편하게 가겠거니 생각했다. 그런데 이변이 일어났다. 바로 앞좌석의 승객이 예고 없이 의자를 뒤로 재껴 내 얼굴을 덮쳤다. 안경이 벗어지려는 찰나에 너는 얼굴을 피했다. 다행히 상처는 나지 않았다. 그 청년은 또 뒤를 한 번 휙 돌아보더니 다시 의자를 한 단계 더 재껴 침대처럼 만들었다. 그리고는 방자하게 누워서 스마트폰으로 동영상을 보기 시작했다. 그의 장배기가 네 코앞 30cm 정도로 가까워졌다.

네 앞 공간이 그의 침대 밑으로 들어가 다리를 두기도 불편했다. 그래서 너도 의자를 약간 뒤로 재껴 공간을 좀 확보했다. 앞 사람에게 말을 해볼까 하다가 그냥 참았다. 싹수가 없어 보여 괜히 한마디 했다가는 봉변을 당할 것 같았다.

그렇게 2시간. 그러면서 버스회사에 의자를 좀 개선하면 좋겠다고 건의하기로 마음먹었다. 의자를 한 45도 정도만 재껴지게 만들었으면 좋겠다고. 그래야 뒤 승객이 불편이 없겠다고. 이제 승객들의 윤리를 기대해서는 안 되겠다고. 지하철 탈 때 내리기도 전에 타는 걸 보라고, 어딜 가나 이제 배려의 윤리는 없으니 기계적으로 질서를 잡을 수밖에 없겠다고. 참 나.

2016. 8. 13(토).

철도 독서문화 운동을 제안함

2016년 8월 11일(목), 백 교수님과 장항선을 타고 서천 국립 생태원에 여행을 갈 때의 일이다. 열차에 타자 마자 백 교수님은 작은 가방에서 책 두 권을 꺼내 너에게 한 권을 건네주었다. 열차에서 책을 읽자는 제안이었다. “아, 좋지요, 감사합니다.” 하며 책을 받아들었다. 죽음에 대비하는 심리학에 관한 책이었다. 요즈음은 죽음에 관한 책도 서점에 제법 나와 있다. 너도 나이가 드니 그 주제에 대하여 관심은 있었지만 미처 사지는 못했었다.

책을 펴들고 머리말과 목차부터 읽기 시작했다. 그런데 열차 내 조명이 어두워 읽기에 영 불편했다. 더구나 열차가 터널에 들어갈 때는 책을 읽을 수 없었다. 읽다가 덮었다가 맥이 끊기고, 재미도 없고 해서 30분도 못가 책을 덮고 말았다. 그 교수님도 마찬가지였다. 책은 다시 백 교수님 가방 속으로 들어갔다. 그러면서 창밖을 보다가, 졸다가, 대화를 나누다가, 물을 마시다가 하며 목적지에 도착했다. 그러나 독서를 못한 아쉬움이 남았다.

요즘은 사람들이 지하철이나 열차에서 책을 잘 읽지 않는다. 특히 스마트폰이 나온 이후로 남녀노소 누구나 스마트폰을 들여다보느라 정신이 없다. 아니면 주무시거나. 책이나 신문을 보는 사람은 눈을 씻고 봐도 없다.

그런데 그날 겪어보니 열차에서는 책을 읽고 싶어도 조명이 어두워 읽을 수 없는 형편이었다. 열차의 조명은 잠이나 자라는 조명, 아니면 스마트폰 화면이나 보라는 조명 같았다. 스마트폰 화면은 어두운 데서는 더 잘 보이지.

이래저래 열차에서는 책을 읽지 않게 되었는데, 그러나 아직 우리같이 책을 읽고자 하는 백성도 좀 있으니 좌석마다 승객이 선택적으로 켤 수 있는 독서등을 달았으면 참 좋겠다. 아니면 각 열차의 한 칸을 독서열차로 지정하여 독서환경을 조성해 주면 그 분위기에 따라 사람들이 책을 읽을 수 있을 것이다.

철도도 이런 독서문화마케팅을 좀 하면 어떨까? 표를 살 때 독서 좌석을 선택할 수 있게 한다든지, 열차 도서관의 책을 보다가 다 못 보면 대출을 해주면 어떨까? 컴퓨터가 좋으니 그런 철도망 도서 유통관리는 어렵지 않은 일일 텐데. 우리가 문화강국이 되려면 생활의 도처에서 독서를 부활시켜야 한다. 열차독서운동, 열차도서관 운동은 철도 인문학의 기초일 것 같다.

2016. 8. 14(일).

작업

10여 년 전부터 작업이라는 말이 좀 이상한 뜻으로 사용되어 왔다. '작업을 건다', '작업에 들어간다'라고 할 때는 남녀 간에 연애를 시도한다는 뜻으로 쓰였다. 또 언젠가 차범근 축구 해설가가 축구경기를 해설할 때 '공격 작업'이라는 말을 써서 재미있는 표현이라고 인구에 회자되기도 했다.

작업은 지을 作, 업 業으로 업을 짓는 것이다. 업이란 다른 말로 하면 일이 된다. 그래서 작업은 일을 한다는 뜻이다. 우리말에 업이 들어가는 단어가 많다. 학업, 수업, 졸업, 취업, 사업, 자영업, 농업, 공업, 광업, 상업, 수산업, 유통업, 업적, 업무처리…, 불교에서는 업이라 하면 이 세상에 살면서 지은 선업(善業, 착한 일), 악업(惡業, 악한 일)을 다 포함한다. 죽으면 저승에 들어가는 문에 업경대(業鏡臺)라는 거울이 있는데 그 거울을 지날 때 살아서 저지른 온갖 선업과 악업이 다 드러나 극락과 지옥을 가름하는, 양형판단의 증거가 된다고 한다. 업경대는 누이의 글을 보고 알았다.

오늘 중학교 도서관에 근무하는 공부 잘하는 제자가 찾아와 학교도서관 가이드라인 번역과 교열 작업을 같이 했다. 영문을 우리말로 번역하여 번역된 우리말이 적절하게 잘 표현되었는지를 살펴보는 작업, 너는 번역을 계속하고 그 학생은 네가 번역한 것을 꼼꼼하게 읽으며 교정을 하고, 그래서 이제 거의 완성 단계에 와 있다. 몇 달 전부터 시작한 일이지만 방학이 되니 날은 덥고 또 돌아다니느라 진도가 잘 안 나갔었는데 오늘은 좀 속도가 붙었다. 그래서 팀워크가 중요한가보다. 따로 따로 각기 혼자서 일을 하면 너무 자유스러워 일이 진척이 잘 안 되는데 같이 이웃하여 작업을 하니 상호통제가 되어 그런지 진도가 많이 나갔다. 이제 내일이면 초벌 번역이 끝나니 저기 고지가 보인다.

어떤 일이든 작업에는 의지와 열정이 필요하다. 좀 힘이 들어도 열정적으로 일을 지속하는 끈기, 그것이 일을 만들어 낸다. 그런데 그 열정에는 동기가 필요하다. 이 일을 완성하면 무엇인가 보람이 있을 것이라는 기대, 그것이 돈이든 명예든, 그 기대의 크기가 동기의 크기일 것 같다. 기대가 크면 실망도 크다는 좀 부정적인 말도 있긴 하지만, 일을 하려면 일단 기대가 커야 한다. 이 일을 함으로써 무엇인가 업적을 남기고, 학교와 도서관계에 기여할 수 있다는 뭐 그런. 오늘 작업은 좀 보람 있는 작업으로서 다른 학자들이 나서지 않은, 의미 있는 선업이었다고 스스로 위로해 본다.

2016. 8. 15(월).

면접

면접이란 얼굴을 맞대고 대화를 하여 인재를 뽑는 채용의 한 과정이다. 직접 얼굴을 보고 이야기를 나누어보면 어느 정도 지원자의 인성을 파악할 수 있다. 이력서에 나타나는 학력이나 경력이 아무리 좋아도 서류상으로는 인성이나 태도가 잘 나타나지 않기에 인재 선발에서 면접은 꼭 필요한 과정이다.

오늘 영등포 모 도서관의 면접관으로 참여했다. 그래서 너는 질문 거리를 좀 메모해 가지고 갔다. 우선 인성과 성격을 파악하기 위해, 아주 친한 친구는 몇 명 쯤 되는지? 본인의 성격은 어떻다고 생각하는지? 평소 인사를 잘 하는지? 후배에게도 먼저 인사하는지? 서비스 경영이 무엇인지? kinesics, body language란 무엇이고 왜 중요한지? 변화와 변덕은 어떻게 다른지?

근면성, 책임감, 신기술 적응력 등을 파악하기 위해, 일상생활에서 본인의 장점과 단점은 무엇인지 사례를 소개해 보시라.

컴퓨터 프로그램의 활용 능력은 어느 정도인지? SNS는 어떻게 활용하는지? SNS에 자주 글을 올리는지, 아니면 개설만 해놓은 상태인지. 댓글은 잘 다는 편인지? 이상한 댓글은 어떻게 처리하는지? 정보사회의 변화를 어떻게 파악하고 대처하는지?

설득력, 협동심을 알아보기 위해, 바쁜데 친구나 동료가 개인적인 일이나 업무를 부탁한다면 어떻게 할 것인지? 공동 작업이나 이벤트가 있을 경우 어떻게 대처할 것인지? 상사가 개인적인 일을 시키면 어떻게 할 것인지? 동료가 급히 돈을 빌려달라고 하면 어떻게 할 것인지?

전문성을 알아보기 위해, 본인이 좋아하는 주제 분야는? 본인의 독서습관은? 최근에 읽은 책과 그 대략적인 내용은? 도서관 분류와 저자기호의 기능은 무엇인지? 도서관과 박물관은 어떻게 다른지? 서점과 도서관은 어떻게 다른지? 도서관의 사회적 의미는 무엇이라고 생각하는지? 도서관 프로그램은 어떠해야 한다고 생각하는지? 도서관과 평생교육은 어떤 관계가 있는지?

기록과 평가의 중요성을 이해하고 있는지를 알아보기 위해, 평가는 왜 필요한지? 기록은 왜 중요한지? 일기를 쓰는지? 업무일지는 왜, 어떻게 써야 할까? 평가는 왜 필요한가? 설문조사에 응해보고, 설문지를 작성해보았는지. 통계분석프로그램

SPSS를 사용할 수 있는지?

그런데 면접현장에 가니 이런 사항들을 물어볼 시간 여유가 없었다. 전부 계약직, 임시직이라 물어보기에 적당하지 않은 질문도 많고, 지원자는 많고 면접관은 3명이라 네가 준비한 이런 요소를 다 물어본다는 것은 사실상 어려웠다. 그래도 짧게나마 지원자들의 면면을 살펴보니 나름대로는 좋은 사람도 눈에 띄었다. 어느 직장, 어느 직종에서나 가장 중요한 것은 인성과 판단력인 것 같다. 인성은 언어와 태도에서 나타난다. 예전에 서울연수원에서 들은 이야기가 생각난다. 人事가 人事다, 그 人事가 바로 그 人事다.

2016. 8. 16(화).

18

잔머리 큰머리

요즘은 참 이상한 병도 많다. 한때는 에이즈가 무서웠는데, 작년에는 메르스(MERS : Middle East Respiratory Syndrome, 중동호흡기증후군 中東呼吸器症候群)가 찾아와 의료 강국 대한민국의 일류병원을 강타했다. 그러더니 이제는 남아메리카 발 소두증(小頭症, microcephalia)이 머리 좋은 호모사피엔스를 위협하고 있다. 그런데 이런 병들의 전염은 많은 부분 인간의 무절제한 성행위와 관련되어 있다는 것도 특이하다. 이번 브라질 리우올림픽이 끝나면 또 어떤 일이 벌어질는지, 무지한 인간으로서는 예측하기 어렵다.

의학지식이 거의 없는 사람이 이런 글을 쓰는 것은 당치 않은 일이지만 너도 이 지구에 발붙이고 사는 인간이기에 그냥 인문적인 입장에서 잠시 생각해 본다.

너는 예전에 "頭大曰 將軍, 足大曰 盜先生" 이라는 우스개를 들어본 적이 있다. 머리가 크면 장군이고 발이 크면 도둑이라는 뜻이다. 이 말은 웃기려고 지어낸 말이라 논리적으로는 합당하지 않다. 그러나 머리가 크면 머리가 좋다는 일반적 인식은 좀 있었던 것 같다. 그래서 너는 머리가 작고 얼굴도 작은 편이라 은근히 고민을 한 적도 있다. 네가 공부를 잘 못할 것 같은 걱정도 좀 있었다. 그러나 세월이 지나가니 얼굴이 쓸데없이 큰 사람들이 많아서인지 얼굴 작은 게 더 예쁘다는 인식이 생겨나고, 너도 공부를 그리 못하는 편은 아니어서 그러한 걱정은 사라져버렸다.

그런데 이상한 것은 요즘엔 머리가 크고 좋은 사람들이 잔머리를 잘 굴린다는 것이다. 요즘 신문을 장식하고 있는 S대 법대를 나온 아무개 부장검사와, 같은 학교 컴퓨터공학과를 나온 동기생이 함께 굴린 잔머리가 그 좋은 사례라 할 것이다. 이 사건에 대해서는 2016년 8월 17일(수)자 신문과 방송에 다 있으므로 여기서 더 말하면 장황해서 못 쓴다. 또 이번 사건 말고도 머리좋은 사람들이 잔머리를 굴려 저지르는 사회 비리가 얼마나 많은가? 이러한 잔머리 굴림 비리들은 세계적인 현상이기도 하다. 어딜 가나 사기꾼이 많아 무서운 지구촌, 그래서 세계는 위험사회로 변모되고 있다.

그런데 이러한 현상을 치유할 수 있는 주체는 인간뿐이라는데 문제의 심각성이 있다. 스스로들 알아서 평화롭고 행복한,

정직한 사회를 만들어가야 하는데 머리 좋은 사람들이 정신을 못 차리고 잔머리를 굴려대니 어떻게 할 것인가. 그래서 저 하늘에 계신 위대한 조물주가 정신 좀 차리라고 모사꾼인 모기(mosquito)를 동원하여 소두 바이러스를 만들어 우선 남미에 공급하고 있는지도 모른다.

"너희 머리 크고 좋은 인류야, 그렇게 잔머리를 굴리고 싶나? 그렇게 잔머리를 굴리고 싶다면 내가 아예 잔머리를 만들어 주마." 하면서 내린 조물주의 형벌이 소두 바이러스는 아닐는지?

오늘 너도 반성하는 의미에서 잔머리를 굴려본다. 인류여! 정직하라. 정직이 최선의 정책이다(Once Benjamin Franklin said "Honesty is the best policy.").*

2016. 8. 17(수).

* 출처 : 중학교 영어교과서 〈Tom and Judy 3〉, 대동문화사, 1966. 37쪽

복날은 간다

금년도 엊그제부로 덥다는 복날은 다 지나갔다. 삼복(三伏)더위가 간 것이다. 그런데도 아직 날씨가 예전 같지 않게 폭염이 지속되고 있다. 이제 복날을 두 개 쯤 더 만들어야 할 것 같다. 초, 중, 말복이 아니라 1, 2, 3, 4, 5복으로 하면 좋겠다. 그리고 5복날에는 정말 5복(五福)을 받도록 노력하는 것도 의미가 있을 것이라는 생각이 들었다. 그래서 백과사전에서 오복을 찾아보았다. 요약하면,

오복은 첫째, 장수(長壽), 즉 오래 사는 것, 둘째 부(富), 즉 부유하고 풍족하게 사는 것, 셋째, 강녕(康寧), 즉 일생 동안 건강하게 사는 것, 넷째 유호덕(攸好德), 즉 덕을 베풀기 좋아하는 것, 다섯째, 고종명(考終命), 즉 죽을 때 편안히 죽는 것이다. 치아(齒牙)가 오복에 든다더니 치아는 들어있지가 않다. 다행이다. 너는 이가 별로 좋지 않은데.

이 가운데 너에게 해당되는 사항은 몇이나 될까? 첫째 장수

는 아직 모르겠다. 얼마나 살지. 둘째, 너는 부자가 아니니 재산복은 없다. 셋째, 건강, 너는 아직은 건강하다. 넷째, 덕을 베푸는 것, 이는 마음은 간절하지만 재력이 없어 남에게 베풀지를 못하네. 다섯 번째는 죽을 때 편하게 죽는 것, 이것도 아직 모르겠다. 안 죽어 봐서.

네가 오복을 갖기 위해서 앞으로 보완할 일은 돈을 많이 버는 것, 그래서 사회에 덕을 베푸는 것, 그리고 편안한 죽음을 준비하는 일, 이 세 가지다. 무엇보다 이 세상에 폐를 끼치지 말고 열심히 좋은 일을 하며 사는 것이 오복의 근본임을 알 수 있다.

2016. 8. 18(목)

올해도 장미는 지고

건너말 공원에 나가보니 5월부터 피기 시작한 장미가 8월 중순에 거의 다 졌다. 장미도 한 100일 쯤 피는 것 같으니, '백일장'이라고 이름을 갈아야 될 것 같다. 백일홍에서 원용한 이름이다.

장미는 아름다운 여성에 비유하곤 한다. 여성에게 사랑을 고백할 때도 장미꽃을 바친다. 그런데 누차 말했지만 장미에는 날카로운 가시가 있다. 가시는 여성의 무기이기도 하다. 그래서 장미에게 함부로 접근해서는 안 된다. 찔리기 쉽기 때문이다.

이제 장미는 지고, 아름다운 인생도 장미 따라 시들어간다. 꽃은 말라지고 가시만 남는 장미, 아름다운 미소는 사라지고 이기심만 남는 인간. 그래도 한해 두해 장미는 피고 진다.

2016. 8. 18(목).

비두로기

로데오거리 우편취급소에 가서 예전 동네 여 동창 친구에게 누나의 책을 한 권 발송했다. 돌아오는 길에 너의 도서관을 바라보니 3층 당구클럽 간판 위에 비둘기 한 마리가 앉아있다. 비둘기는 어찌 저리 낭 끝에 잘 앉는 걸까? 가로등 위에도 제일 꼭대기에 앉고, 바닥에 내려와 모이를 쪼아 먹다가도 어느 새 훨훨 날아올라 세상을 관조한다. 참으로 능력자다. 그런데 예전에 어렴풋이 들은 비두로기가 떠올랐다. 너의 도서관에 와서 인터넷 사전을 찾아보았다. 사전설명을 요약하면 다음과 같다.

비두로기 : 고려 가요의 하나. 작자 · 연대 미상. 《시용향악보(時用鄕樂譜)》에 실려 있다.

비두로기 새/ 비두로기 새/ 우루믈 우루대/ 버곡 댱이 아/ 버곡 댱이 아/ 난 됴해

비두로기새도 울기는 하지마는 버국새 울음소리야말로
나에게는 참으로 좋더라.

그러면서 그 진정한 의미는 정치와 연관되고 있다. 임금께 바른말을 고하는 직책에 있는 신하가 제대로 바른말을 하지 못하는 것을 비둘기에 비유했다는 것이다. 그러면서 바른 말을 잘 고하는 신하를 뻐꾸기에 비유했다. 비둘기도 울기는 하지만 뻐꾸기만 못하니 뻐꾸기가 더 좋다, 그 말이란다. 참으로 의미심장하지.

요즘도 그러하지 않은가? 대통령께 제대로 좀 간하여 국정을 올바로 이끌도록 해야 하는데, 그런 사람이 어디 보이던가? 간신 아니면 적들이 많은 오늘의 정치를 보며 큰 숨을 한숨 쉬어 본다.

2016. 8. 19(금).

유용미생물군

문정동 동사무소 앞을 지나다가 바이오 실험실에서나 볼 수 있을 것 같은 실험 장치가 있어 그 설명을 읽어보았다. 제목은 유용미생물 발효액 사용안내. 설명에 보니 유용미

생물균(EM)이란 Effective Microorganisms를 줄인 말로 유용한 미생물 광합성 균, 유산균, 효모균을 주 균으로 한 미생물 복합체라고 되어 있다. 그리고 그 용도는

- 음식물 쓰레기 부패 억제
- 부패된 음식물 쓰레기 악취 제거
- 음식물 쓰레기 주변의 해충 접근 방지

등이었다. 미생물을 이용한 음식물 쓰레기 악취 제거용으로 페트병으로 1병씩만 받아다가 쓰라고 했다. 새로운 발견이다.

동창 친구와 6천 원 뷔페에서 점심을 먹고, 그 사무실에서 빈 페트병을 한 개 얻어 EM을 한 병 받아왔다. 이제 실험에 들어간다. 음식물 악취 제거를 미생물로 한다니 정말 새로운 바이오 기술이다. 오늘 공짜로 좋은 정보를 얻었다. 동사무소님, 감사합니다.

2016. 8. 19(금).

분자요리

며칠 전 YTN 방송에 분자요리에 대한 대담프로그램이 방영됐다. 분자요리라, 너에겐 생소한 용어였다. 그래서 인터넷 다음백과사전을 찾아보니 분자요리(Molecular Cuisine)란 식재료의 분자구조를 변화시켜 만드는 요리로서 물리적 화학적 변화를 통하여 색다른 맛, 질감, 모양의 음식을 만드는 요리법이라 했다. 그리고 이에 대한 학문을 분자요리학(Molecular Gastronomy)이라고 했다.

분자요리학은 1988년 헝가리 물리학자 니콜라스 쿠르티(Nicholas Kurti)와 프랑스 화학자 에르베 티스(Herve This)가 창시했으며, 처음에는 분자물리요리학(Molecular and Physical Gastronomy)이라고 불렀으나 쿠르티의 사망 이후 분자요리학이라는 명칭으로 정착되었다는 것이다(다음 백과사전의 분자요리 설명 압축 요약).

모든 물질이 분자로 구성되어 있다는 것은 초등학생도 아는 자연과학의 기초다. 분자를 더 쪼개면 원자다. 물질의 원소는 주기율표에 의해서 그 종류가 밝혀져 있다. 그래서 우리가 과학을 공부하든 안 하든 우리는 물질분자의 변화 원리 속에서 인간이라는 물질도 분자변화를 거듭하며 살아가고 있다.

아이 참, 그걸 이제 아셨소? 네 좀 새삼스럽네요. 그래서 식재료의 분자를 요리하는 것은 음식을 익혀먹거나 가루로 또는 즙을 만들어 먹는 등 옛날부터 있었던 것 같아요. 그런데 현대에 와서는 과학이 더욱 발달하여 그 식재료 분자들을 더욱 예쁘고 곱게 가공하여 질감과 맛을 변화시켜 요리를 한다는군요. 이게 다 호모 사피엔스의 지혜라고 해야 할까요, 장난이라 해야 할까요. 예를 들어 굼벵이나 메뚜기, 개미 같은 곤충은 먹을 수 있다고 해도 그것들을 그냥 대충 나물 무치듯 요리해놓으면 징그러워 먹기에 거북한데, 가루나 다른 방식으로 가공하여 예쁘게 만들겠다, 뭐 이런 거 같아요.

좋아요, 다 좋습니다. 그런데 너무 그러다가 자연의 어디엔가 한 군데 또 삐끗 하는 건 아닌지 모르겠어요. 네가 너무 과학을 몰라 그럴까요? 아, 그런데 어제 먹어본 그 설빙이라는 아이스크림은 정말 맛있더라고요. 얼음을 눈처럼 가공하여 그 위에 인절미도 놓고, 팥으로 만든 소스도 넣고, 그 아이스크림을 친구가 사줘서 처음 먹어봤는데, 입에 들어가니 정말 살살

녹더라고요. 그 설빙도 아마 분자요리 기법으로 만든 것 같던데 확실히는 잘 모르겠네요. 그 설빙 집에 가서 물어보면 알라나요?

2016. 8. 19(금).

일은 시간이 아니라 품질이다

동아일보 2016. 8. 20(토)에 유연근무제 도입의 장애요인에 대한 기사가 떴다. 그 기사의 일부를 인용하면 다음과 같다.

"유연근무가 정착되려면 세계 최고 수준인 근로시간부터 줄여야 한다. 절대적인 근로시간이 줄지 않으면 유연근무제가 정착되는 게 사실상 불가능하기 때문이다. 경제협력개발기구(OECD)의 '2016 고용동향'에 따르면 한국의 근로자 1인당 연평균 근로시간(2015년 기준)은 2,113시간으로 34개 회원국 가운데 멕시코(2,246시간)에 이어 두 번째로 길다. 이는 OECD 회원국 평균(1,766시간)보다 43일(하루 8시간 근무 기준) 더 많은 것으로 한 달 평균 근무일을 22일로 잡는다면, 한국 근로자는 평균적인 OECD 회원국 근로자보다 두 달이나 더 일하고 있는 셈이다."

1년 평균 근로시간이 2,113시간이라, 그래서 주간 근무시간을 알아보기 위해 52주로 나누니 40.63시간 정도 된다. 전에 네가 공기업에 근무할 땐 주당 44시간이었다. 토요일은 반공일(半空日)이어서 4시간을 근무했다. 그런데 2000년대 초부턴가, 근로시간이 줄어서 토요일엔 2팀으로 나누어 번갈아가며 쉬었다. 그래서 '놀토'와 '갈토'라는 우스운 용어가 등장했었다. 그 후 또 얼마 안 가 토요일은 아예 공휴일이 되었다. 직장생활 참 편하게 되었는데 너는 이 편한 세상이 되기 전에 학문에 뜻을 두고 그 회사를 퇴직하고 말았다. 그래서 그 후 참 아깝다는 생각을 많이 했었다.

그런데 정보사회가 되니 유연근무제가 등장하여 근로자가 일하는 요일과 시간을 선택하여 일정 시간을 일하면 되는 유연한 근로제도가 등장한 것이다. 출퇴근 시간을 선택할 수도 있고, 근무 요일을 선택할 수도 있다. 그러면서 토요일과 일요일은 쉰다. 참 좋아졌다. 그런데 오늘 동아일보 신문기사에는 유연근무제가 정착되려면 근로시간을 더 줄여야 한다고 나왔다. 월요일부터 금요일까지 하루 8시간씩 40시간 근무하는 현행 근로시간을 더 단축해야 한다는 것이다.

좋은 생각이다. 이제 우리도 미흡하지만 복지사회로 들어섰으니 당연한 생각일 수 있다. 그러나 너의 의견은 조금 다르다. 시간 단축도 중요하지만 업무는 품질이 더욱 중요하다는 생각이다.

시간은 양의 개념이다. 아무리 많은 시간을 직장에서 보낸다 해도 태만하거나 무성의하면 업무의 성과는 나오지 않는다. 그래서 유연근무제도도 양보다 질을 먼저 생각하는 것이 그 제도의 실패를 막는 방법일 것이다.

그 다음, 요즘은 휴일이나 휴가 중인데도 스마트 폰으로 업무를 지시해서 불안하다고 한다. 이것은 휴일 품질의 문제다. 휴가나 휴일도 양보다는 질이다. 직장에서는 종업원들의 휴가 품질을 관리하면 좋겠다. 유연근무제든 아니든 일할 때 열심히 일하고 놀 때는 신나게 노는 근로품질(quality of working life)을 실현하는 것이 복지사회를 만드는 지름길이 아닐까? 이 역시 노사가 오순도순 합의해야 할 것이다.

2016. 8. 20(토).

독립출판, 서점, 도서관

피서차 잠실 롯데월드 지하상가에 나가보았다. 시원한 거리에 인파가 물결치고 있었다. 쇼핑몰은 곧 사람몰이다. 우선 매콤한 된장찌개로 배를 채우고는 서점에 가서 『기획회의』라는 간행물을 샀다. 책을 좀 덜 사기로 마음먹고 있었지만 이 정기간행물은 특별한 의미가 있어서 샀다. 독립출판에 관한 제주도 제주 라이킷 서점 주인의 글이 실려 있었기 때문이다.

커피를 한잔 빼 들고 벤치에 앉아 우선 그 부분을 읽어보았다. 독립출판과 독립출판 서점에 관한 글쓴이의 경험과 느낌이 진솔하게 담겨있었다.

지하철 8호선을 타기로 하고 다시 롯데 쇼핑몰 거리를 걸었다. 최고의 피서지다. 잠실역 8호선 승강장으로 내려가는데 웬 커다란 서점이 나타났다. 얼마 전엔 없던 알라딘 중고서점이었다. 내부는 책으로 꽉 차 있었다. 책을 읽을 수 있는 책상도 제법 많아 사람들이 꽉 점령하고 있었다. 커피전문점도 함께 있었다. 책을 팔고 사고 할 수 있는 하나의 중고 책 시장이면서 카페와 도서관의 기능도 갖춘 복합문화공간이라고 할까?

여기에다 좋은 평생교육 프로그램을 가미한다면 정말 도서관 그 이상의 문화적 역할을 할 수 있을 것 같았다.

※ 참고: Aladdin is a Middle Eastern folk tale. It is one of the tales in The Book of One Thousand and One Nights(『The Arabian Nights』).

2016. 8. 21(일).

헬리콥터 부모

“헬리콥터 부모는 출입금지”. 미국의 어느 고등학교에서 내건 스톱사인이란다. 헬리콥터 부모가 뭔가 했더니 부모가 헬리콥터처럼 자녀의 주위를 맴돌며 관찰 · 보호하는 부모라고 했다. 자녀가 도시락을 안 가지고 가면 갖다 주고, 준비물을 안가지고 가도 또 갖다 주는 부모라는 것이다. 그런데 이건 현재 우리나라 학부모들의 정서 아닌가? 우리나라에서는 다른 용어가 또 있는데, 갑자기 생각이 안 나네. 아, ‘마마보이’. 너는 마마보이가 바보처럼 된 걸 대학에서도 더러 보았다.

자녀들이 어릴 때는 부모가 보호해주는 게 당연하다. 안전을 위해서도 그렇고 올바른 사회생활로 안내하기 위해서도 그렇다. 그래서 부모를 보호자라고 한다. 그러나 부모들은 자녀들이 성장함에 따라 자립심도 함께 길러 주어야 할 의무와 책임이 있다. 그리고 이를 모르는 사람은 아마 거의 없을 것이다. 그럼에도 불구하고 현실에서는 부모의 책임을 잊고 내 자녀들에게만큼은 모든 것을 다 해주려고 한다. 미국의 부모들은 안 그런 줄 알았더니 미국도 이제 한국의 부모들을 닮아 가는가보다. 한국이 선진국이라서 그럴까? 하하.

사실 너도 어려서는 부모님의 보호를 너무 많이 받았다. 성장해서까지도 어머니는 너의 일거수일투족을 걱정하시고 공부 말고는 모든 것을 다 해주시려고 하셨다. 그러나 다행히도 너는 철이 일찍 들어 중학생 때부터 자립심이 생겼던 것 같다. 집이 가난해서 그렇기도 했지만, 어머니의 과잉보호에 대해서는 오히려 네가 어머니를 조용히 나무라기도 했다. "다 큰 아들, 세계 어딘들 못가겠어요. 이제 좀 놓아주세요, 엄마." 뭐 이런 식이었다. 그러나 한편 지나고 보니 어머니의 그 애틋한 마음을 이해할 만하다. 그래서 어머니를 생각하면 저절로 눈물이 난다.

너도 자녀교육을 잘 한 것 같지는 않다. 과잉보호는 안 했지만 너무 방관하지 않았나 싶다. 아이들이 어릴 때는 안전에 각별히 신경을 쓰고 보호했지만 중학교 이상 올라가서는 알아서 잘하라는 식으로 놓아두었다. 아이들에게 사랑의 매를 대 본적이 별로 없다. 성적을 가지고 나무라본 적도 없다. 아버지로서 엄격한 윤리기준을 가지고 아이들을 가르친 적도 없었다. 너는 언제나 네가 잘하면 따라서 잘할 것이라는 믿음을 가지고 있었다. 그것이 너의 교육방침이라면 방침이었다. 그런데 아이들이 자립을 하기까지 매우 힘들어 하는 것 같아 정말 미안한 마음이 든다. 아버지로써 지도를 좀 확실히 했더라면 저렇게 힘들어하지는 않았을 텐데, 하며 혼자 울기도 했다. 그러나 세월은 좀 걸렸지만 아들들이 이제 효자가 되어가는 것 같다.

자립, 자립심을 가지고 제 할 일을 제가 알아서 해나가게 하는 것, 그것이 최상의 가정교육인 것 같다. 자녀들에 대한 간섭이나 보호 역시 과유불급(過猶不及)이다.

2016. 8. 21(일).

강의계획서

강의계획서를 작성할 때가 되었다. 이번 학기에는 〈공공도서관 경영〉, 〈도서관의 역사〉, 〈정보사회론〉, 〈대학도서관 경영론〉, 〈정보봉사론〉, 이렇게 5과목을 맡았다.

여러 번 강의를 해본 과목들이지만 세월이 계속 가니 좀 신선한 콘텐츠를 담아야 하는데. 새로 나온 책들을 검토하고, 시사적인 것도 가미하고, 도서관의 현실도 반영해야하기에 마음이 무겁다. 그래도 강의계획을 작성할 수 있다는 게 얼마나 다행인가.

학기 초엔 단단한 각오로 네가 맡은 과목은 책을 하나씩 쓰겠다고 다짐을 하면서도 그 다짐을 실천하기는 참 어렵다. 그러니 이번 학기에는 욕심 많이 부리지 말고 도서관의 역사라도 책으로 정리하여 내야겠다. 제목은 〈책과 도서관의 문명사〉.

2016. 8. 21(일).

서울촌놈

서울에도 촌이 있다. 신촌도 있고, 수유리도 있고. 뿐만 아니라 서울에는 시골사람들이 많이 올라와 산다. 그래서 아무리 서울이라도 촌이 될 수밖에 없다. 또한 서울도 당연히 지방이다. 서울 중앙 지방 검찰청 같은 관청 이름은 그 좋은 증거다.

이 계룡산 촌놈이 서울에 와 산지도 제법 오래 되었다. 경남 양산 월내에서 5년 근무하고, 1984년에 서울에 올라와 삼성동에 근무하다가, 지방 전근 울진 2년, 남원 1년, 대전 2년을 제외하고 도합 25년을 서울에 살고 있다. 서울에서 대학원도 다니고, 학위도 받고, 강의도 하니 이제 완전 서울사람이 다 되었다. 어디 여행을 갔다가도 서울에 들어서면 마치 고향처럼 느껴진다. 어떤 친구는 서울에 오면 공기가 좋지 않아 답답하다고 하던데, 너는 산골 벽촌사람이라도 그런 감각은 잘 모르겠다. 저 지칠 줄 모르고 흐르는 한강, 하늘을 이어주는 고층 빌딩들, 그리고 넘쳐나는 인파, 인파, 쇼핑 몰, 몰, 몰…. 모든 것이 풍요로운 서울, 그래서 한동안 패티김의 노래 서울의 찬가가 유행했다.

종이 울리네, 꽃이 피네, 새들의 노래, 웃는 그 얼굴
그리워라 내 사랑아 내 곁을 떠나지 마오.
처음 만나고 사랑을 맺은 정다운 거리 마음의 거리
아름다운 서울에서, 서울에서, 살렵니다.

봄이 또 오고 여름이 가고 낙엽은 지고 눈보라 쳐도
변함없는 내 사랑아 내 곁을 떠나지 마오.
헤어져 멀리 있다 하여도 내 품에 돌아오라, 그대여
아름다운 서울에서, 서울에서, 살렵니다.

그러나 다 좋은데 이제 서울도 시골처럼 푸근한 인심이 좀 넘쳐났으면 좋겠다. 하기야 요즘은 시골도 시골 같지 않게 다 약아 빠졌다데. 예전에 어느 시골 노인이 서울로 이사 간 동네 사람한테 물었다고 한다. 서울에 그 많은 사람이 다 뭐해먹고 사느냐고, 그랬더니 서울사람은 다 속여먹고 산다고 대답했다는 우스개가 있다. 요즘 서울의 캐치프레이즈(catch phrase)가 너와 나의 서울 I SEOUL YOU(영문법에는 절대 맞지 않음)이라는데 그

문구에 알맞도록 서울사람들, 좀 의도적인 노력을 기울여야 할 것 같다. 아니면 "I LOVE SEOUL"로 좀 확실하게 하여 진짜 서울을 사랑하게 하든가.

2016. 8. 21(일).

처서에 기체후일양만강하신지요

立秋, 處暑, 秋分, 白露, 寒露, 霜降. 선조들이 정한 가을 절기다. 오늘 8월 23일(화). 처서라는데 오늘도 폭염이다. 지금 서울은 섭씨 35도. 이제 과거에 정해둔 절기의 의미가 맞지 않는다. 지구온난화로 인해 우리 한반도가 아열대기후로 변해가고 있다. 기상청의 일기 예보는 자주 빗나간다. 이는 그 조직의 구조 기술적 문제도 있겠지만 이상기후라는 돌발 요인도 분명 있을 것이다.

입추(立秋)는 가을에 들어서는 절기이고, 처서는 더위가 물러가는 절기라는데 이제 그 뜻이 실제와 맞지 않으니 절기를 좀 손 봐야 할까? 아니 그냥 역사적인 의미로 놔두는 게 나을까? 이 문제는 한 한 세기 정도 후에 고민해도 늦지는 않을 것 같다. 어차피 새로운 세대들은 태음력의 절기와 그 의미를 배우지 않아 잘 알지 못하니까.

절기 따라 먹는 음식은 너무 잘 안다고요? 아, 초복, 중복,

말복 등 삼복에 먹는 보양식을 말씀하시는 것 같은데, 삼복은 절기에 들어가지 않고, 보양식을 먹기 위한 명분용 명칭인 것 같아요. 더워서 개가 엎드려 있으니까, 엎드릴 복(伏)자를 삼세 번 넣어 놓고 개를 3번 잡아먹는다, 이 말인지? 아니면 사람이 기운이 빠져 엎드려 있으니 보신을 해야 한다는 뜻 같기도 하고. 아무튼 삼복에는 개가 수난을 당한다. 이건 다 선배들이 전수한 것이기에 선배들의 책임으로 돌리자.

각설하고, 그런데 오늘 처서(處暑)라는 단어의 한자를 보고 좀 놀랐다. 처할 處에 더울 暑자를 쓰니 더위에 처해 있다는 뜻이기 때문이다. 아니면 처에는 분별한다는 뜻도 있으니 이제 더위를 분별하여 한고비 넘기고 가을을 시작한다, 이렇게 해석해야 하나?

처서는 더위에 처해 있는 것이니 예전에도 처서 때 더위는 다 물러가지 않았나보다. 그러니 지금 처서인데 덥다고, 절기가 맞지 않는다고 여기는 것은 처서의 진정한 의미를 제대로 새기지 못한데서 오는 착오가 아닐지? 처녀도 이 處자를 쓰는데, 여자로 태어났어도 어릴 때는 그 성별의 의미를 모르다가 사춘기를 넘어서면 진정한 여성에 處하게 되니 처녀는 이제 정말 여성이라는 말이 아닐까? 처서는 더위의 절정에 이르렀으니 더위는 이제 곧 물러날 것이고, 처녀는 여성으로서 절정에 이르렀으니 곧 시집을 갈 것이고. 이건 지나친 상상일까?

곧 환절기가 올 것이다. 머지않아 결실의 계절 가을이 찾아올 것이다. 다가올 환절기를 맞이하여 21세기 현생 인류 모두의 몸과 마음이 건강하시기를 기원한다. 오늘따라 예전에 편지에 쓰던 상투적인 인사말이 새삼 그립다.

"아버지 전 상서, 환절기라 일기 고르지 못 하온데 기체후 일양만강(氣體候 一樣萬康)하신지요?" 예전엔 뜻도 모르고 이 말을 썼었다. 그 뜻을 지금에야 새겨본다. "아버지께 올리는 글, 환절기라 날씨 변화가 심한데, 아버지 마음과 몸이 줄곧 건강하신지요?"

2016. 8. 23(화).

방송 언어

2016. 8. 22(월) YTN 텔레비전에서 어느 정치인이 말하는 어투를 보고 혼자 신나게 웃었다. 안 모 씨가 손 모 씨에게 찾아가 대화를 나누는데, "언제 한 번 편하신 시간 계시면 좋은 말씀 나누고 싶습니다." 하는 것이다. 여기서 '시간 계시면'이 우습게 들린 것이다. 아니 시간이 높은 사람이라도 되나, 계시게. 하하. 이런 식으로 말 한다면 "아버지, 돈 계시면 빵 사 드세요."라고 말하는 것과 다를 게 하나도 없다. 일류대학을 나오고 돈도 억수로 번 엘리트라도 말을 잘하기는 참 어렵나보다. 예전에 들은 이야기인데, 며느리가 시아버지께 "아버님 대갈님에 검불님이 붙었어요."라는 말과 뭐가 다른가? 그래서 우리는 언어를 정확히 사용할 수 있도록 국어교육을 좀 제대로 해야 할 것 같다.

그런데 또 2016. 8. 24(수) 아침 YTN 뉴스에서는 말 잘 한다는 아나운서들이 실수를 했다. 남자 진행자가 "다음 뉴스입니다."하고 준비가 안 되었는지 머뭇거리자, 여자 아나운서 역시 말을 하기는 해야겠는데 준비가 안 되었는지 한 참 있다가 "네. 다음 뉴스입니다" 해놓고는 또 좀 있다가 "네. 다음 뉴스입니다. 다음뉴스에요"라고 말했다. 하하. 이럴 땐 차분하게 방송이 준비가 좀 덜되어 죄송합니다, 하고 준비할 여유를 갖는다면 그 정도 이해 못해줄 시청자는 없을 텐데 너무 당황해 하니 민망했다. 노련한 아나운서들도 저러하니 방송이 참 어렵긴 어렵나보다.

너의 학생 시절, 공부를 전교 1등 하던 친한 친구 김 아무개가 선생님이 출석을 부르는데 넋 놓고 있다가 제 차례가 왔는데, 미처 대답할 준비를 못했는지 제 이름을 말해서 한 바탕 웃은 적이 있다. 사람이 긴장하면 비문법적인 말이 막 튀어나온다. 그래서 언제나 철저한 준비가 필요하다. 대화도, 강의도, 방송대담도 잘 준비하지 않으면 엉뚱한 헛소리가 나오게 마련이다.

준비가 미흡하면 상대방이 한 말을 되풀이하든가 말을 돌려서 듣는 사람을 헛갈리게 하니 조심할 일이다. 세상에 완벽한 사람은 없겠지만 그래도 노력은 해야 하지 않을까?

2016. 8. 24(수).

오그랑장사

알라딘 중고서점은 책을 내다 팔 수 있는 유일한 서점이다. 그래서 너도 책을 좀 처분할 요량으로 회원에 가입하고, 그 서점의 구매 기준을 물어보았다. 친절하게 안내해 주었다. 안내받은 대로 알라딘 사이트에 들어가 하나하나 판매 가능 여부를 확인해 보니 대부분 신간서적, 그것도 아직 인기가 좀 남아 있는 책만 해당이 되었다. 그리고 형편없이 후려 친 가격이다. "그럼 그렇지."하고 당연한 한탄이 나왔다.

원래 책장사는 오그랑장사다. 그러니 책을 팔려고 하면 안 되는 거지. 사람들은 책 도둑은 도둑이 아닌 것처럼 여기고 있다. 이러한 평소의 소문이 진실처럼 다가왔다. 책은 자동차와 비슷하다. 일단 사는 순간부터 값이 깎인다. 또한 책에 메모라도 좀 해놓았다면 상태불량이라 더 헐값이다. 책들이 상술에 놀아나고 있다. 내용은 저리 가고 한 묶음 종이로만 취급되는 느낌, 책이 처한 현실에 허탈감을 느낀다. 그래서 차라리 책을 고서로 만들기로 할까보다.

네 후손, 그리고 또 후손, 한 500년만 지나봐라. 모든 책이 진귀한 고서로 가치가 있을 것이다. 책장사는 500년 후에 하도록 릴레이 유언을 해야 할까보다.

2016. 8. 25(목).

너는 초등학생이고 싶다

너는 초등학교는 못 나왔다. 1960년대 국민학교를 다녔기 때문이다. 그래서 너는 초등학생이 되고 싶다. 그게 그거 아니냐고요? 네, 그게 그건 아닌 것 같아요. 하하. 요즘 초등학교는 수준이 높아졌다. 수학과 영어를 초등학교 저학년부터 배운다. 원어민 교사들도 많고. 그래서 요즘 초등학생들의 영어발음은 마치 본토 발음 같다. 모든 초등학교가 다 그런 건 아니겠지만. 그런데 한 가지 아쉬운 것은 예전 국민학교처럼 국민윤리, 한문, 고전 등 인성에 관련되는 교과는 배울 기회가 적다는 것이다.

네가 초등학생이 되고 싶은 이유는 초등학생에게는 모든 가능성과 기회가 무궁하게 열려있기 때문이다. 신선한 호기심과 상상력도 넘쳐나고, 모든 게 신기하게 다가온다. 가락동 벤처타워 화장실에 보니까 "상상력은 지식보다 중요하다 Imagnation is more important than knowledge."라는 문구가 걸려 있었다. 정말 공감이 간다. 인간에게 상상력이 없었다면 이렇게 문명이 발전했을까? 상상력은 창의성이다. 상상력의 발현이 지식이 되고 지혜가 되었다. 그래서 상상력은 지식보다 중요하다는 말은 명언인 것 같다. 대체로 나이 든 분들은 지식은 많을지 몰라도 상상력은 부족하다. 국민학교 때부터 주입식 교육을 받은 까닭에 상상력이 억제되었고, 나이가 들면서 생활에 찌들어 고루한 옛 지식이 고착되었다. 그러나 스스로 그 틀을 깨고 창의력을 발휘하며 살아온 위대한 분들의 덕택으로 문명은 발전했다.

그래서 너는 지금까지 네가 살아온 인생의 발자국을 지우개

로 지울 수만 있다면 초등학생으로 돌아가고 싶다. 잘 갖추어진 학교도서관을 통하여 현대문명을 자기 주도적으로 배우면서 신선하고 독특한 너만의 창의력을 발휘하여 새로운 문명의 지혜를 한 30년 쯤 리드하고 싶은 것이다.

욕심이고 상상이지만. 생각해보면 모든 문명의 이기는 상상력에서 나왔다. 컴퓨터, 인터넷, 스마트 폰, 미니 빔, LED TV, 휴대용 에어컨, 버스 정류장 도착시간 알림 전광판, 자율주행자동차, 이루 헤아릴 수 없는 아이디어가 상상력의 결과 아닌가? 그러나 단 한 가지 초등교육에 필수적으로 보완할 게 있다면 그것은 바로 고전교육과 인성교육인 것 같다. 그렇게 되면 우리의 후손 천재들이 전인적 인간으로 자라나 인류문명에 평화와 번영을 만들어낼 수 있을 것 같다.

2016. 8. 25(목).

우드 볼

오늘 새로운 생활체육 종목을 하나 알았다. 너는 체육은 탁구도 잘 못 치는 운동 백치(白痴)다. 그런데 오늘 대림대학 교수 강사 모임에 갔다가 체육교수님으로부터 너에게 딱 좋을 것 같은 운동 하나를 소개받았다. 우드 볼이다. 골프와 비슷한 운동인데 골프처럼 돈이 많이 들지 않는 운동이라는 것이다.

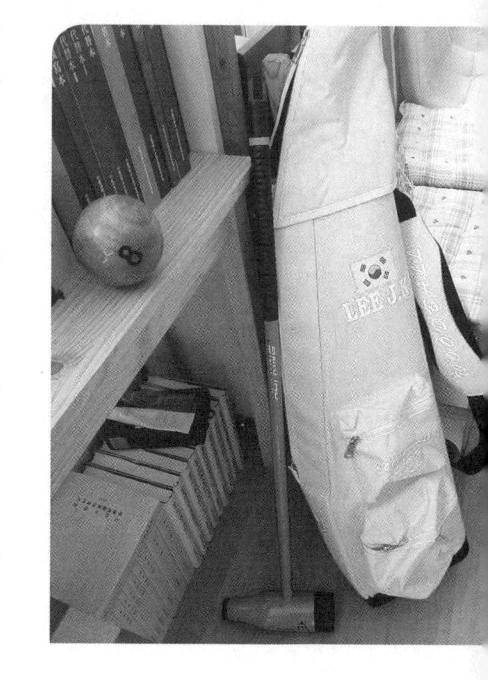

너는 골프에는 관심이 없었지만 골프복을 입어보고 싶은 충동은 더러 느꼈었다. 멋진 골프복을 입고 초록 필드에 나가 샷을 멋지게 날려보고 싶은 뭐 그런 거. 하하. 그런데 우드 볼은 돈이 별로 안 들면서 골프와 비슷하다니 귀가 솔깃했다. 그래서 동료 교수들과 그 운동을 좀 배워보기로 마음먹었다. 운동이라고는 걷기밖에 안 했는데 이제 우드 볼을 좀 배우면 건강에도 도움이 될 것 같다.

여러 분들과 활동을 같이하면 정신 건강에도 좋을 것 같고. “지덕체보다 체덕지”이라는 그 체육 교수님의 말씀에 공감이 간다.

2016. 8. 25(목).

일석삼조 천자문

화피초목(化被草木), 뢰급만방(賴及萬方). 임금의 덕화가 풀과 나무를 교화시키고, 임금의 힘이 세계만방에 미친다. 천자문에 나오는 문구다. 천자문은 일찍이 서당의 기초 교재로 사용되어 왔고, 지금도 여러 출판사에서 새로운 해설 판을 내고 있다. 그런데 아직 네가 바라는 천자문 해설서는 나오지 않고 있다.

네가 바라는 천자문 해설서는 우선 원문을 제시하고, 원문의 뜻을 신세대 말로 쉽게 풀고, 영어로도 해석하고, 원문에 등장하는 漢字가 들어간 주요 어휘들을 제시하여 그 뜻을 풀어주는 책이다. 이렇게 하면 영어를 좋아하는 세대들이 천자문의 본 뜻을 영어로도 익힐 뿐 아니라 관련되는 국어의

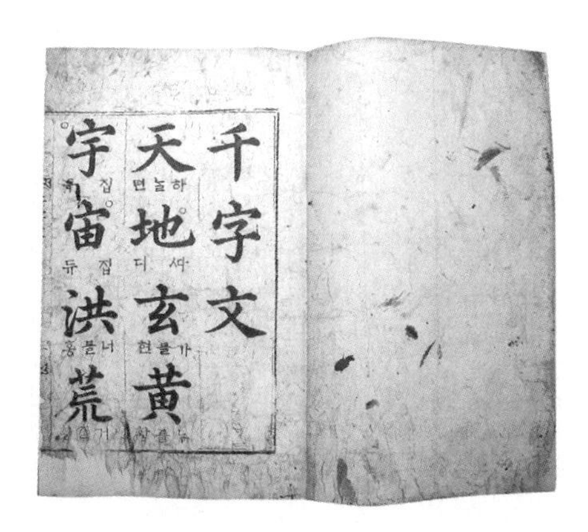

어휘까지 아울러 익힐 수 있어 한자, 영어, 국어를 동시에 공부하는 일석삼조(一石三鳥)의 효과를 거둘 수 있다.

사실 나는 한 3년 전부터 이 작업을 해 오고 있다. 그런데 여러 다른 일 때문에 아직 작업을 절반도 하지 못한 상태이다. 또한 시중에 천자문이 저렇게 많이 나와 있으니 네가 또 천자문 책을 내 보았자 잘 팔릴 것 같지도 않아 자꾸 우선순위에서 밀려나고 있다.

우리의 출판시장은 매우 비합리적이다. 아무리 내용이 좋은 책이라도 큰 서점에서 띄워주지 않으면 나가지 않는다. 신간인데 벽면서가 저 꼭대기에 딱 한권 꽂아 놓으니 누가 알고 그 책을 선택하겠는가? 고객이 지나다니는 평면 대에 한 10권이라도 배치해 놓아야 독자의 관심을 좀 끌 수 있다. 대형 출판사들은 기획부터 마케팅까지 시스템경영을 하기 때문에 그런대로 잘 되는데, 영세 출판사들은 기획부터 마케팅까지 저자의 이름에 의존하고 있어 출판하는 책마다 인쇄비만 손해 본다고 울상이다.

아쉽다. 1인 출판, 독립출판 책이라도 그 덕화가 민초를 교화시키고(化被草木), 그 힘이 세계만방에 미치면(賴及萬方) 얼마나 좋을까? 마치 베스트셀러 소설처럼 말이지. 결국 저자와 출판사의 능력문제이겠지만. 출판에도 빈곤의 악순환이 지속되는 것 같다.

2016. 8. 25(목).

거시기와 저기 뭐야

우리가 쓰는 말 중에 적절한 표현이 생각이 잘 안 날 때, 시간 틈새를 메우려고 쓰는 말에는 여러 가지가 있다. 예를 들면, "저기 뭐야, 에~, 에 또, 음~, 거시기" 등이 있다.

'저기 뭐야'는 여성들, 특히 아주머니들이 많이 쓴다. "저기 뭐야, 그런데 있잖아" 등이다. '에~'는 말을 멋있게 하려는 어른들이 많이 쓴다. 목소리 굵은 교수들이 "에~, 말하자면~"을 많이 쓴다. '에 또'는 일본어 영향을 받은 사람들이 쓴다. 일본 말이다. '음~'은 젊은 여성들이 많이 쓰는 것 같다. "음~ 잘 생각해봐." '거시기'는 충청도 어른들이 적정 표현이 생각나지 않을 때 대명사로 쓴다. 요즘은 거시기가 좀 이상한 물건에 쓰이기도 하지만 예전에는 순수한 거시기였다. 영어로는 'somewhat' 정도가 될 것이다.

이런 말들은 정보를 전달하는 말이라기보다는 말의 시간 간격을 메워주는 이음말이어서 구어에서는 쓰지만 문어에서는 잘 안 쓴다. 문어에는 썼다가도 곧 교열에서 걸린다. 물론 문어라도 소설, 희곡, 시나리오 등의 문학작품은 주로 구어체로 쓰고 있다. 구어는 사실적이어서 장면 묘사에 좋다. 그래서 글의 종류에 따라 문체가 다른 것이다.

충청도 말은 참 느리다. 너도 충청도에서 나고 자랐지만 학교에 다니면서 표준어를 배워 그런지 사투리는 많이 안 쓰는 편이다. 아나운서 시험도 봤으니까. 그런데 충정도 서해안 지역으로 가면 말이 정말 느린 걸 알 수 있었다. 예전에 친구가 결혼할 때 당진에 갔다가 우스워서 정말 배꼽을 잡은 적이 있다. 사람들이 '아녀유, 내비둬유, 그랬시유, 저랬시유'하는데, 너는 농담으로 그러는 줄 알았다. 그런데 알고 보니 거기 말투가 정말 그랬다. 그래서 화장실에 가서 혼자 웃다가 방귀까지 연속으로 나와 더 웃었다.

말이 느린데 성격까지 느리면 더 우습다. 한마디 해놓고 한 1분 있다가 또 한마디 하고, 그래서 듣는 이는 답답하다. 예전에 회사에 있을 때 당진 출신 강 과장이 그랬다. 그렇다고 말을 너무 빨리하면 연음이 심해 알아듣기 어렵다. 한번 습관이 된 말투는 잘 고쳐지지 않는다. 그렇다고 경상도 사람이 서울말을 흉내 내면 그건 더 우습다. 그러니 도서관에서 이런 말하기 프로그램을 좀 해보면 어떨까? 사투리 경진대회도 해보고.

2016. 8. 26(금).

부평 결혼식 여행

2016년 8월 27일 아침 7시 50분, 너는 집을 나섰다. 부평에서 오전 11시에 열리는 네 친구의 둘째 딸 결혼식에 가기 위해서다. 출입문을 열자 한결 서늘한 가을바람이 거리를 종횡한다. 바람은 강약을 조절하며 너의 귀, 팔, 다리, 사타구니, 가슴으로 들어와 가을이 왔노라고 속삭이며 기분 좋은 스킨십을 해댄다. 정말 애인보다 좋다.

엇그제 8월 25일까지는 전혀 가을을 기대하기 힘든, 그야말로 찜통 폭염이 한 달 이상 지속되었었다. 에어컨을 켜지 않으면 대략 한 시간 안에 훈제가 될 것 같은 그런 징그러운 살인폭염. 그런데 그제 밤에 비가 좀 뿌리더니 어제 아침이 되자 삽상한 가을이 와 버렸다.

평소 고개를 잘 숙이고 다니지 않는, 가끔 하늘보기를 잘하는 너는 자연스럽게 가로수 위를 쳐다보았다. 이팝나무 가지 위로 높푸른 하늘이, "아, 저 색을 뭐라고 해야 할까?" 하늘색? 그걸 가지고는 저 색의 아름다움을 표현할 수 없다. 이럴 땐 언어의 한계를 느낀다. 푸른 하늘에 흰 구름, 그 배색, 무늬, 무늬, 무늬, 정말 한 폭의 굉장(宏壯)한 그림이다. 아무리 훌륭한 화가라도 흉내 낼 수 없을 것 같은 저 하늘나라의 그림, 얼마 만에 보는 하늘 특별전인가?

예전에도 저런 전시는 수없이 보았건만 오늘은 감흥이 새롭다. 나이 때문인가. 너는 한 일곱 살 쯤 되던 때에 아버지 어머니가 일하시는 밭에 따라가서 놀다가 이런 말을 했었다. "저 푸른 하늘은 내 마음 속에 있다." 하하, 어린 것이 뭘 안다고, 과연. 그런데 그 때도 너는 저 하늘의 아름다움에 심취했었나보다. 너는 속으로 연신 "와~, 와~" 하며 스마트 폰으로 하늘 사진을 찍어댔다.

잠실역으로 나와 2호선 신도림행 지하철을 탔다. 그러면서 너는 또 말장난을 한다. 지하철이라, 지하철이라도 지상으로 나갈 때가 있는데, 그 때는 지상철인데, 왜 지상철이라는 말은 사람들이 잘 안 쓰지? 아, 아, 대신 전철이라는 말은 잘 쓴다. 전철은 철길 위를 전기의 힘으로 가는 열차를 말한다. 철길과 열차가 다 전철에 포함된다. 열차는 전차 또는 전동차라고 하지만. 전기의 힘으로 지하로 들어갔다가 지상으로 나왔다가, 그래서 전철이 더 포괄적 용어다. 앞으로 너도 지하철 보다는 전철이라는 용어를 쓰는 게 좋겠다.

그런데 한 가지 주의할 것이 있어. 전철을 타되 전철을 밟으면 안 된다고. 또 언어유희? 그 前轍은 그 電鐵이 아닌데. 전철은 그것뿐이 아니다. 전을 지지는 철판도 전철(煎鐵)이라고 한다고. 아이 지짐 먹고 싶다. 오늘 잔칫집에 가면 있을 테지? 그런데 미리 지져 논 지짐은 맛이 적다고. 지짐은 어머니가 화덕에 육철 솥뚜껑을 뒤집어 올려놓고 참 기름을 두르며, 감자를 반 잘라 반쪽 단면으로 요리조리 기름을 유도하며 지글지글 지질 때 한 볼때기씩 얻어먹어야 제 맛인데. 하하. 어디서 맛은 알아가지고 옛날 생각나게 만들어, 군침 돌잖아? 하하.

그런데 전철(前轍)이라는 놈은 매우 조심해야 해. 전철을 밟는다고 하면 전에 잘 못한 일을 또 하는 것을 말하지. 그래서 어른들은 예전부터 전철을 밟지 말라고 당부했지. 그런데 사람들은 자꾸 전철을 밟아. 너부터 말이야. 네가 밟아온 전철이 얼마인지 잘 생각해 봐, 공부를 제대로 안 했는데 또 공부를 제대로 안 하고, 연애를 하다 실패 했는데 또 연애를 하고, 직장을 자꾸 옮겨 다녔는데, 또 직장을 옮겨 다니고, 빈둥빈둥 헛세월을 보냈는데, 또 빈둥빈둥 헛세월을 보내고. 아마 따지면 한이 없을 걸. 그러기에 판단력을 길러야 해. 판단력. 그게 제일 중요한 것 같아. 결혼했으면 끝까지 가야한다 이거야. 아니 그럼 중간에 배우자가 돌아가거나, 배우자가 너무 돈만 알고 역할을 못해도 끝까지 가라고? 아, 그런 땐 또 그때 판단을 잘 해야지. 그런데, 그래서 또 전철을 밟는다니까. 답이 없다.

그런데 사리분별을 아주 잘한 것 같은 한 기업인이 어제(2016. 8. 26) 아침 양평 한강 가에서 자살을 했다데. 그 기업 비자금 조성 문제로 검찰 수사를 코앞에 두고 압박감을 느껴 그만 스스로 가로수에 목을 맸데. 기업 경영능력이나 성품은 아주 좋다고 소문이 났던데. 그 기업 직원들의 정신적 지주였다는데. 검찰이 무섭기는 정말 무서운가 봐. 유명한 고위 인사들도 비리 사건에 연루되면 저렇게 자살을 한다고. 오늘은 또 전 포항 시장이 용인에서 자살을 했다는 뉴스가 나왔어. 그분은 검찰 조사와는 관계가 없는 모양인데. 선거에 낙선한 후 낙심하여 우울증이 걸렸다데.

참 안타까운 일들이지. 아무리 능력 있고, 돈 있고, 나름 판단을 잘 했어도 결국 안 되는 건 안 되는 법인가 봐. 팔자인지 뭔지. 그래서 종교가 있는지도 몰라. 불교에서는 모든 욕심을 비우고 참회하여 마음을 평온하게 가지면 행복이 깃든다고 하고, 기독교에서는 조물주에게 죄를 속죄하고 열심히 기도하면 천당에 간다고 하고. 정말 뭐가 뭔지 모르겠어.

열차 안에서 메모지에 낙서를 하다 보니 어느새 부평역에 도착했다. 너무 이르다. 결혼식이 11시인데 9시 40분에 와버린 것이다. 너는 시간 계산을 잘 못한다. 어딜 가든 예정시간보다 10분 정도 일찍 도착한다. 그건 좋은데 오늘은 1시간 20분이나 일찍 와버렸으니. 일단 웨딩홀 위치를 찾아 놓고 부평역 광장에서 서성였다.

벤치에서 잠자는 노숙자가 보인다. 건물을 지키는 경비원도 보이고, 옥은 다리 아주머니, 절룩이는 할머니, 엉덩이를 맥도날드 햄버거 상표(M)처럼 치켜들고 지팡이에 의지해 걸어가는 꼬부랑 노인도 보였다. 세상은 언제나 비정상인가. 사람들이 왜 저런 모습으로 변해버렸을까? 세월 탓인가, 습관 탓인가, 먹고 살기 어려워 고생한 탓인가, 이 모든 탓인가. 그럼 너는 네 자화상을 살펴보았는가? 네 딴에는 아직 균형이 괜찮은 것 같지? 몸과 마음이 아직은 크게 주름지지 않았으니 일단은 안심을 해도 되겠지? 그런데 알 수 없는 일이야. 항상 조심하여라.

너는 웨딩홀에서 혼주인 너의 친구를 만났다. 악수를 건네고 물을 마시며 기다리니 결혼식이 시작된다. 주례 없는 결혼식이다. 주례가 없으니 불상 없는 양산 통도사 적멸보궁 같다. 적멸보궁은 석가모니불의 진신사리(眞身舍利)를 봉안한 사찰 대웅전으로 불상을 모시지 않고 불단(佛壇)만 있는 데, 하하. 이제 결혼예식도 전통을 바꾸어간다. 하객의 역할은 오늘의 주인공이 행복하기를 마음으로 빌면서 계속 박수를 쳐주는 일이다. 그리고 식이 끝나자마자 얼른 가서 음식을 먹는 일이다.

너는 예쁜 딸을 둘이나 둔 그 친구가 항상 부럽지는 않다. 그러나 이럴 때는 부럽다. 멋진 결혼식, 신랑 신부 친구들의 축가와 공연을 다 보고 연회장으로 내려갔다.

그 뷔페에 차려 놓은 많은 음식 가운데서 너는 네가 선호하는 것을 챙긴다. 요즘 거제도에서 콜레라가 발생했다기에 너는 생선 초밥이나 생선 회 종류는 선택하지 않았다. 의심이 많기는 일등 공신이다. 너는 질병은 예방이 최고라는 신념을 가지고 있다. 하객 중에 아는 사람이 없어 혼자 자리를 잡고 강원도 소주 처음처럼 한 잔을 따랐다.

친구가 식당에 내려왔는데 너를 발견하지 못했다. 그래서 네가 친구에게 다가가 어깨를 두드렸다. 처음처럼 한잔을 친구에게 건넸다. 그 친구의 딸은 너를 잘 모른다. 마침 주인공이 하객들에게 인사를 다니는데 친구가 "아빠 친구야." 하고 딸에게 너를 소개했다. 너는 일어서서 축하한다고 웃으며 한마디 했다. 딸은 너를 전에 본적이 없어서 그런지 가벼운 목례만 했다. 오늘 여러분의 축복 속에서 한 가정을 꾸린 친구의 딸이 평생 예쁘게 잘 살기를 기원하며, 너는 다시 도서관행 전철을 밟았다.

2016. 8. 27(토).

지놈과 게놈

영어사전에는 genome의 발음기호를 [dʒíːnoum]이라고 써 놓고 음성으로 들려주는 발음도 분명히 지놈인데, 우리 말 해설에는 "게놈 : 생물의 생활 기능을 유지하지 위한 최소한의 유전자군을 함유하는 염색체의 한 세트"라 풀이해 놓았다. 더군다나 human genome을 인간 게놈, human genome project를 인간 게놈 계획, genome project를 게놈 프로젝트로 해설해 놓았다. 그래서 너는 그놈이 지놈인지 게놈인지 잘 모르겠다.

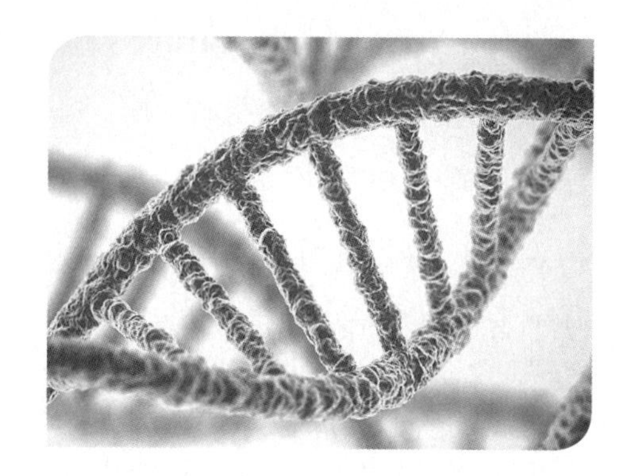

선비와 걸인사이

예전부터 선비는 정욕(情慾)은 있으나 물욕은 적었던 것 같다. 선비는 대개 가난한 사람으로 전해 내려온다. 충절이 대쪽 같고, 예와 효가 성실하며, 정의감이 살아있어 선불리 불의에 타협하지 않는, 그러면서 열심히 학문을 닦는, 뭐 그런 사람들이었다. 사육신이 그랬고, 송시열, 정약용이 그랬던 것 같다.

그러나 오늘의 학자들에게는 그러한 선비정신을 찾아보기가 힘들다. 대학이라는 직장을 가진 학자들은 대개 탐욕에서 자유롭지 못해 여러 가지 사회문제를 일으키기도 한다. 채용 비리, 논문표절, 표지갈이, 성추행 등 선비답지 못한 행태들이 심심찮게 뉴스를 탄다.

오늘날의 학자들이 만일 선비정신을 고수한다면 먹고 살기가 쉽지 않을 것 같다. 오늘의 학자들이 예전의 선비들처럼 행동한다면 바보 천치라고 손가락질을 받을 것이다. 무슨 수를 써서라도 대학이나 연구기관에 정규직으로 들어가야 한다. 그래서 이러한 약점을 이용하여 기득권자들은 벼룩의 간을 내어 먹으려 든다.

실제 직장이 제대로 없는 박사학위 소지자들은 생활고에 시달린다. 대학에서 강의 하나 받는 것도 학연, 지연, 혈연 등 배경이 있어야 한다. 소위 말해 끈이 있어야 한다. 강의를 하다가도 끈이 떨어지면 다시 강의를 할 수 없게 된다. 김영란 법이 나와 본들 무슨 효력이 있겠나 싶다. 다 뒷거래로 돌아가는 세상인데.

불의와 타협하지 않는 학자들은 머지않아 걸인이 될 것이다. 노숙자도 재산이 많은 사람이 있다지만 선비 노숙자는 그렇지 못하다. 있는 재산도 다 날리고 외롭게 책 숲 사이에 앉아 울면서 참이슬이나 마시다가 후루룩 저 하늘로 날아갈지도 모른다.

2016. 8. 28(일).

서울 무지개

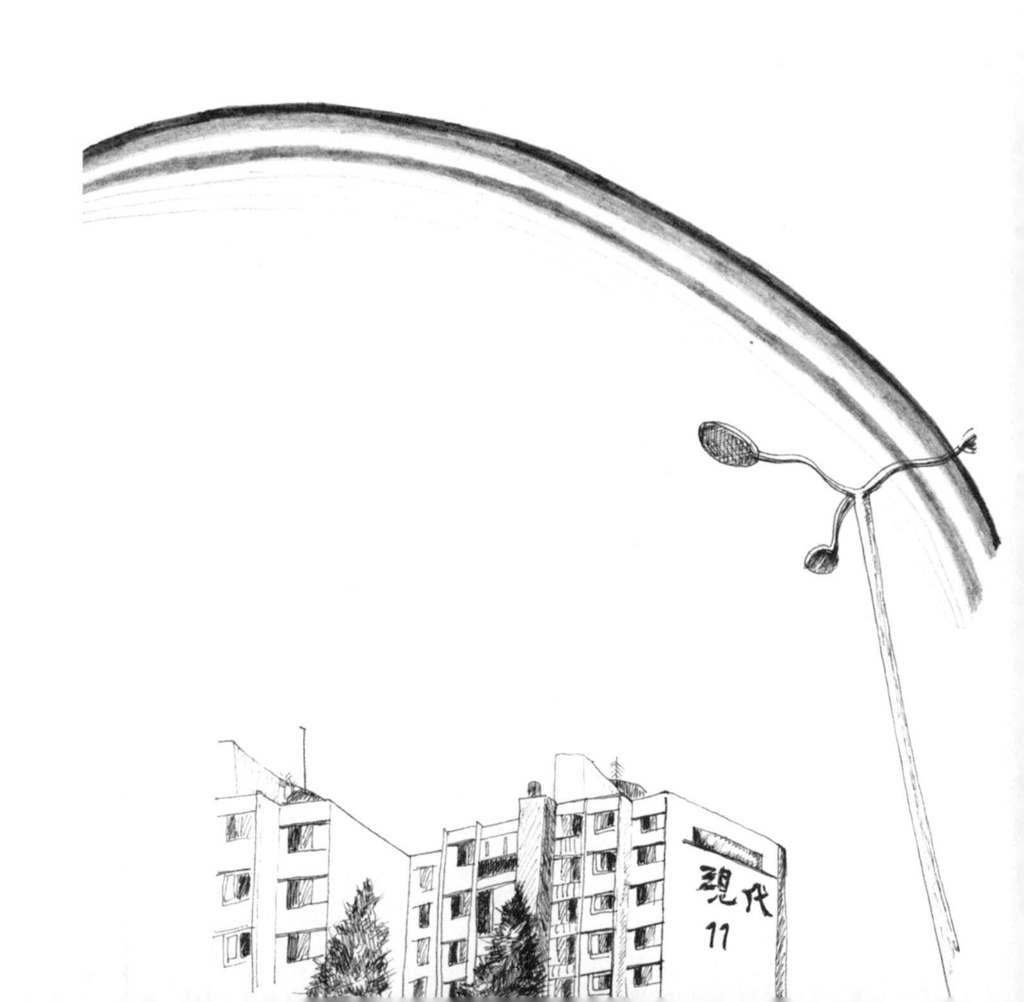

서울 무지개

2016. 8. 28 가락동에서 순대로 저녁 배를 채우고 경찰병원 거리를 거닐었다. 저녁 7시 쯤, 동쪽 하늘에 무지개가 떴다. 오래간만에 보는 무지개다. 수십 킬로미터 떨어진 양 쪽 어디엔가 뿌리를 박고 거대한 7색 반원을 그려냈다. 빨주노초파남보. 드러난 부분이 반원이니 다른 반원은 땅 속으로 연결되었겠지? 사람들은 너도 나도 스마트폰으로 사진을 찍어댔다. 너도 찍었다.

무지개를 물리현상으로 보면 햇빛과 수증기의 반사작용이어서 별 재미가 없을 것이다. 그러나 문학적으로 보면 무지개는 감동 그 자체다. 영국의 시인 윌리엄 워즈워스(William Wordsworth, 1770~1850)의 무지개라는 시는 오래 전부터 잘 알려져 있다. 너는 이 시를 중 3때 영어교과서에서 배웠다. 자연의 아름다운 무지개현상에 대해 신기한 감흥을 느끼며 평생토록 순수하게 살아가고 싶다는, 순수한 어린이의 감흥을 어른이

되어도 그대로 간직하며 살고 싶다는 뭐 그런 의미였다. 그래서 '어린이는 어른의 아버지'라 했다.

사실 어른이 되면 먹고 살기 바빠 그런지 문학적인 감성이 많이 사라진다. 감흥 없는 일에 평생을 종사한 사람들은 문학적인 표현은 말도 안 된다고 치부하기도 한다. 소설 쓰고 있네, 뭐 이러면서. 특히 거짓말을 소설인줄 오인하고 아무데나 숭고한 문학을 거짓말에 갖다 붙인다. 그런데 문학적 감흥이 있는 사람들은 그런 세속적 거짓말을 절대 소설로 보지 않는다. 소설은 르네 지라르(René Girard, 1923-2015)의 주장대로 '낭만적 거짓과 소설적 진실'이기 때문이다. 픽션이라니까 세속의 모든 거짓말을 다 소설로 아는 모양인데, 이는 소설의 본질을 잘 모르는 무식한 정치엘리트들이나 하는 소리다.

무지개가 신기하고 진실한 자연의 감흥을 담아내듯 소설도 신기하고 진실한, 어쩌면 처절하고도 아름다운 인간의 본성을 담아낸다고나 할까? 오라, 자네 문학전공자도 아니면서 어떻게 그런 말을 다 할 수 있나? 너 자신을 알아야지. 아 네, 나이가 좀 들다보니 온갖 걸 다 참견하고 싶어지네요. 할 일이 없어 그런가 봐요. 나이가 들수록 어린애가 된다는 말이 있지요. 그런데 어린이는 감흥이 많지요. 그래 저도 감흥이 많아지는 것 같아요. 나이 들었다고 과거 회상의 감정만 가지고 있지는 않아요. 미래의 저승까지도 상상하며 아름다운 무지개 나라를 그려보고 싶다고요. 오늘 무지개도 황혼에 떴거든요.

2016. 8. 28(일).

와, 개강이다

이번 2016년 2학기는 8월 29일이 개강이다. 무더위와 함께 친구한 2달간의 긴긴, 그러나 짧은, 여름방학이 끝났다. 가평으로, 양평으로, 양산으로, 부산으로, 울산으로, 대전으로, 대천으로, 서천으로, 세종으로, 부평으로, 참 많이 돌아다녔다. 수필을 한 200편 썼다. IFLA 학교도서관 가이드라인은 초벌 번역을 마치고 교열중이다. 그러면서 빈둥거리며 놀았다. 이런 걸 골고루 다 할 수 있는 방학은 정말 고맙다. 그러나 용돈을 벌 수 없으니 그 점은 좀 힘들었다. 다 일장일단이 있는 법. 어제 인터넷 뉴스에서 어떤 60대 노인이 2평 짜리 월세 여인숙에서 외롭게 숨졌다고 떴다. 그런데 너는 이렇게 활동하고 있으니 참 다행 아닌가?

여섯 강좌 수업계획서를 작성하여 학교에 보냈다. 이제 첫 시간 수업에서 무슨 말을 할지 좀 생각해 두어야 한다. 첫 시간부터 딱딱한 교재로 수업을 할 수는 없으므로 도서관과 우리네 인생이야기, 네가 겪은 도서관, 박물관, 미술관 이야기, 이런 것들을 사진과 함께 소개해볼까 생각중이다. '우리네 인생살이에서 도서관은 무엇이고, 왜 필요한가?'와 같은 보다 근본적인 물음을 던지면서 학생들과 함께 그 답을 찾아가는 작업은 도서관학의 첫 수업에서 꼭 필요한 첫 단추다. 도서관은 우리 생활과 멀리 있어서는 안 될 교육과 문화의 경쾌한 플랫폼이라는 걸 다 함께 공감할 수 있도록, 그래서 이번 학기의 모든 도서관학 수업이 신명나게 흐를 수 있도록 창의적 학습동기를 제공해주어야 하겠다. 잘 될지는 모르지만 이런 마음으로 개강에 임해야겠다.

2016. 8. 29(월).

수학영어, 수학국어

TV방송 채널을 돌리다가 교육방송(EBS)에서 수학영어를 만났다. 첫 시간이라 했다. 그러면서 수학에서 사용하는 영어를 소개했다. 예를 들어, 가로 width, 세로 length, 삼각형 triangle, 직각삼각형 right triangle, 면적 area, 정사각형 square 등이다. 유익하고 참신했다.

그렇다면 수학국어, 과학영어, 과학국어, 사회영어, 사회국어 등 과목별로 그 과목에서 잘 쓰이는 용어의 의미를 확실히 가르쳐주는 프로그램도 필요하겠다고 생각했다. 그리고 이런

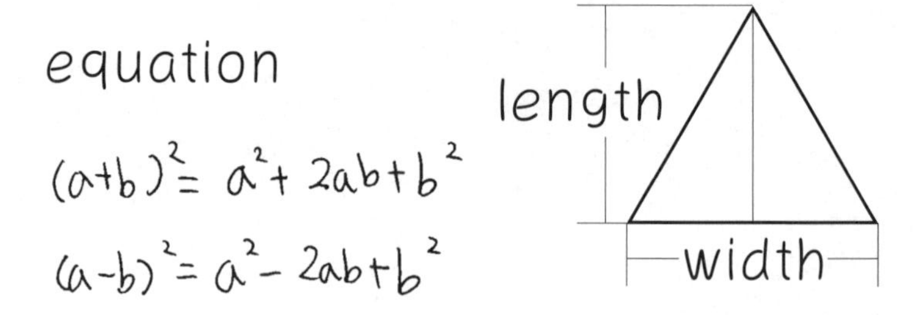

프로그램을 도서관에서 하면 참 좋겠다고 생각했다.

어느 과목이든 어휘의 뜻을 모르면서 외우기만 해서는 실력이 늘지 않는다. 모든 공부는 언어를 도구로 하는 것이므로 용어의 어원과 의미를 정확히 파악하는 것은 기본 중의 기본이다. 젊은이나 늙은이나 학생들이 모든 교과목에 나오는 어휘의 의미를 영어와 국어로 확실히 파악하고 공부하면 실력이 쑥쑥 늘지 않을까 싶다.

2016. 8. 29(월).

기분 전염

"가족들과 함께 제주에 오니 경치도 좋고 날씨도 시원하여 기분이 참 좋습니다."

기분이 좋다, 기분이 나쁘다, 라는 말은 우리들이 날마다 쓰고 듣는 말이다. 기분(氣分). 기분은 공기(空氣)의 한 부분인 것 같다. 공기는 육안으로는 잘 보이지 않으나 우리의 내면에, 우리의 주위에서 언제나 돌고 도는 하나의 정기(精氣)다.

우리는 기에 둘러싸여 살고 있다. 공기, 정기, 원기, 분위기, 기가 살고, 기가 죽고, 기가 눌리고, 기가 막히고, 감기에 걸리고, 전기가 통하고. 이 모든 기가 우리 기분에 영향을 준다. 우리 내면에서 우러나 발산하는 기도 일상 분위기에 영향을 준다. 사람에 따라 기가 다른데, 명랑한 기질, 우울한 기질, 그 중간 쯤 되는 기질 등 다양한 기질(氣質)이 있다. 그리고 이러한 기질과 외부 기운이 상호작용하여 기분을 형성한다. 한 사람의 기분이 다른 사람의 기분으로 전염되고, 여러 사람의 기분이 그 공간의 분위기를 연출한다. 하품은 전염이 잘 된다고 하던데 기분도 전염이 잘 된다.

가을이 되니 기분이 좋다. 덥지도 춥지도 않아 활동하기 너무 좋다. 맑은 가을 기운이 깊숙이 들어온다. 내 바디(body)에 와서 삶을 일깨운다. 기분을 밝고 맑게 정화해준다. 가을 남자는 쓸쓸하다는데 이 기분으로 사색하고, 공부하고, 사람들을 만나면 쓸쓸하지 않을 것 같다. 창문을 열고 가을인사를 하자.

Welcome autumn!

Good morning everybody.

Have a good weekend.

2016. 9. 3(토).

조치와 조취

조치 措置 어떤 문제나 사태를 처리하기 위해 필요한 대책을 세움

조처 措處 어떤 일을 해결하기 위해 대책을 세우거나 행동을 함

조취 臊臭 동물의 고기나 털 같은 단백질이 탈 때 너는 역겨운 냄새

이웃 주택가 도로 가장자리에 '주차금지 견인조취'라고 쓰여 있었지. 여기서 견인초취는 맞춤법에 맞지 않지. 아마 조치를 취하다 에서 영향을 받은 모양이지. 견인조치 또는 견인조처가 맞지. 국어표기를 잘못 하는 것은 국어를 오염시키는 일이지. 국어사전을 찾아보고 쓰면 좋지.

2016. 9. 3(토).

꿈에 먹은 묵죽

꿈에 누이 댁에 가서 묵죽을 먹었어요. 어머니도 와 계셨어요. 방학이라 공부 잘하는 조카들과 친구들, 남학생 하나 여학생 둘 세 명이 와 있었어요. 누이는 대전 대덕 연구단지 근처에 살았어요. 대학입시 이야기가 나왔어요. 네가 대학교수라고 좀 아는 척을 했어요. 대전에서는 대덕고가 좋다고, 과학고에 1, 2점 차로 못 들어 간 학생이 대덕고에 다니는데 실력이 꽤 좋아서 대덕고 학생들도 서울대 아니면 카이스트에 많이 들어간다고.

그러는데 저녁때가 되었어요. 누이가 묵죽을 많이 해 놓았으니 묵죽을 먹자고 했어요. 조카딸이 부엌에 나가서 저녁상을 차려 왔어요. 너는 집에 가서 먹겠다고 나오려 하는데, 어머니가 주머니에서 5만 원짜리 몇 장을 꺼내어 세시더라고요. 그래서 너를 주시려나보다 내심 미소를 짓고 있는데, 어머니는 돈을 주시지는 않고, 저녁을 조금이라도 먹고 가라고 묵죽을 반

그릇 떠 주셨어요. 너는 방에 들어가지 않고 문지방에 비스듬히 기댄 채 어머니가 떠주신 묵사발을 들고 후루룩거리며 마셨어요. 맛이 참 좋았어요. 반 그릇 쯤 먹다가 바른 자세루 먹기 위해 일어났어요. 그런데 일어나는 순간 꿈을 깼어요.

맛있는 묵죽을 더 먹고 싶은데 묵죽이 없었어요. 그 맛있는 죽을 다 먹은 다음 꿈을 깨야하는데, 허전했어요. 왜 꿈은 꼭 이렇게 아쉽게 깰까요? 그런데 묵죽이라는 음식은 없잖아요. 묵과 죽을 섞은 걸까? 묵도 죽의 일종일까? 저승에서는 그렇게 부드럽고 맛있는 음식을 먹고 사는 걸까? 너는 1시간 낮잠을 자는 사이에 누이와 어머니가 계시는 저승에 다녀왔나 봐요. 그래서 꿈엔 너무 행복했는데, 어머니도 누이도 너무 반가워하고.

꿈을 깨 다시 이승에 오니 좀 허전하네요. 그런데 행복한 꿈은 아쉬운 순간에 깨고, 악몽은 위험한 순간에 깨나 봐요. 악몽을 끝까지 다 꾸면 꿈이라도 매우 무섭겠지요. 이것도 조물주의 배려인가 봐요. 지금까지 너의 꿈 이야기였어요. 완전 픽션이죠. 한 가지 소설 주제로 연속 꿈을 꿀 수 있다면 저도 소설을 잘 쓸 수 있을 것 같은 데, 아직 연속 꿈을 꾸어본 적은 없지요. 그래서 꿈을 가지고 열심히 노력해야 되나보아요.

2016. 9. 3(토).

독서의 계절

가을은 단연코 독서의 계절이다. 독서를 싫어하는 사람들은 아마 지긋지긋하다고 할지 모르지만, 가을엔 그래도 소수인원이라도 독서를 즐긴다. 오늘 송파도서관에 법정스님 책을 반납하러 가보니 이용자가 꽤 많았다. 전철에서는 스마트폰이 대세지만 도서관에서는 아직 책이 대세인 것 같다. 서비스는 없어도 도서관엔 공짜라 그런지 고객이 온다.

우리에게 도서관은 두 가지 정도로 헛갈려 있다. 대학입시 공부방, 아니면 레크리에이션 소일 광장. 사실 도서관은 이 두 가지를 다 충족해야 할 텐데, 우리는 아직 둘 다 설다. 독서실도 아니고 문화원도 아닌 어정쩡한 상태의 엉거주춤 도서관, 다소 침울하지만 도서관들은 그런대로 제법 돌아가고 있다.

가을엔 도서관이 바쁘고 또 바빠야 한다. 독서주간도 있고, 지자체나 정부에 어필하기 위해 무엇인가 가시적 성과를 내야 한다. 도서관은 이제 과거와는 달리 프로그램이 대세가 됐다.

얼마나 시민에게 다가가는 프로그램을 만드느냐가 도서관의 존재이유다. 그래서 도서관의 경영기획에도 상상력과 창의력이 절실히 필요하다. 사서의 현실 안주는 이제 용납되지 않는다. 발로 뛰는 인재가 필요하다. 발 벗고 나서는 용감한 시민이 도서관 사서로 일할 수 있게 정책적인 뒷받침을 해야 한다.

2016. 9. 3(토).

벌초

음력 7월은 청포도가 익어가는 시절, 동시에 벌초(伐草)의 계절이다. 벌초는 조상의 묘에 자라난 풀을 깎고 다듬는 일로 예로부터 매우 중요한 연중행사로 이어져 왔다. 이는 후손으로서 당연히 해야 하는 의무이기도 하다. 묘지문화의 역사는 선사시대로 거슬러 올라간다. 개체 인간은 시간 제한적 존재이므로 생명의 기간은 그리 길지 않다. 따라서 누구나 주어진 생명을 다하면 흙으로 돌아가지 않을 수 없다. 그런데 살아 있는 어린 후손에게는 슬픔, 아쉬움, 존경, 그리움으로 남아, 한 줌 조상의 흙을 보살피려는 착한 유전자를 내려 받았다.

그런데 요즘은 너무나 바쁘게 돌아가는 아이티(IT) 문명시대가 되고 보니 모든 문화 풍속도가 바뀌고 있다. 장례문화도 이제 다양해져서 매장이 줄고 화장이 늘었다. 상가 집에 문상을 가보면 요즘은 대개 화장이라 한다. 우리 집안의 경우도 네가 어릴 때는 철저한 유가 전통에 따라 매장을 고수하며 일 년에 다섯 번 정도(설, 한식, 벌초, 추석, 묘사) 조상의 묘를 돌보는 일이 효행의 기본처럼 되어 있었다. 그런데 지금은 스피드시대라 비현실적이고 형식에만 그치는 거추장스러운 문화를 정비하고 간편하고 실속 있는 문화로 개선해가고 있다.

너는 오래전부터 벌초를 하지 않는다. 1967년 계룡산 우적골에 지은 선친의 묘는 파서 화장을 했고, 1981년 양산 석계 공원묘원에 지은 어머니의 묘는 공원에 있어 관리를 해주기 때문이다. 그러면서 너 자신에 대해서도 전에는 끔찍하고 무섭게 생각하던 그 화장을 지금은 받아들일 준비를 하고 있다. 기왕에 흙으로 갈 거 스피디하게 가면 장기간 부패를 방지할 수 있어 좋고, 후손에게 벌초의 의무를 부과하지 않아, 벌 쏘임을 예방할 수 있어 좋고, 고속도로에 교통체증을 일으키지 않아 좋고, 좋은 게 한두 가지가 아니기 때문이다.

너는 납골당도 반대한다. 죽어서까지 답답한 아파트(?)에 있고 싶지 않기 때문이다. 향기 없는 조화에 둘러싸여, 딱딱한 철골 구조 속에, 그 속에 또 옹기 단지 속에 왜 그렇게 허구한 날 갇혀 있어야 하는가? 흙은 흙으로 보낼 때 자유롭다. 물은 물로 보내야 하듯. 흙에게 흙은 지옥이 아니라 극락이다. 흙이 있어야 하늘도 있고 하늘이 있어야 흙도 있다. 미심쩍으면 저 우주를 보라.

2016. 9. 4(일).

메밀인가, 모밀인가

“메밀이 맞아?, 모밀이 맞아?” 메밀이 맞아. ‘메밀’하면 이효석의『메밀꽃 필 무렵』이 떠오를 만큼 메밀과 이효석은 가깝게 지냈다. 너는 강원도 대화에서 봉평까지 차를 몰아본 적이 있다. 이효석 문학관을 두 번이나 가보았으니까. 거기서 메밀국수도 먹어보았으니까. 그러면서 일제강점기에 경성제대를 나온 시골뜨기, 개천에서 용이 난 문학소년 이효석을 흠모해보기도 했다. 나이로 보면 할아버지 벌이지만.

그런데 요즘 식당에서는 왜 모밀이라고 하는지 모르겠다. 모가 났다고 그러는지, 메밀이라는 표준말을 두고 왜 모밀이라 하는지? 특히 일식집 비슷한 데서 냉모밀 어쩌고저쩌고 한다. 사전에는 모밀이 메밀의 비표준어라고 나온다. 사전에 그렇게 나오면 방언이니 그런대로 봐 주라고요? 할 수 없죠 뭐. 네가 안 봐준다고 뭐가 달라지는 것도 아니니까요. 그런데 분명 이효석 작가는 시골 사람인데도 메밀이라는 표준어를 썼다는 걸 꼭 기억하시면 좋겠어요.

오늘 점심에 냉면을 사먹었다. 평소엔 회냉면을 즐겨 먹었는데 오늘은 그냥 비빔냉면을 먹었다. 콜레라 탓이다. 예전에 냉면은 메밀이 주원료라고 들었는데 요즘은 그런 것 같지가 않다. 메밀이 어떻게 그렇게 쫄깃한지 의심이 가기 때문이다. 너는 메밀묵도 좋아하는데 메밀묵은 도토리묵만큼 토실하거나 쫄깃하지가 않다. 그래서 냉면도 메밀이 주원료라면 쫄깃하지 않을 것으로 생각이 되는데 오늘 먹은 냉면은 찰기가 느껴졌다. 진짜가 아닌지. 그러나 조미료를 많이 넣어 맛은 좋았다.

네가 냉면을 처음 먹어본 것은 국토방위를 받을 때였다. 방위 동료의 부모님이 냉면집을 했기 때문에 얻어먹을 기회가 있었다. 처음 먹어보는 냉면은 정말 맛이 있었다. 가마솥 위에 국수를 빼는 기계를 올려놓고 그 기계에 냉면 반죽을 넣고 지렛대 같은 것을 돌리면 냉면가락이 솥으로 내려앉는다. 그런데 요즘 냉면은 거의 인스턴트 냉면 같아 소비자로서는 품질을 신뢰할 길이 없어졌다. 그냥 주면 주는 대로 먹을 수밖에. 그래도 주변에 냉면집이 있어 일요일에 한 끼를 맛나게 때울 수 있으니 좋다. “메밀묵 사려~ 메밀묵, 찹쌀 떠어억. 메밀묵 사려~ 메밀묵, 찹쌀 떠어억.” 옛날 듣던 처량한 그 소리 귓전에 맴돈다.

2016. 9. 5(월).

억조창생

요즘은 화폐단위가 커서 그런지 1억, 10억은 보통명사가 됐다. 정부예산 400조 시대, 대 기업의 영업이익도 대개 조 단위다. 서민으로서는 그런 돈을 만져볼 수 없으므로 언론에 보도되는 그런 돈 이야기는 감이 잘 안 온다. 그런데 오늘 아재개그 하나가 떠올랐다. 조다. 좁쌀 할 때 그 조 말이지. 그 조 한 알갱이 옆에 5천원을 놓으면 1조 5천원이 되지. 하하. 조 이삭 하나면 수백 조가 될 것이고. 어쨌든 조는 조니까. 억조창생(億兆蒼生)이여, 남의 돈 부러워 말고 웃으며 살아보세.

2016. 9. 5(월).

24절기란

올해(2016)는 9월 22일에 추분(秋分)이 온다. 추분은 24절기 중 하나인데 가을의 분수령이다. 절기란 기상(氣象) 변화의 마디[節]로 음력에서 1년 4계절을 15일 단위로 구획하여 각 시점의 날씨 특징을 농사와 연관하여 나타낸 명칭이다. 예전의 농가월령가는 이 절기를 기반으로 구성한 시절 노래다. 때를 잊지 않으려고 절기와 농경생활을 한데 엮은 농사 비망록이라고나 할까?

봄 春 Spring

입춘(立春), 우수(雨水), 경칩(驚蟄), 춘분(春分), 청명(淸明), 곡우(穀雨)

여름 夏 Summer

입하(立夏), 소만(小滿), 망종(芒種), 하지(夏至), 소서(小暑), 대서(大暑)

가을 秋 Autumn, Fall

입추(立秋), 처서(處暑), 백로(白露), 추분(秋分), 한로(寒露), 상강(霜降)

겨울 冬 Winter

입동(立冬), 소설(小雪), 대설(大雪), 동지(冬至), 소한(小寒), 대한(大寒)

다시 입춘, 우수, 경칩, 춘분, 청명, 곡우…. 농가월령가를 구해 읽어보고 싶다.

2016. 9. 6(화)

자리양보의 풍속도

우리가 청년시절이었던 예전(1970, 1980년대)에는 어디서나 자리를 양보하는 미풍양속이 있었던 것으로 기억된다. 아무리 복잡한 차 안에서라도 연장자가 올라오면 조금이라도 젊다고 생각하는 사람은 너나 할 것 없이 벌떡 일어나 기꺼이 자리를 양보해 주었다. 그러면 양보를 받는 어른들은 미안해서 어쩔 줄 몰라 고맙다고 인사를 하고는 자리에 앉아 양보해준 젊은이의 가방을 들어주었다. 그 시절의 미풍양속이었다.

그런데 요즘은 자리양보 풍속도가 바뀌고 있다. 너는 오늘 서울대 규장각에서 매 학기 개설하는 규장각 금요시민강좌를 듣기 위해 서울대까지 대중교통을 이용했다. 2호선 전철을 타고 서울대입구역에서 내려 서울대 가는 초록버스를 갈아탔다. 사실 너는 아직 젊은이들로부터 자리를 양보 받을 만한 실버는 아니라고 생각한다. 그래서 전철이건 버스건 언제나 서서갈 준비가 되어 있다. 따라서 자리를 양보 받으려는 생각은 추호도

하지 않는다. 그래서 그런지 자리를 양보해주는 젊은이도 거의 없다. 좌석에 앉아 있는 분들은 누구나 눈을 지그시 감고, 아니면 자연스럽게 스마트폰을 열심히 들여다보고 있다.

오늘도 너는 2호선 전철을 타고 서서 갔다. 그리고 서울대입구역에서 내려 서울대 가는 초록버스를 탔는데 버스가 만원이라 또 서 있었다. 그런데 버스가 한정거장 쯤 이동할 무렵 서울대 학생으로 보이는 한 여학생이 너를 힐끔 보더니 아무 말 없이 일어나서 버스 저 앞쪽으로 피신하듯 가버렸다. 분명 너에게 자리를 양보하는 것 같긴 한데. 그래서 너는 자리를 비워두느니 그냥 앉기는 앉았다. 그러면서 양보해 준 그 여학생에 대하여 이런 생각을 했다. 그 학생이 고맙기는 한데, 기왕이면 "어르신, 여기 앉으세요."라고 한마디만 했더라면 서로 기분이 참 좋았을 걸 그랬다고.

예절은 표현이라고 하지 않던가? 서로 기분 좋게 한 마디만 건넨다면 양보하는 사람이나 양보 받는 사람이나 순간 기분이 좋고, 또 그 기분 좋은 여운이 남아 오늘 오후 내내 기분이 좋았을 텐데. 너는 오늘 그 여학생이 고맙긴 고마우면서도 한 2% 정도는 별로 고맙지 않은, 좀 불쾌한 감정을 느꼈다. "왜 나이 많은 사람이 돌아다녀요? 서울대는 뭐 하러 오시는 거죠?" 뭐 이런 좀 거북한 뉘앙스 같은 거. 하하.

2016. 9. 9(금).

초가을의 커피

1980년대부터 지금까지 커피 경력 36년, 직장에 들어가고부터 아침마다 타이피스트 여직원이 커피 한 잔과 유리 재떨이를 대령하여 매우 미안함을 느끼면서 의무적으로 커피를 먹기 시작했다. 담배도 한 달 정도 뻐끔뻐끔 피워보았다. 그러나 담배는 영 너에게 맞지 않아 중단하고, 커피는 계속 마시게 되었다. 독특한 향기와 달콤한 맛, 아침 졸음을 깨워주는 개운함까지 너는 커피 맛에 매료되었었다. 그래서 그 습관이 지금까지 지속되고 있다.

오늘도 초등 동창과 믹스커피를 한 잔 했다. 예전부터 길들여진 믹스커피다. 스타벅스 같은 카페에서 파는 쓰고 비싼 커피는 너에게 맞지 않다. 맛도 습관이라 예전에 먹던 맛이 아니면 거부한다. 예를 들어 너는 삭힌 홍어는 못 먹는다. 예전에 그런 삭은 걸 먹어보지 않아 거부반응을 일으키기 때문이다. 그런데 새우젓이나 명란젓 등 젓갈류는 삭은 음식이라도 예전부터 먹어서 그런지 거부감이 없다. 사람은 참 묘한 동물이다. 너는 짭짤한 새우젓 한 수저만 있으면 밥 한 그릇을 뚝딱 먹어치울 수 있다.

초가을인데도 더위가 지속되어 그런지 이제 커피를 마셔도 몸이 늘어진다. 커피를 마시면 몸이 더 나른해지는 것 같은 명현반응도 나타나고, 밤엔 숙면에 들지 못해 자주 잠이 깨기도 한다. 그래서 이제 커피를 좀 줄여야겠다는 생각을 한다. 그러면서 또 습관적으로 먹게 되는 커피, 이래서 습관은 중단하기가 어려운가보다.

좋은 버릇은 이어가는 게 좋지만, 좋지 않은 버릇은 중단하는 게 좋은데, 10여 년 전에도 너는「커피 임상실험 30년」이라는 수필을 쓰고, 커피를 줄이려 했었는데, 오늘도 커피를 마시고 이 글을 쓴다. 하루 한 잔은 약이라니까.

2016.9.10(토).

116

규장각 금요강좌

2016년 9월 9일 불금(불타는 금요일)의 아침, 서울대 규장각으로 향했다. 9월 9일은 9자가 귀처럼 생겨 귀의 날이라고도 한다. 귀, 귀는 참 진귀한 몸의 창문이다. 가는귀라도 먹어보라, 얼마나 불편한지. 보청기를 귀에 꽂는다 해도 손상된 청각기능을 완벽하게 복원할 수는 없다고 들었다. 그러고 보면 이목구비(耳目口鼻) 소통이 잘 되는 게 얼마나 복된 일인지.

서울대 규장각 한국학연구원에서는 매 학기, 매 금요일 마다 의미 있는 역사 강의를 개설, 시민에게 무료로 제공한다. 그러나 수강을 하려면 사전에 등록하여 승인을 얻어야 한다. 등록비는 2만 원이다. 이 강좌는 인근 관악구청의 예산지원을 받는 학관 협력 사업이라 한다. 수강 대상은 제한이 없지만 주로 너 같은 실버들, 은퇴자들이 많다. 그러나 수강생 중에는 상당한 실력자도 더러 있는 것 같다.

이번 학기 강좌 주제는 '조선의 기술문화와 규장각'이다. 조선시대 과학기술 역사를 짚어보는 시간이 될 것 같다. 강의시간은 1회에 2시간 30분, 3학점 짜리에 해당하는 셈이지만 학점제는 아니다. 좀 군더더기 같은 개강식이 끝나고 첫 강의가 시작되었다. 서울대 국사학과 문중량 교수가 '동서양의 기술관'이라는 제목으로 첫 강의를 했다. 그분의 이름답게 중량감이 느껴졌다. 기본적으로 다 알 것 같지만 정확하지 않은 지식들을 정확하게 짚어주는 강의였다. 강의에서 말끝마다 끝말을 반복하는 등 옥에 티도 있었지만 너의 강의를 반추해보며 네가 시정해야 할 강의태도를 체크해보는 것만으로도 큰 의미가 있었다.

딱딱한 내용을 3시간 동안 자료중심으로 진행하는 강의는 학생들에게 지루함을 안겨준다. 그래서 너는 너의 개인적 경험이나 느낌, 그러고 아재개그를 섞는 편인데, 그 교수님은 콘텐츠에 충실한 편이었다. 그래도 너에게는 매우 유익했다. 그러면서 반성도 했다. 너는 콘텐츠에도 충실하고 재미도 있는 그런 강의를 해야겠다는 생각, 습관이 들어 잘 되지는 않지만 그래도 노력은 해봐야지. 남의 흉 보거라 말고 제 허물 고치도록!

2016. 9. 11(일).

우드 볼 출정

아침 6시에 집을 나섰다. 난생 처음으로 국립공주박물관 앞 우드 볼 필드를 경험하기 위해서였다. 어제 다이소에서 2천 원 주고 산 흰색 팔 토시를 끼고, 집에 있는 빨간 모자를 쓰고, 아들 며느리가 사준 보라색 티를 입고, 까만 등산복 바지를 입고, 16년이나 된 너의 백차를 몰고 시원한 아침 공기를 갈랐다. 공기를 가르니 마치 우드 볼 갈라 쇼를 보러 가는 기분. 우선 모자로 알머리를 가리니 기분이 훨씬 젊어진다. 이럴 땐 교황이나 추기경의 뚜껑모자가 부럽지 않다.

스마트 폰으로 내비를 찍고 수지에 사는 백 교수님을 픽업하는 게 오늘 너의 첫 임무다. 막힘없는 새벽의 고속도로, 룰루랄라 35분만에 수지 녹십자 본사 인근에 도착했다. 그런데 약속장소를 못 찾아 조금 헤맸다. 두 차례 전화 통화 끝에 곧 백 교수님을 만났다. 다시 20여 분을 달려 기흥IC로 가 권 교수를 기다리니, 20분 후 권 교수가 2015년형 검정 세단을 몰고 약속장소로 나왔다. 아침 요기용으로 쑥떡과 무화과를 싸가지고 왔다고 했다. 너는 조건반사로 군침을 삼키며, 차를 기흥IC 부근 안전한 곳에 새워두고 권 교수의 좋은 차를 탔다. 왱왱왱… 씽씽씽… 그랜저의 승차감은 마치 스키를 타는 것처럼 리드미컬하다. "그란디유(GRANDEUR), 승차감이 참 좋네, 유."

그런데 드라이버 권 교수가 "이 교수에게 전화"라고 음성으로 명령하니, 곧 음성 여비서가 "예, 이 교수에게 전화를 걸겠습니다." 하며 전화를 걸어준다. "교수님, 어디십니까? 저희는 지금 막 기흥 출발했습니다. 아 네, 교수님도 지금 출발하신다고요? 예, 예, 그럼 이따 공주에서 뵙겠습니다. 조심해 오십시오."

다시 권 교수가 "김 교수에게 전화"라고 말하니 또 그 여비서가 연결해준다. 전화상대는 여성이다. 상대방이 잠이 덜 깬 목소리로 전화를 받는다. "김 교수님 너무 일찍 전화했지요? 미리 말씀 드렸어야 하는데 지금서야 교수님 생각이 났습니다. 저는 지금 공주에 우드 볼 치러 내려가는 중입니다. 교수님, 시간 되시면 지금 내려오시지요. 1시간 10분밖에 안 걸리거든요" 하니 상대방은 아직도 잠이 덜 깨어 "오늘은 안 된다고, 잘 놀다 오시라"고 하는 것 같았다.

우리는 룰루랄라, 1시간 10분 만에 국립공주박물관 앞 우드 볼 필드에 도착했다. 영어로 필드라고 쓰니 국어를 사랑하는 너 자신 좀 켕긴다. 우리말로 잔디들이라고 쓰면 좋겠건만 다 필드, 필드 하니 혼자 잔디들이라고 써보았자 아무 소용이 없다. 또 골프나 우드 볼은 다 외국 출신이니 경기장도 필드라고 불러야 어울릴 것도 같다. 그래도 너는 국어사랑 정신만을 마음에 품은 채 우드 볼 전용 필드에 들어섰다. 금강을 끼고 있는 넓은 고수부지, 군데군데 소나무가 있는 멋지고, 길고, 넓은 잔디 광장이다.

아침 8시 40분, 공주 우드 볼 동호회 회원들이 일차 경기를 마치고 포도를 먹으며 낯선 우리를 반겨준다. 아하, 이래서 운동이 좋은가 보다. 낯선 사람도 인간적으로 친근하게 대해주니. 전에 골프하는 분들로부터 느낌을 받은 것처럼 이런 필드 운동은 일종의 사교활동도 된다. 특히 골프는 고위 공무원이나 기업가들의 사교용, 접대용이 된지 오래다. 언론에서 '골프 접대'라는 용어를 들어본 기억도 있다. 그래서 종종 불륜연애, 부정청탁의 온상이 되기도 한다. 운동과 사교, 둘이 어울리는 것 같긴 한데, 그 어울림 속에서도 언제나 그 본연의 순수성은 지켜야 할 것 같다. 최근 태극 낭자 골퍼들이 기부천사가 되는 것처럼, 운동, 친교, 자선의 그 순수성과 윤리는 잘 지켜야 한다. 그렇지 않으면 패가망신하기 십상이지. 전에 국회의장 출신 70노인 박 아무개처럼 말이지.

지도교수가 오기 전에 공주 동호인 두 분의 지도로 기본자세를 좀 배워 보았다. 엉거주춤하니 어설프고 공이 똑바로 가지 않고 자꾸 옆으로 샌다. 그러나 그런대로 필드를 걸으며 한 20여 분 연습을 했다. 마침내 오늘 우리를 지도해주기로 한 이 교수님이 나타났다. 훈련생 여러 명을 대동하고 올 줄 알았는데 쫄바지를 입은 여자 선수 한명만 데리고 왔다. 반갑게 악수들을 나누고 곧 지도를 받았다.

우드 볼 채를 잡는 왼손, 감싸 쥐는 오른손, 그리고 허리 자세, 엉덩이를 빼는 정도, 어깨 폄 정도, 손목의 휨 정도 등 체육 전문가로부터 세밀한 지도를 받았다. 코치들은 누구나 피교육자가 잘 따라 하지 못하면 핀잔을 주기 마련인데, 우리는 늙어서 그런지 핀잔을 주지는 않았다. 그러나 제대로 따라하지 못할 때는 음성이 좀 달라졌다.

“아니, 아니, 그게 아니라니깐요. 자, 보세요, 손목을 배구하듯이 그렇게 하면 안 되고요, 똑 바로 펴세요, 왼 팔을 쭉 편 상태로 몸통을 오른 쪽으로 같이 돌렸다가, 손목에 힘을 빼시고, 채의 헤드 무게로만 볼을 맞추세요, 아니, 아니 고개는 돌리지 마시고, 공을 보시고요, 그렇지, 그렇지.”

참 기본자세 지도하는 것도 쉽지는 않겠다. 너는 시행착오를 겪으며 지도자의 말씀에 따라 기본동작을 만들고자 노력했다.

어떨 땐 되고, 어떨 땐 잘 안 되고. 그런데 기본자세가 되었을 때 공을 맞추면 공이 직선으로 굴러갔다. 조금이라도 빗맞으면 공은 옆으로 삐져 나간다.

참 이것도 물리의 법칙이지. 힘의 운동, 방향과 세기, 그래서 스포츠는 과학이 된 거다. 스포츠과학 말이지. 이 운동도 힘의 방향이 중요하다. 어제 인터넷에 '우주 등방성'이라는 용어가 떴었지. 우주에는 방향이 없다고. 그래서 방향을 잡지 못하는 사람들은 걱정하지 말라고, 우주는 원래 방향이 없는 거라고. 그럴 것 같다. 우주는 워낙 넓어서 어디에다 기준점을 둘 수도 없으니 우주에 방향이 없다는 것은 수긍이 갈 것 같다.

태양, 또 다른 태양, 태양, 태양, 별, 또 다른 별, 별, 별, 별의 별 별, 도무지 종잡을 수 없는 우주의 별과 그 방향. 이렇게 보면 그야 말로 지구촌은 촌구석이다. 촌놈들이 주제에 뭘 안다고 맨날 싸움박질이나 하고, 무슨 철학과 사상이 있다고, 무슨 과학과 기술이 있다고 거드름 떨며 잘난 척하고, 원자력 불장난에 요격무기 배치 반대까지 지구 촌놈들 정말 정신이 있나 없나. 싸가지 없이 거들먹거리면서도 제 무덤을 파고 있는 어리석은 사람들.

3시간을 금강 변 둔치 소나무 우드 볼 필드에서 놀았다. 12코스를 충실히 다 답사했다. 넓고 긴 필드를 다 거닐고 나니

12시, 날씨는 아직 더워서 땀이 범벅이 되어 흐르고, 갈증은 나고, 몸이 지쳤다. 배가 고파온다. 홍난파의 가고파 노래를 '배고파'로 치환하여 부르고 싶다.

"내 고향 충청도서, 우드 볼을 치고 나니, 이제는 너도 너도 배고파라, 배고파, 가서, 얼른 가서, 밥을 먹자, 밥을 먹어. 먹고, 먹고 나서, 집에 가자, 집에 가 ♪."

아까 아침에 권 교수가 준 쑥떡 하나 무화과 한 개로는 3시간을 버티기가 어렵다는 걸 절감했다. 그런데 공주 우드 볼협회장께서 점심을 내겠다고 제안을 한다. 그 지도교수 덕분이다. 불청객인 우리 셋까지 점심을 사준다고 하니 우리는 양심에 가책을 받았다. 그렇다고 사양하고 따로 밥을 먹으로 가겠다고 할 수도 없는 상황, 우린 할 수없이 그 상황에 적응했다. 금강이 바라보이는 갈비식당, 석판 갈비와 국밥으로 좋은 점심을 먹으며 거기다 공주 알밤 막걸리까지 한 잔 걸치니 곧 생체리듬이 살아난다. 알밤 막걸리는 노르스름한 색깔에 달콤한 맛, 정말 맛이 새롭고 좋다. 식후 덕담을 나누다가 일요일이라 차가 밀린다고 하여 우리는 곧 공주를 떠났다.

돌아오는 차안에서 드라이버 권 교수는 졸음이 온다며 갖가지 괴성을 냈다. 조수석에 앉은 너는 좀 불안했다. 졸음은 순간적으로 와 고개를 떨굴 수도 있는데, 곁눈질로 권 교수를 예의주시하며 수시로 말을 걸었다. 우리는 무사히 기흥IC에 복귀, 악수를 나누고 헤어졌다. 너의 최종 임무는 백 교수님을 집 앞까지 태워드리는 일. 기흥에서 수지까지 백 교수님을 안전하게 모셔드리고 집에 오니 오후 5시. 아까 선물 받은 공주 알밤막걸리를 한 잔하고 깊은 잠에 빠졌다. 오늘 정말 좋은 체험을 했다.

Would you please play wood ball with me again?

2016. 9. 12(월)

지진 뉴스

어제 저녁에 경상도 경주에서 지진이 났다고 한다. 너는 느끼지 못했는데 서울에서도 지진을 감지한 사람들이 많다고 한다. 지진의 진동도 파가 있어 동네별로 전파된 정도가 다른가 보다. 그런데 이번 경주 지진은 예사롭지 않다. 그 전의 작은 지진과는 달리 이번에는 제법 큰 지진, 80층 빌딩이 휘청하고, 집에 화분이 넘어지고, 물건들이 떨어지고, 사람이 비틀거리고, 정말 무서울 정도라 하니, 진도 5.8이 그렇게 위력이 센가보다. 진도가 한 6.0이라도 되었더라면 어쩔 뻔 했나. 5.8이 그 정도니, 가벼운 부상자도 있고, 금이 간 건물과 땅도 있고, 원자력발전소는 매뉴얼에 따라 수동으로 정지시켰다고 하고, 이제 우리 한반도도 지진 안전지대가 아닌 것 같다.

오늘 학교에서 공공도서관의 기능 중 사회속의 도서관에 대하여 강의하며 어제의 지진을 예를 들었다. 사회변동의 요인은 물리적 환경의 변화, 인구변동, 기술혁신 등으로 요약되는데,

물리적 환경의 변화는 우리가 잘 느끼지 못해왔다. 그런데 서서히, 서서히 지구환경이 변화되고, 이 환경은 인간에 의한 오염도 있지만 지구와 우주 자체의 어떤 근본적 변화요인도 잠재되어 있다는 것을 인정해야 할 것 같다. 그러기에 예전에 바다 밑 땅이었던 히말라야가 솟아올랐고, 지금도 몰디브는 잠길 몰(沒) 자를 쓰는지 서서히 물에 잠기고 있고, 우리 한반도는 자연재해가 드문 복 받은 땅인 줄 알았는데, 이제 이렇게 제법 큰 지진이 나니 우리도 무작정 안심할 수만은 없을 것 같다.

그런데 이럴 때 꼭 늑장 대응했다고 언론에서는 정부를 비난한다. 여러 사건을 겪었으면서도 매번 서툴다고들 하는데 그럼 그들은 무슨 도움이 되는 일을 했는가? 그래서 어떨 때는 정부가 안쓰럽다. 비난하는 사람들도 일을 당하면 도진, 개진 다 마찬가지일 텐데, 누가 누구를 나무라는가? 이럴 땐 비난대신 서로 의견을 모으고 지혜를 제공하여 현명하게 대처할 수 있도록 도와주어야 하지 않을까? 국민 모두 각종 재난에 대비하여 미리 훈련을 철저히 해 두는 게 최선일 것 같다. 대개 비난하는 사람들은 비난만 할 줄 알지 자기들이 당하면 마찬가지라는 걸 잘 알지 못한다. 이 땅에 사는 사람들은 누구나 국외자가 아니다. 나라를 안전하게 유지하는 일은 여와 야, 국민 모두의 책임이라고 생각한다.

2016. 9. 13(화).

돈가스와 통닭

너는 돈가스를 잘 먹는다. 그런데 돈가스의 뜻이 뭘까 궁금하여 사전을 찾아보았다. 돈가스는 원래 영어의 pork cutlet인데 일본 사람들이 pork를 돼지 돈(豚)으로 바꾸고 cutlet을 일본식(엉터리) 발음으로 가스라고 하게 되었다는 것이다. 정말 일본 영어발음은 못 말리겠다. 그런데 그런 줄도 모르고 너는 돈가스, 돈가스 하며 즐겨먹었으니 좀 부끄럽다. 우리말로 하면 '돼지고기조각튀김', 줄여서 '돼지고기튀김' 정도 될 것 같은데 무심코 돈가스, 돈가스, 돈가스 하나주세요, 하고 엉터리 같은 일본 말을 사용했으니.

전에 아들들과 같이 살 때는 통닭도 참 즐겨 먹었었다. 정말 만만한 게 통닭이었지. 그런데 통닭은 순 우리말 조합이다. 닭을 통째로 튀긴 것이기 때문이다. 구체적으로는 닭의 내장을 들어내고 튀김가루를 발라 기름에 지글지글 튀긴 것이다. 바싹 튀기면 프라이드(fried)가 되고, 튀김가루 대신 양념 소스를 바르면 양념통닭이 된다. 그래서 통닭을 시킬 때 흔히 '양념 반, 프라이드 반'으로 주문했었다. 여기에 또 튀김 대신 프라이드가 들어가네. 계란도 프라이팬에 지지면 계란 프라이가 되고.

이렇게 일상으로 사용하는 우리 낱말도 그 뜻을 알고 쓰면 네 경우에는 좀 후련하다. 통닭은 순 우리말이니 그대로 사용해도 떳떳하다. 단 통닭프라이드 대신 통닭튀김이라고 하면 더 좋을 것 같다. 그런데 돈가스는 영 아니다. 이미 언중의 입에 익어 버렸고 국어사전에도 있는 낱말이라서 고치기가 쉽지는 않겠지만 돈가스는 우리말로 '돼지고기튀김' 정도로 사용하고 싶다. 당연히 생선가스는 생선튀김으로 하고.

이제 일식집에 가서 여기 돼지고기튀김 하나 주세요, 라고 한번 해볼까? 분명 대답은 예?, 뭐라고요? 하고 되물어 올 것이다. 그때 돈가스는 엉터리 일본말이니 그 대신 좋은 우리말을 쓰자고 한번 해볼까? 뭐 자다가 봉창 두드려요, 시방? 네, 조금 전에 일어나 잠이 덜 깼나 봐요. 時方, 하하.

2016. 9. 14(수).

가을 저녁

오늘이 추석이지. 추석은 문자 그대로는 가을(秋) 저녁(夕)이지. 그래서 오늘 하루만 추석은 아니지. 가을을 입추(立秋)부터 입동(立冬) 전날까지로 본다면 90일 동안 가을인 셈이지. 그래서 추석도 90일 저녁이 있지. 말장난이라고? 그런데 의미론적으로 잘 살펴보면 말장난만은 아닌 것 같지.

한가위, 중추절이라는 말은 추석과는 좀 다른 것 같지. 한가위는 한가운데에서 나온 거라고 하니 가을의 한가운데 있는 날이고, 중추절도 仲秋節이라고 쓰고, 중(仲)이라는 한자는 '버금 중'이라 하니 처음도 아니고 꼴지도 아닌 중간을 의미하는 것 같지. 그래서 한가위나 중추절이나 뜻은 대동소이하지.

어쨌든 가을의 한 가운데, 과일과 곡식이 무르익어 먹거리가 풍성한 좋은 계절이지. 도시개발, 도로개발 등으로 농경지는 점점 줄고 있지만 금년에도 벼농사가 풍년이라네. 그런데 요즘은 쌀이 남아돌아가 풍년이 들면 쌀값이 떨어진다고 하지. 젠

장, 풍년이 들어도 걱정이네. 그래도 서민들은 풍년이 들어야 좋지. 이 가을 90일 동안 풍부한 신토불이 농산물과 과일로 만찬을 즐겨보세. 술은 먹지 말고. 가을은 天高馬肥 대신 天高人肥로 치환해도 좋겠지. 추석에 좋은 음식 잘 드시고 싸우지들 말고 정신 차리고 잘 살아보소.

2016. 9. 15(목).

차례와 다례

차례와 다례는 무엇이 다를까? 절에서는 다례라고 하고 속가에서는 차례라고 하는데. 쉽게 생각하면 차례는 차를 올리는 예식이고 다례는 다를 올리는 예식이다. 결국 차나 다나 같은 건데 한자의 발음 차이다. 茶자를 차로 읽으면 차요, 다로 읽으면 다다. 그래서 흔히들 녹차, 홍차, 보리차, 옥수수수염차 등으로 차를 쓰면서도 좀 드물게는 다도, 다례, 다과회, 다과점 등 다를 쓰기도 한다.

사람들은 같은 의미의 말이라도 변화 있게 표현하고자 하는 언어 속성을 지녔다. 그러하지 않고서야 같은 대상을 굳이 다르게 표현할 까닭이 없다. 아버지를 아빠, 아버지, 부친, 어머니를 엄마, 어머니, 모친, 맘(mom), 책을 책, 전적, 서적, 도서 등으로 부르는 것도 다 마찬가지인 것 같다. 하하. 인간은 변화를 좋아하는 동물이다. 호모 사피엔스 체인지(change, 體仁智)?

오늘 추석이라 영등포 아들며느리 집에 가서 며느리가 정성스럽게 차린 차례 상으로 차례를 지냈다. 조상님의 영혼을 맑고 평화롭게 하여 주시고, 이 세상 모든 생명들을 평화롭고 행복하게 하여 주시고, 77억 지구촌 인구를 다 평화롭게 하여 주소서. 기도는 이렇게 했다. 우리 집은 이제 네가 제일 어른이라 전통 제사의식을 과감히 버리고, 새 시대, 새 먹거리, 새 다과, 새 마음, 새 기도문으로 차례를 지내기로 했다. 옛 어른들이 보면 상놈이라고 야단치시겠지만, 우리는 정보사회에 살고 있는 진짜 서비스 인간들이니 상놈이라고 해도 전혀 서운할 게 없다. 이렇게 하니 버리는 음식도 적고, 새 세대 성향에도 맞아서로 기분이 좋다. 일전에 사육신이 맞느니 어쩌니 하면서 상대방 제사상을 둘러엎었다는 뉴스는 그래서 우리를 당황하게 한다.

2016. 9. 15(목) 추석.

타이밍

일을 처리할 적정 시간을 맞추는 것을 타이밍(timing)을 맞춘다고 한다. 절묘한 타이밍. 쇠는 달구어졌을 때 때려라, 배우고 때때로(timely manner) 익히면 즐겁지 아니한가, 망건(網巾) 쓰다 장(場) 파한다, 골든타임, 코리언 타임, 적서(right book)를, 적자(right person)에게, 적시(right time)에, 시간은 사람을 기다리지 않는다, 실기(失期)하지 말라, 여기는 OO해운이다, 한 번 더 기회(機會)를 주십사, 어영부영하다가 때를 놓친다. 이 모든 것이 타이밍에 관한 말들이다.

이러한 시간 관리에는 생체리듬적인 것도 있고 자유의지에 달린 것도 있어 어떨 때는 재미있고, 어떨 때는 한심하고, 어떨 때는 후회스럽다. 생체리듬에서는 식사 때와 배설 때를 들 수 있다. 식사 시간을 놓치면 허기가 지고 좀 더 시간이 지나면 한 끼쯤 건너 뛸 수도 있다. 그래도 생체리듬은 깨진다고 보아야 한다. 그래서 삼시 세끼를 제때에 찾아 먹는 노력이 필요하다. 배설의 경우는 통제하기 어려운 면이 있다. 네 경우는 샤워하고 나면 꼭 화장실에 가고 싶어 사람을 찝찝하게 만든다. 그리고 외출 할 때 사전에 생각 없이 나갔다가 도중에 기별이 오면 난감하다. 어떨 땐 집에 막 돌아오자마자 밀고 내려와 타이밍을 절묘하게 맞추기도 한다. 하하.

정말 중요한 타이밍은 자유의지로 통제할 수 있는 타이밍이다. 이는 공부할 때 공부하지 않는 것, 운동할 때 운동하지 않는 것, 일어날 때 일어나지 않는 것 등과 같이 주로 태만에 관한 것이다. 이럴 경우 부모님, 선생님이 나무라면 되레 화를 내고 제발 간섭하지 말라고 한다. 다 알아서 한다나.

조금 전에도 방송에서 명절 때 젊은이들이 듣기 싫은 소리에 대해 나왔다. 결혼, 성적, 출산 등에 대한 질문을 제일 싫어한다고. 그럴 것이다. 그런데 알아서 한다고 해놓고 알아서 못하니 문제다. 살아보니 알아서 하는 것과 게으른 것은 거의 같은 것이었다. 알아서 하는 것은 게을리 한다는 말과 거의 같다. 그래서 진짜 알아서 잘 하려면 정신을 차려야 한다. 너도 마찬가지다.

우리 정부는 일에 타이밍을 잘 못 맞춰 지탄을 받는다. 특히 재난이 일어났을 때 우왕좌왕하다 골든타임을 놓친다. 언제나 소 잃고 외양간 고치는 격. 국회는 더하다. 국회는 일이 되도록

하는 게 아니라 안 되는 방향으로만 가는 것 같다. 안보, 경제, 민생, 모든 게 타이밍이 있을 텐데, 하나같이 어깃장만 놓고 있다. 국회도 정부도 정신을 차려야 한다.

2016. 9. 15(목) 추석.

인문학과 치료

한동안 인문예술 분야에서도 치료라는 말이 유행했다. 시치료(poetry therapy), 독서치료(bibliotherapy), 문학치료(literature therapy), 저널치료(journal therapy), 음악치료(music therapy), 미술치료(art therapy), 영화치료(movie therapy), 웃음치료(laugh therapy) 등등. 그러고 보니 이 모두를 통틀어 인문학 치료(humanities therapy)라고 해도 좋을 것 같다. 일단 오늘은 영화나 한편 보고 싶다. 고산자.

인문학은 문학, 사학, 철학, 언어학, 예술학, 종교학 등으로 구분하기도 하는데, 이 모두가 인간의 정신적 측면을 다루는 학문이다. 그래서 인문학과 치료를 연계하는 것은 어쩌면 당연하다고 할 수 있다. 인문학을 제대로 하면 정신이 똑바로 서기 때문이다.

그러나 인문학을 전공하고도 이상한 사람이 더러 있다. 아마 그런 사람은 인문학을 제대로 공부하지 않았기 때문일 것이다.

그런 분은 말로만 인문학을 한 것이다. 인문학의 본질은 말보다 실천에 있는데 말로만 그럴 듯하게 나불거리고 생활 속에서 실천하지 않으면 말짱 도루묵이다.

사실 좋은 말은 예전에 현인들이 다 해 놓았다. 인류사 오천~만 년 동안 수많은 성인 현자들이 사람다움에 대하여 고민한 바를 고전으로 집약하여 우리에게 물려주셨다. 동서양의 고전들은 인문학의 결정판이다. 그런데 정보사회에 살고 있는 우리 후손들은 고전을 제대로 공부하지 않을 뿐 아니라 피상적으로 좀 보고나서 마치 다 아는 양 강좌니 뭐니 떠들고 다니는데 그런 분들은 과연 인간다움을 얼마나 실천하고 있을지, 나이가 들어가니 의심만 늘어난다. 모두 너 때문이다. 이야기는 결국 자기이야기니까.

그래서 오늘도 반성해야 한다. 너의 반성 방법은 일기쓰기다. 이렇게 하루에 한두 편 글을 쓰면 마음이 정리가 좀 되어 독거노인이라도 외롭지 않다. 돈이 없어도 무섭지 않고, 혼자 살아도 우울증 같은 것은 없다. 이런 걸 글쓰기치료, 저널치료라고 하는가 보다. 계속 더, 더, 더, 더 공부하고, 언설은 더, 더, 더, 더 겸손하게 해야겠다고 매일 생각하게 된다. 겸손은 비굴이 아니라 진실이다.

방금 부엌에서 어느 여인의 목소리가 났다. 쿠쿠가 맛있는 잡곡밥을 완성하였습니다. 밥 먹고 대동여지도 김정호 선배님을 뵈러 가야겠다. 그런데 상영관이 어디지? 인터넷이 고장 났다. 왜 툭하면 고장이지? LGU 마이너스인가?

2016. 9. 16(금).

139

영화 고산자

연휴가 길어 하루가 지루할 것 같아 밖으로 나갔다. 어제 마음먹은 대로 영화 고산자를 볼 생각이었다. 오늘 아침에도 너의 도서관 인터넷이 안 되어 스마트폰으로 가까운 고산자 상영관을 검색하니 잠실 롯데시네마가 나왔다. 그곳을 스마트폰 내비에 입력하고, 버스를 타고 잠실에 내려 내비를 켜니 유턴하라고 일러준다. 방향이 영 아닌 것 같아 지하상가로 내려갔다. 내비는 차량용이지 도보용은 아닌 듯. 방향을 잡을 수가 없어 고개를 숙이고 있는 노 경비원에게 물으니 진짜 방향도 제대로 알려주지 못했다. 노(老)는 노(no)서비스. 다시 조금 더 들어가 유니폼 차림의 롯데 몰 안내데스크 아가씨한테 물으니 친절하게 가르쳐 준다. 롯데마트까지 계속 가서 엘리베이터를 타고 5층에서 내리면 된다고 방향과 층까지 알려주었다. 역시 서비스 교육을 받은 사람이 다르다. 신축한 123층 롯데건물이 있는 그곳, 롯데월드 몰 5층에 롯데 시네마가 존재하고 있었다.

추석연휴라 그런지 사람들이 굉장히 많이 나왔다. 영화관 앞에서 영화표를 사기 위해 서성거리며 두리번거렸다. 자동기기로 터치, 터치하도록 되어 있는데 몇 번 시도해보다가 자꾸 막혀서 상영시간만 확인해가지고 티켓 창구로 가서 줄을 서 고산자 표를 구했다. 2시 10분 상영, 남아 있는 좌석은 3자리, 5층 6관 I열 10번 좌석을 택했다. 요금은 11,000원. 1시간 정도 시간이 남아 3층 롯데리아에 가서 햄버거 세트로 점심을 해결했다. 햄버거 가게도 자리가 없을 정도였다. 그래도 시간이 남아 3층 하이마트에 가보았다. 그곳에는 명절이라 그런지 고객들이 별로 없어 썰렁하다. 매장이 깨끗하여 날릴 파리조차 없는데, 직원들이 뻥하니 서 있었다. 심심하겠다. 그래도 평소에는 장사가 잘 되기에 저렇게 버티고 있겠지.

상영시간 10분전에 입장을 시작했다. 어두컴컴한 통로를 따라 극장에 들어가니 급경사진 좌석, 세로 열은 A, B, C, D, E, F, G, H, I, J 까지, 가로 열은 1, 2, 3, 4, 5, 6, 7, 8, 9, 10, 11, 12번까지, 약 120명 정도 들어갈 수 있을 것 같았다. 그런데도 좌석이 꽉 찼다. 롯데 시네마에 처음 와보아서 다음을 위해 좀 자세하게 스케치 했다. 왜 세로 열은 A, B, C를 썼는지, 우리 좋은 가, 나, 다, 라, 마, 바, 사, 아, 자, 차를 놓아두고 말이지. 한글을 전용한다면서 말이 다르잖아. 교육효과가 없잖

아. 10여 분간 광고영상이 나왔다. 화면이 크니 영상효과도 큰 것 같다. 드디어 본영화가 시작되었다. 120명 관객들은 숨을 죽이고 동영상을 지켜보았다. 팝콘 먹는 소리만 조금씩 들려올 뿐. 웅장한 영화음악과 대사에 모든 소리가 숨었다. 너도 숨을 죽이고 2시간 동안 앉아 있었다.

네가 근래 현대식 영화관에서 영화를 본 것은 이번이 처음이다. 그런데 영화의 콘텐트는 거의 다 픽션이었다. 박범신 작가의 소설 고산자를 저본으로 했다고 한다. 그런데 역사적 사실을 더 중요시하는 너로서는 좀 허탈했다. 그러나 영화는 영화로만 보라는 말을 되새기며 허탈함을 참았다. 너의 바람은 역사적 사건을 영화화 하려면 역사공부를 좀 더 철저히 하여 고산자의 대동여지도가 갖는 그 시대적 의미와 가치를 역사자료로 좀 입증하면서, 역사에 없는 것들은 작가의 상상력을 동원하여 작품을 구성하는 것이 좋겠다는 것이다. 물론 어려운 일이겠지만.

오늘 본 작품은 온갖 현대 영상기술을 동원하여 만드느라 고생은 참 많이 했겠지만, 영화라 그런지 억지스런 흥미요소가 너무 많아 좀 자의적이라는 인상을 받았다. 역시 너는 영화리터러시가 부족한가보다. 그런데 학생들이 이 영화를 보고 古山子와 「大東輿地圖」가 무슨 뜻인지 알까? 古山子는 김정호의 호이고, 大東은 우리나라를 뜻하고, 輿는 더불어 라는 뜻이고, 地圖는 그대로 지도이니 大東輿地圖는 '지도로 (더불어) 본 우리나라' 라는 뜻일 텐데, 이걸 말해주는 어른들은 아무도 없는 것 같다. 아무튼 2시간 동안 귀가 먹먹하게 시간은 잘 보냈다.

앞으로도 가끔은 문화리터러시를 기르기 위하여 이런 극장에서 좋은 영화를 좀 보아야겠다. 집에 오니 텔레비전에서 손연재의 갈라쇼(Gala Show)가 나왔다. 발랄한 남자 아이돌과 함께 한 멋진 쇼였다.

2016. 9. 16(금).

인천기행

2016년 9월 17일 토요일 오전 10시 30분, 너는 또 도서관을 나섰다. 너는 전에 말했듯이 여행지수 80%, 도통 못 말리는 역마살을 타고 났나보다. 오늘은 인천 한국근대문학관을 목표로 하지만, 시간이 남으면 인천자유공원에 가서 맥아더장군을 만나볼 생각이다. 문정에서 청색 버스 461번을 타고 수서역에서 전철로 갈아탔다. 전철을 타기 전에 꼭 해야 하는 준비운동, 일단 커피 한잔을 빼서 마셨다. 전철역 커피는 기껏해야 3백 원 또는 4백 원이다.

전철 열차에 올랐다. 열차 안은 빈 좌석이 많았다. 명절 끝인데도 서울시내 유동인구는 적은 모양, 성묘다, 귀성이다, 귀경이다, 하여 사람들이 피곤해서 쉬시는가 보다. 너는 열차에서 메모지를 넘겨가며 생각의 흐름을 적어간다. 그러니까 시간이 잘도 흐른다. 어느 새 학여울역, 여울의 중국어 한자가 생소하다, 사전을 봐봐, 아하 여울 탄(灘)자. 현해탄, 충주 삼탄 등의 탄과 같은 거야. 그래서 학여울역은 학탄역(鶴灘驛)인 거지. 이 곳 시냇물에 여울이 있어 학들이 모여 학을 떠며 놀았나봐.

이때 갑자기 너의 머리에서 '새것은 좋은 것'이라는 명제가 떠올랐다. 뭐든지 새로운 것, 새 물건, 아기, 새사람, 새 아기, 새 가방, 새 볼펜, 새 종이, 새 건물, 새 아파트, 새 정부, 새 직장, 그럼 너는 뭐야? 새 사람이 아니잖아! 노인이잖아? 그런데 한 가지 또 좋은 말이 떠오르네, 새 노인이라는 말, 노인이면 노인이지 새 노인이 어디 있니? 아냐, 있어, 초로(初老)의 신사는 새 노인이지, 처음 늙는다, 새로 늙는다, 이 말이거든. 그려, 새 노인, 참신한 노인, 하하. 아직 너는 경로우대증도 없잖아. 하지만 새 노인은 새 사람이란 뜻이지, 새 노인도 언제나 새로움을 추구하지, 그래서 오늘도 너는 새로움을 추구하러 이렇게 집을 나왔잖아? 스스로 위로하는 것도 기분이 꽤 좋은 걸, 하하. 노인이라도 에너지가 남아 있을 때 열심히 돌아다녀야 한다, 이거지.

오늘 아침에 SBS '세상에 이런 일이' 프로그램에서 보았잖아. 90이 넘은 노인들이 탁구대 모서리에 볼펜을 세워 놓고 탁구공으로 맞추질 않나, 엉덩이를 살랑거리며 가볍게 훌라후프와 줄넘기를 하질 않나, 축구공을 차서 한 번에 볼링 방망이를 맞추질 않나, 늙었다고 얕볼 일이 아니더라고. 오팔(OPAL)이라는 용어가 있지, OLD PEOPLE WITH ACTIVE LIFE. 그러니 저승 접수 마감 날은 머지않았어도 활발하게 활동하는 저분들이 오팔 아니겠는가? 진정 새 노인 아니겠어? 그러고 보니 너는 얼굴엔 잔주름이 지고 머리는 많이 빠졌어도 몸통 피부는 왜 주름하나 없냐? 너의 매형은 몸통에도 주름이 많던데, 이상하다. 왜 그렇게 피부가 곱냐? 하하. 너도 모르겠지? 그래서 행복하지?

너는 혼자서 즐거워한다. 이렇게 사지가 멀쩡할 때, 별 돈 안 들이고 여행을 다니는 것, 이 역시 즐겁지 아니한가(身體 健康, 無錢旅行 不亦樂乎)? 공자님 말씀은 아니고, 이 종자(鐘子)님 말씀이지, 하하. 근데 종자님은 또 뭐야? 아, 종자님이란 종을 울려 세상을 깨우치는 사람이라 이거야, 아니 그럼 네가? 네가 세상을 깨우친다고? 하하. 왜, 안 된다고? 너도 이름값을 좀 하고 싶다 이거야. 하하. 그래 잘 해봐라.

열차 안에 사람들이 많아졌다. 이제 서 있는 사람이 제법 많다. 서 있는 사람들, 법정스님은 서 있는 사람들이 더 좋다고 했지. 그 분의 「서 있는 사람들」이라는 수필도 있잖아. 서 있으면 깨어 있기 쉽고, 깨어 있으면 생각을 더 잘 할 수 있고, 그 생각들을 좀 더 심화시키면 좋은 아이디어도 될 수가 있고, 그래서 너도 서있는 사람이 좋다고 생각하고 있지. 법정스님 만큼은 아니라도 너도 생각은 많지. 새로운 생각, 새로운 아이디어, 새로운 표현, 새로운 정보, 새로운 소통, 이러한 것들이 어울려 새 사회가 된다고 믿고 있지. 너의 머리에 상상의 드론이 잠자리처럼 날아다니며 정보를 수집하고, 사진을 찍고, 글을 쓰고 있지. 아 그럼 매미보다 잠자리가 나은가? 아, 잠자리는 잠자리걱정은 안 할 것 같다. 스스로 잠자리니까? 자기가 있는 곳이 잠자리니까. 하하.

어제 너는 또 새로워지기 위해 신효범의 예쁜 노래, "슬플 땐 화장을 해요"를 스마트폰에 녹음했지. 그래 슬플 땐 화장을 해, 그거 참 좋은 방법이야, 외로울 때도 화장을 하면 좋겠다. 화장을 하면 예뻐지지. 그런데 마음에도 화장을 해봐. 마음이 예뻐지면 몸도 더 예뻐지지. 에이 밥맛없는 얘기는 하지 마, 마음에다 어떻게 화장을 하냐? 아니야 할 수 있어. 할 수 있다, 할 수 있어, 마음에 화장하는 게 더 쉬울 수 있어, 예쁜 마음만 먹으면 되거든, 모든 게 마음먹기 달렸다는 말도 있잖아, 일체유심조(一切唯心造) 말이야. 하하, 야, 너 불교 믿니? 아니 불교는 믿는 게 아니라 깨달아 가는 거야. 과정의 종교라 할까. 과정은 삶이지, 그래서 삶의 종교라고 하지. 불교는 삶의 과정에서 하루하루 마음을 깨달아가는 생활종교지, 그래서 무조건 믿지는 않아. 네가 아는 불교는 그것뿐이야.

어느 새 교대역, 교육대학교가 이 근처에 있지. 초등학교 선생님들을 기르는 학교, 참 좋겠다. 너는 교대역에서 2호선으로 환승해야 하는데 딴 생각을 하다가 하마터면 못 내릴 뻔 했다. 너는 황급히 내렸다. 신도림역으로 가서 인천행을 탈 예정, 네가 환승계단을 오르자마자 2호선 열차가 승강장으로 들어왔다. 절묘한 타이밍이다. 빈자리도 있다.

서 있는 것도 좋지만 앉으면 메모를 잘 할 수 있어 좋다. 아니 이래도 좋고 저래도 좋으면 넌 줏대 없는 사람 아냐? 아니다, 이런 경우는 줏대하고는 상관이 없어. 처해 있는 환경을 잘 활용하는 거지. 그런데 만약 북한처럼 줏대 너무 찾다가는 무너질 수도 있다, 너. 너무 줏대를 내세우면 스스로 무너지는 법, 스스로 무너지는 게 진짜 무서운 거지. 무너지는 사람들은 거의 다 스스로 무너지거든. 도산하는 기업들 봐. 스스로 관리를 못 하니까 법정관리 들어갔다가 결국 무너지지. 그래서 사람은 유연해야 해. 중심을 잡되 유연하게 잡아야지. 지진이 나도 유연하게 흔들다가 오뚝이처럼 제자리에 딱 서야 해. 그래야 좋은 일을 많이 잘 할 수 있어. 중심을 잡되 유연하게 잡는 것을 중용(中庸)이라고 한다지? 중도가 아닌 중용 말이야. 그래서 그런지 사회과학에서도 상황적응이론이라는 게 있지. 상황에 적응하지 못하면 도태되거든. 적자생존 말이야. 적자생존.

열차가 지상으로 나왔다. 곧 환승역 신도림에 도착했다. 신도림, 이름 참 좋네. 新道林, 새로운 길이 있는 숲. 아, 여기서도 새것을 좋아하는구나. 숲길을 가는 예쁜 연인 한 쌍이 연상된다. 그 숲길은 얼마나 신선할까? 얼마나 삼림욕이 잘 될까? 그런데 신도림에 숲이 있기는 있을까? 상상을 접고 전철 1호선 열차를 탔다. 잠시 눈을 붙이는 사이 열차는 어느 새 인천역에 도착했다. 12시 40분이다. 광역시인데도 시골 역사 같은 인천역, 1번 출구로 나오니 시가지라 방향 감각을 잘 모르겠다. 너는 역 앞 관광안내소에 들어가 한국근대문학관으로 가는 길을 물었다. 여직원이 인천관광지도를 1장 건네주며 길안내를 잘 해준다.

인천 역전 큰길을 건너니 바로 차이나타운이다. 너는 오르막길을 조금 올라갔다. 그런데 거리가 낯설지 않다. 예전에 네가 기적의도서관에 근무할 때 어린이들과 함께 견학을 와본 곳이었다. 하하, 반갑다. 그때도 짜장면을 먹었지, 그래 오늘도 짜장면을 먹어보자. SBS 생활의 달인 간판이 붙은 중국음식점에 들어갔다. 혼자라서 좀 미안했지만, 식당 종업원들은 개의치 않았다. 4천 원 하는 짜장면을 시켰다. 그런데 종업원들이 한국인인 줄 알았는데 자기들끼리는 쭝찡쭝찡한다. 화교인가보다. 하하, 한국어와 중국어 2개 언어를 잘도 구사하는군. 약간

부럽다.

인천도 식후경이라, 이제 여유 있는 관광을 시작한다. 먼저 한국근대문학관으로 향했다. 태양이 작열하여 머리 밑이 따갑다. 두피 살균이 잘 될 것 같은 기분을 느끼며 근대문학관에 이르렀다. 문학관의 겉모습은 초라해보였다. 관람료는 무료, 너는 공짜는 좋아하지 않는데, 그래서 그런지 너는 대머리는 아니고 속 알머리가 빠졌다. 공짜는 이제 서비스가 아니지. 약간의 돈을 받더라도 실속 있는 서비스를 해 주는 게 더 좋지. 문학관으로 들어가 사진을 찍어대며 관람을 했다. 전시 도록은 없고 옛날 책을 전시하고 설명해 놓은 전시장이 전부다. 그야말로 전시효과만 있을 뿐.

인천소재 고등학교에서 예전에 발간한 교지를 기획전시하고 있다. 교복과 모자도 비치해 놓고 입고 사진을 찍을 수 있게 포토 존도 마련해 두었다. 너는 교복은 입지 않고 옛날 고교생 모자를 쓰고 스스로 사진을 찍었다. 너의 사진이 마치 익살꾼 같다. 하하, 재밌네. 이어 상설 전시장을 구경했다. 이인직의 혈의 누, 이광수의 무정, 이상화의 빼앗긴 들에도 봄은 오는가, 염상섭의 삼대, 김소월, 백석, 유치진, 이육사, 수많은 근대 작가들의 작품이 전시되어있다. 신기하게 들여다보면서 사진을 찍어댔다.

한국근대문학관 관람을 마치고 나오는 길에 한중문화원에 들렀다. 전에도 와본 곳인데 좀 생소하다. 한중도서전시회를 하고 있었다. 9월 19일에 마감이라는데 오늘이 9월 17일이니 역시 타이밍이 잘 맞다. 방명록에 사인을 했다. 사인을 해 주면 자기들이 한중도서관을 만드는 데 유리하다고 했다. 도서관을 만든다니 더욱 반갑다. 전시되어 있는 중국책들을 관람하며 또 사진을 찍어댔다. 남는 게 사진밖에 없으니. 하하. 여기서도 3층 상설 전시장을 마자 관람하고 바로 1층으로 내려왔다.

이제 인천자유공원으로 가야 한다. 길을 몰라서 거리에 서있는 경찰에게 물었다. 그런데 뜻 밖에도 자유공원을 잘 모른다고 했다. 아마 의경인 듯, 아니 그래도 그렇지 인천에 근무하면서 자유공원도 모르냐. 그런데 모른다고 해 놓고는 미안한지 다시 알겠다고 하면서 연안 부두 쪽으로 가라고 했다. 영 엉터리 같아 그 의경의 말을 믿지 않았다. 조금 내려오니 아까 그 차이나타운이 나오는데, 그 거리 한 모퉁이에 화살표, 자유공원 270m라는 이정표가 있다. 바로 거기가 거기였다.

그 때, 일산에 계시는 너의 친형 같은 예전 동네 형님의 전화가 왔다. 다음 토요일 날 동국대 불교학과 명예교수이신 권 교수님께 문안 인사를 가자는 것이다. 좋지요. 좋지요. 그날 12시에 7호선 내방역으로 오라고 했다. 네 잘 알겠습니다. 그럼 그 때 뵈어요, 하고 전화를 마쳤다. 그리고는 차이나타운 오르막길을 좀 올라갔다.

벽화의 거리를 지나 공원 숲길이 전개된다. 공원에 오르니 탑 같은 시설물이 보인다. 한미수교 100년 기념탑이라고 했다. 아무런 부대시설이 없는 단순한 설치물이다. 기념탑을 왜 저렇게 조형물만 만들었을까? 다소 의문이 들었지만 누구한테 물어볼 수도 없어 그냥 내려와 맥아더 장군 동상으로 향했다.

공원의 꽃밭이 예사롭지 않다. 인공미는 나지만 아름답다. 꽃을 가져가지 말라는 문구도 붙어 있다. 인천에는 공원의 꽃도 누가 가져가는지? 하기야 어디든 별사람이 다 있으니까. 맥아더 장군의 동상 앞으로 다가갔다. 너는 의식적, 무의식적으로 장군의 동상 앞에 서서 거수경례를 올렸다.

장군님, 우리 한반도의 자유 민주주의를 수호하기 위하여 인천 상륙작전을 지휘하신 장군님, 대단하십니다. 그리고 감사합니다. 늦게나마 이 종자(鐘子), 장군께 경의를 표합니다. 더글러스 맥아더 장군! 장군의 동상 발치에 비둘기들이 옹기종기 앉아서 너를 바라본다. 장군 앞에는 비둘기의 평화가 깃들어 있다. 비둘기야, 너희들이라도 장군님을 외롭지 않게 잘 모셔라. 그래 착하지, 아이 착하다. 그런데 너희들 똥은 좀 다른데 가서 갈겨. 에헴.

다시 차이나타운으로 내려왔다. 갈증이 왔다. 누가 호객 행위를 하기에 들어갔다. 거기서 양고기 꼬지를 안주삼이 시원한 맥주 한 잔을 들이켰다. 갈증이 가셨다. 너는 다시 인천역에서 서울행 전철을 밟았다.

2016. 9. 17(토).

영어로 읽는 논어

너는 3년 전부터 『영어로 읽는 논어』라는 책을 편집 중이다. 그런데 선배 교수님이 고려대 영문과 S 교수의 『서양인이 사랑한 공자』라는 책이 있다기에 송파도서관 홈피에 들어가 저자명을 검색하니 그 책은 없고 『영어로 배우는 논어』라는 책이 나왔다.

와, 이거 네가 만들고 싶은 책인데, 너의 구상과 어떻게 다를까? 그래서 지금 그 책을 빌리러 가야겠다.

송파도서관에 가서 대출을 받아왔다. 덩달아 『천자문 영어로 읽기』라는 책도 있어 함께 빌렸다. 오면서 점심으로 햄버거도 사드시고, 하하. 그런데 이 책들이 제목은 너의 의도와 비슷하나 내용 면에서는 너무 달랐다. 『천자문 영어로 읽기』는 천자문의 글자마다 영어로 해석해 표기하고 몇 개의 관련 어휘를 영어로 풀어놓았을 뿐 문장의 의미는 영어로 해석하지 않았다. 『영어로 배우는 논어』는 원문과 우리 말 뜻, 그리고 영어 해석을 제시하였으나 설명이 너무 장황했다. 그래서 역시 너의 의도와 다르니 너는 나대로 작업을 수행할 수 있겠다.

2016. 9. 18(일).

색안경과 배낭

안경은 눈에 쓰는 게 맞는데 요즘은 이마, 장백이, 모자 위에 안경을 걸치는 사람들이 더러 많다. 특히 색안경은 그렇게들 액세서리처럼 잘 쓰는데, 아마 그것도 멋인가 보다. 남자나 여자나 색안경을 쓰면 좀 거만한 것 같지만 멋있어 보이기도 한다. 그런데 그걸 눈에 안 쓰고 다른 데다 써도 멋있어 보이나보다. 그럴 때 안경은 보는 기능은 없어지고 멋 기능만 남는다. 이러다간 알록달록한 등산양말을 머리에 쓰고, 엉덩이에 마스크를 할 날도 멀지 않을 듯싶다. 아마 그 정도 되면 치매감이겠지. 하하.

아침에 송파도서관 가는 버스를 탔는데 등산복에, 배낭(背囊)에, 스틱에, 부피를 2인분으로 무장한 아저씨 아주머니들이 많았다. 너는 다행히 좌석에 앉았다. 그런데 앞좌석의 아주머니는 군인모자 같은 모자를 쓰고, 그 모자위에 색안경을 착용했다. 하하. 네가 보기엔 좀 우습다. 저게 뭐하는 멋일까? 개룡역으로 가는데 정거장마다 등산객이 탔다.

차안이 배낭으로 빽빽하다. 그대 등 뒤에 서면 너는 왜 불편해지는가, 불편하지만 침묵해야 할 너는 곧 내릴 승객, 가까운 남한산성 가면서 저렇게 큰 배낭이 왜 필요해 ♪ 짠. 너는 완전무장한 야전군대의 배낭들을 간신히 비집고 송파도서관 앞에 내렸다. 휴(休)!

2016. 9. 18(일).

영화 인천상륙작전

오늘 인터넷 뉴스에 영화 인천상륙작전 확장 편에 대한 기사가 떴다. 너는 어제 인천 자유공원 맥아더 장군 동상 앞에 거수경례를 하고 왔으니, 오늘 이 영화를 본다면 그 의미가 더 새로울 것 같다. 너는 검은콩 영양잡곡 마늘 밥을 해먹고 잠실 롯데시네마로 가 7시 30분 영화표를 구했다. 표를 살 때 남은 좌석을 보니 오늘은 관객 정원을 절반도 못 채울 것 같았다. 그동안 7백만 명 이상이 이 영화를 관람했다니 확장편이 나와도 이미 본 사람은 아마 다른 영화를 볼 것 같다.

기다리는 1시간, 7층 콘서트홀에 올라가 보았다. 규모가 장엄하다는 홀은 개방을 하지 않아 들어가 보지 못했다. 국내 최대 공연장이라고 흘려들었던 기억이 난다. 콘서트 프로그램 팸플릿을 한 장 집어 들고 롯데월드몰 5층과 6층의 휘황찬란한 소비문명 현장을 구경했다. 정말 빛나는 문명이다.

너는 앞으로 기회 닿는 대로 영화, 음악, 미술 등 예술리터러시를 좀 길러야겠다는 생각을 했다. 우드 볼도 열심히 하고, 그러면서 공부도 열심히 하고, 너도 이제 제2의 인생, 문화생활을 좀 하려나. 문화리터러시를 높이면 외롭지 않을 것 같다. 정신도 건강할 거고, 술도 좀 멀리할 거고 여러 가지로 좋을 것 같다.

너는 두 시간 반 동안 극장에서 인천상륙작전을 지켜보았다. 한반도에서 일어났던 실제 한국전쟁이야기다. 그래서 너는 재미보다는 대한민국을 살려낸 전쟁 영웅들의 이야기에 혼이 빠졌다. 엑스레이부대와 켈로 부대(KLO: Korea Liaison Office)의 첩보활동 이야기는 오늘 처음 들어 본다. 이 영화는 인천상륙작전이 성공한 데에는 인천 현지에서 암약한 이들 첩보부대의 공이 컸다는 걸 부각하고 있다. 그런데 역시 영화는 영화라 많은 픽션이 들어가 있는 것도 사실이다. 이런 역사영화는 아마 절반은 다큐, 절반은 픽션이라 해야 할 것 같다. 마지막으로 유엔군이 서울을 수복할 때, 태극기를 들고 환영하는 인파를 보고 저절로 눈물이 났다. 옆자리에 학생도 훌쩍거리고 있었다.

이런 영화는 흥행을 넘어 정말 이 땅에 전쟁이 나서는 안 된다는 교훈을 심어주는 것 같다. 전쟁을 넘어서야 평화가 온다. 이런 전쟁 경험을 하고도 북은 지금도 핵미사일 장난을 멈추지 않고 있으니, 그들을 어떻게 해야 할까? 우리의 고민거리다.

그런데 확실한 것은 무엇이든 경계를 넘어서는 것이 중요하다. 영화는 영화를 넘어서야, 도서관은 도서관을 넘어서야, 나라는 나라를 넘어서야, 지구는 지구를 넘어서야 지구가 보인다. 그래서 우선 너는 너를 넘어서야한다. 막연하지만 이것을 오늘의 감상평으로 한다. 백과사전에 보니 1950년 9월 18일에 인천상륙작전 서울수복 전투착수, 그로부터 10일 후인 1950년 9월 28일, 연합군은 서울을 완전 수복했다.

2016. 9. 18(일).

부엌과 부뚜막

너는 오늘도 일찍 일어났다. 텔레비전에서 최불암 선생님의 한국인의 밥상, 전라도 화순 편을 재미나게 보다가 실내 환기를 위해 상하전후좌우로 공기를 돌려주는 선풍기를 틀었다. 그리고는 부엌에 들어가서 냉장고 냉동실에 넣어 둔 영양밥을 꺼내 전자레인지에 넣고 2분 30초 간 돌렸다. 그리고 어제 끓여 놓은 콩나물 된장국을 휴대용 가스레인지에 올리고 가스 불을 켰다. 그 다음 부뚜막에 올려놓은 국그릇과 수저를 1인용 식탁 위에 놓았다. 또 포장 광천 김을 하나 뜯어 놓고, 김치를 꺼내고, 국자로 콩나물국을 국그릇에 퍼 담고, 전자레인지에서 덥힌 밥을 꺼냈다. 깔끔한 아침상이 되었다. 아침부터 건강 밥상, 전라도 밥상은 아니라도 나름 맛있게 식사를 했다.

너는 요즘엔 부엌이라는 말을 들어본 기억이 없다. 우리 좋은 말 부엌이라는 용어도 점점 사라져 가는 건지 원, 또 부뚜막이라는 말도 들어본지 오래다. 그 말도 점점 사라져 가는 건지

원, 참 아쉽다. 주거 공간이 서양식으로 바뀌면서 우리는 부엌을 주방으로, 부뚜막을 싱크대로 사용하면서 너에게 추억어린 그 옛날의 순 우리말은 없어져버렸다. 그래서 오늘은 너 하나만이라도 부엌과 부뚜막을 사용하기로 다짐했다. 주방 대신 부엌이라고 쓰면 안 되나? 싱크대 대신 부뚜막이라고 쓰면 왜 안 되나? 안 쓸 이유가 하나도 없다. 너라도 글을 쓸 때 그런 좋은 우리말을 쓰시길.

일전에 뉴스를 들으니 국립국어원에서 작은 아버지의 정의를 다시 내렸다고 나왔다. 지금까지는 작은 아버지를 아버지의 결혼한 남동생으로 한정했지만 아버지의 결혼 안 한 남동생도 작은 아버지로 부르도록 했다는 것이다. 언뜻 들으니 그럴 듯 했지만 곧 의문이 일었다. 그게 뭐 그리 중요하지? 아버지의 동생을 작은 아버지라 하든 삼촌이라 하든 무슨 상관이지? 촌수에 따라 또는 연령에 따라 자연스럽게 붙이면 되는 것 아닌가? 이모는 어머니의 언니, 동생 모두 결혼을 했건 안 했건 이모라 하지 않는가? 그래서 그 이야기를 친구에게 했더니, 친구도 너의 말에 공감하는지, 국립에서 또 쓸데없는 일을 하나 했군, 하고 귀엽게 웃었다.

부엌 누나, 학교 누나, 얌전한 고양이 부뚜막에 먼저 올라간다, 부뚜막에 있는 소금도 집어넣어야 짜다, 부뚜막, 부뚜막,

오늘은 유난히 진흙으로 맥질한 그 부뚜막이 생각난다. 어문기관은 사라져 가는 좋은 우리말을 살리는 노력을 좀 해 주시길. 하하. 오늘 너도 쓸데없는 생각을 했나?

2016. 9. 23(금).

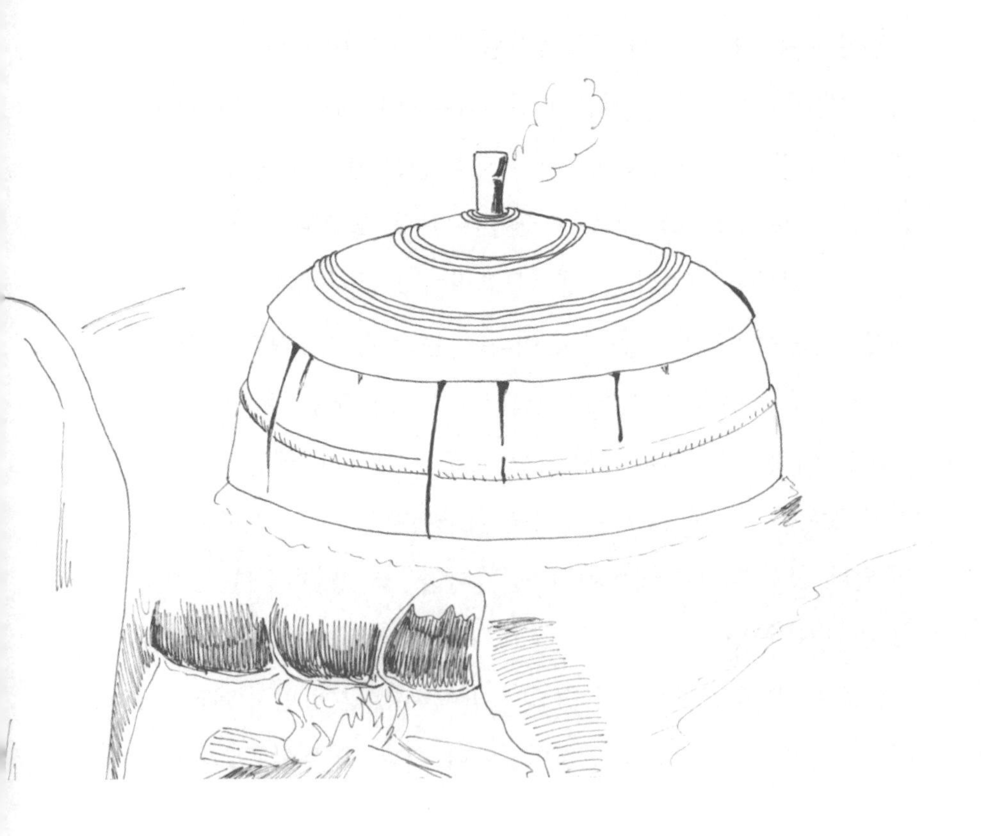

풍수지리학 특강 수강

너는 오늘 서울대 규장각 한국학연구원 금요시민강좌에 출석하여 풍수지리에 관한 강의를 들었다. 강의 바로 직전에 K선생으로부터 점심을 얻어먹었다. 오늘은 네가 그분께 구내식당에서 점심을 사려고 했는데, K선생이 밖에 나가서 삼계탕을 먹자고 하는 바람에 부득이 너는 밥값을 K선생께 전가하고 말았다. 다음 번엔 꼭 네가 사야 마음이 편할 것이다. 식사 후 사무실로 가 커피까지 얻어먹었다. 복날 못 먹은 보양식 삼계탕을 오늘 보충했으니 장기적으로는 너의 영양에 균형을 맞춘 셈이다. 이렇게 너를 배려해주는 분들이 있어 너는 오늘도 행복하다.

오후 2시, 강의가 시작되었다. 먼저 사회자가 강사를 소개했다. 진주 경상대학 최원석 교수, 서울대 지리학과를 나와 서울대학교 대학원에서 최창조 교수의 지도로 풍수지리학을 전공했고, 고려대학교 대학원에서 박사학위를 받았다고 소개했다. 대학에서는 학술이 아니면 잘 가르치지 않는 법인데 풍수지리학도 학술적으로 연구할 가치가 있다는 걸 너는 오늘 확실히 알았다. 최창조 교수는 지리학을 좋아하는 네가 20여 년 전에도 여러 번 소문으로 들었던 유명한 지리학교수다. 그리고 오늘의 강사는 그 분의 제자라 한다.

약 2시간 동안 강의를 들었다. 최 교수는 경상도 말로 억양의 강약을 조절해 가며 차분하고 능숙하게 강의를 진행했다. 강의의 요지는 우리가 살아가는 주거의 입지, 즉 예전부터 내려오는 소위 명당에 관한 것이었다. 최 교수는 우선 3가지 명당이 있다고 했다. 첫째는 자연 명당, 즉 우리가 살 집의 입지를 정할 때 자연적 조건에 적합한 곳을 선택하는데 이를 예전에는 복거술(卜居術)이라 했다고 소개했다. 둘째는 비보(裨補) 명당, 즉 비보는 보완이라는 뜻인데 우리가 살아가면서 지형의 결점을 보완해가면 되는 그런 입지라는 것이다. 세 번째는 그야말로 추상적인 마음의 명당이라 했다. 모든 것이 마음먹기 달렸다는 일체유심조(一切唯心造), 즉 불교사상과 같은 것이었다.

다 맞는 말 같았다. 그런데 이 정도는 상식이지 뭐 그리 심오한 학술적인 의미는 아닌 것 같기도 했다. 우리 일반인들의 관심은 아직 민속적 풍수지리에 경도되어 있는데 이런 걸 좀 학술적으로 명쾌하게 풀어서 설명을 해 주시면 좋을 것 같았다. 시민강좌라 그런 것일까? 앞으로는 시민강좌라도 좀 더 학술

적이고 논리적인 강좌를 듣고 싶다. 시민강좌는 학자들보다는 실버들이 소일하러 오는 프로그램이라는 선입견을 버리고 진정 풍수지리학의 학문적 계보와 연구역사, 연구방법론 등 우리의 생활 속에서 입지 선정 및 건축에 어떻게 활용할 수 있는지를 좀 더 소상하게 설명해 주셨으면 좋겠다는 생각을 해 보았다.

2016. 9. 23(금).

강변 풍경

구리시 한강변에서 코스모스축제를 한다고 해 너는 오늘 그곳에 가기로 했다. 사실은 어제 가려고 했는데 어제는 내방역 인근 권 교수님 댁에서 보람 있는 오후 5시간을 보내는 바람에 코스모스 우주계획은 오늘로 순연됐다. 하하. 계획을 했으면 실천해야 마땅하므로 너는 오늘 집을 나섰다. 우선은 배가 고파 2,900원 하는 햄버거로 착한 점심을 먹고 골프복 전문점 루이스 카스텔에 들러 잠시 옷 구경을 하다가 구리 토평으로 가는 1650번 버스를 탔다. 이 버스는 안양 대림대에 갈 때도 자주 이용하는데 오늘은 그 역방향으로 탔다. 인터넷에서는 소요시간이 58분 걸린다고 나오는데 실제는 약 45분 걸렸다. 문정동에서는 거리상으로 가깝지만 교통편은 좀 먼 셈. 인터넷이 있으니 길 찾기가 참 편리하다.

너는 토평 정수장 입구에서 하차하여 무조건 사람들이 많이 가는 쪽으로 걸었다. 길을 잘 모를 땐 사람이 많이 가는 방향으로 가는 게 좋다. 하나 둘 예외를 제외하면 목적지는 거의 공통되기 때문이다. 깜박하고 모자를 쓰고 가지 않아서 뙤약볕이 강열한데, 그래도 두피살균효과를 기대하며 토평 한강둔치로 서서히 내려갔다. 드넓은 강변 평원에 코스모스가 만발했다. 우주, 우주, 우주, 우주의 신천지가 전개된다. 가을 소녀의 순정이 우주를 품었다. 너는 카메라와 핸드폰으로 번갈아 사진을 찍어대며 길이 있는 쪽으로 무작정 걸었다. 오늘도 걷는다마는 정처 없는 이발길, 이 따위 청승맞은 노래는 오늘의 환경에 맞지 않는다. 코스모스 피어 있는 길, 그 김상희의 노래가 더 어울릴 것 같다.

코스모스 한들한들 피어 있는 길, 향기로운 가을 길을 걸어갑니다. 기다리는 마음같이 초조하여라, 단풍 같은 마음으로 노래합니다. 길어진 한숨이 이슬에 맺혀서, 찬바람 미워서 꽃 속에 숨었나, 코스모스 한들한들 피어있는 길, 향기로운 가을 길을 걸어갑니다.
길어진 한숨이 이슬에 맺혀서. 찬바람 미워서 꽃 속에 숨었나, 코스모스 한들한들 피어있는 길, 향기로운 가을 길을 걸어갑니다. 걸어갑니다. 걸어갑니다.

1960년대 중학교 때부터 들었던 이 경쾌한 가을노래가 지금

귓전에 들려오는 것만 같다. 이곳의 행정구역은 서울이 아니라 구리다. 서울서 십리도 못 간 구리(九理)? 왕십리는 십리를 갔다는데, 그럼 구리의 기준점은 또 어디지? 왕십리인가? 구리, 구리, 구리, 이 좁은 나라에서 행정구역은 별 의미가 없어 보이지만 그래도 사람들은 행정구역을 엄청 따진다. 지역 이기주의도 엄청나게 많이 있다. 영남, 호남만이 아니다. 성주와 김천을 보면 그 놈의 지역이기주의 때문에 나라 망할 지경이다. 정당 이기주의는 또 어떤가? 언급하기도 싫은 저 추잡한 국회의원들 모습들, 이기주의를 접고 머리를 맞대야 모두 다 살 텐데. 걱정은 되지만 너는 힘이 없다.

너는 계속 걸었다. 모자가 없어 손바닥으로 해를 가리며 걸어가는데 누가 축제본부에서 나누어 준 종이 모자를 길가에 버리고 갔다. 너는 얼른 그 종이 모자를 집어 머리에 얹었다. 차양이 넓어 얼굴에 시원한 그늘을 드리워준다. 좋다. 걷다보니 어느 새 코스모스 밭을 지나 축제 본부에 다가왔다. 사람들이 북적였다. 저쪽에서는 가수들이 노래를 부르고 이쪽에서는 완전 먹거리시장이 열렸다. 구리 먹거리 마케팅? 촘촘히 쳐 놓은 천막들 속에 사람들이 빽빽하게 앉아 먹고 마시고 떠든다. 가장 흔히 보이는 음식은 라면, 잔치국수, 파전, 순대, 소주, 맥주, 막걸리, 에라 모르겠다, 너도 장수막걸리를 한 병 샀다. 천 원짜리가 여기서는 3천 원, 하하. 도매상에서 여기까지 운반한 부가가치가 2천 원인가, 하하. 너는 종이컵으로 쌀 막걸리 두 잔을 따라 목을 축이고 다시 걸었다.

그곳엔 해바라기, 닥 풀, 서광 꽃 등 여러 다른 꽃들이 미모와 향기를 뽐내고 있다. 사전에 확인해 보니 닥 풀은 종이를 만드는데 쓰는 황촉규의 다른 이름이다. 강변 잔디밭 특설 무대에는 가수들이 나와 기타를 치며 노래를 부른다. 내 나이가 어때서?♪ 내 나이가 어때서?♪ 좀 촌스럽다. 그런데 땡볕이라 그런지 관객이 듬성듬성 앉아 있다. 더운데 서로들 고생이다. 너는 곧 그곳을 떴다. 그리고 다시 걷는다. 시원한 한강변, 한강 푸른 물은 도도히 흐르고 동력선은 쏜살 같이 지나가고, 아, 헬리콥터다, 엄마, 헬리콥터, 헬리콥터, 그러나 무정한 그 엄마는 대꾸도 하지 않는다. 아이가 무안하겠다. 사람들은 작은 나무그늘이라도 있으면 그곳에 앉아 먹거나 잠자거나 둘 중 하나다. 아니 자리도 불편한데 왜 저렇게 저기서 잠을 잘까? 그것도 남녀가, 저것도 일광욕인가? 참 이해가 안 되네. 세상에 별사람 다 있는 건 알겠는데 손바닥 만 한 그늘에서 자는 저런 남녀는 정말 이해가 안 가, 하하하.

이젠 되돌아가야지. 너는 아까 왔던 길을 역방향으로 걷는다. 피곤한 줄은 모르겠다. 아마 꽃 때문일까? 다시 1650번 버스를 탔다. 집에 오니 4시, 샤워하고 손빨래를 했다. 그리고 현미, 검은 콩, 백미를 씻어 마늘 몇 통을 까 넣고, 대추 일곱 알을 넣고 맛있는 잡곡밥을 했다. 계란도 3개 삶았다. 밥 냄새가 구수하다.

2016. 9. 25(일).

은하수를 건너서

Over the galaxy

은하는 물이다.
은하는 시이다.
푸른 하늘 은하수
은하는 물 아닌 물이다.
은하는 시 아닌 시이다.
온갖 분노를 녹여
별들의 평화를 싣고
은하는 흐른다.
도도히 흐른다.

galaxy is water.
galaxy is poetry.
galaxy in blue sky.
galaxy is not water, but water.
galaxy is not poetry, but poetry.
galaxy melts all angers.
gathers all peace of all stars.
galaxy flows.
proudly flows.

혼자 걷는 즐거움

너는 오늘도 걸었다. 걸어야 산다는 신조 때문은 아니다. 예전부터 많이 걸어서 그런지 하루에도 몇 번씩 걷지 않으면 좀이 쑤신다. 걷는 게 운동이라더니 걷는 걸 생활화하고 있는 너는 참 좋은 습관을 가졌나보다. 그래서 너는 아직 신체의 균형이 바른 편이다. 보아하니 걷는 발모양도 일자걸음이다. 허리도 굽지 않고, 다리도 옥지 않았다. 그래서 국민체조도 잘 할 수 있다. 아마 네가 평생 바른 생활을 해서 그럴까? 하하. 허나 너무 자랑은 말라.

오늘은 전철 3호선 매봉역에서 6촌 형님을 만나 청국장으로 점심을 같이 했다. 물론 사전 약속이 되어 있었다. 형님과는 정말 오랜만의 만남이다. 오래 전에 공직에서 은퇴하고, 그래도 과거의 외교 공무원 경험을 살려 무언가 의미 있는 일을 하고 계셨다. 형님과 너는 연령 차이가 그리 많이 나지는 않지만 엄격한 전통사회에서 서로 멀리 떨어져 자란 탓에 너는 형을 매우 어려워했다. 더구나 사회생활의 분야나 위치가 달라 더욱 그랬다. 그런데 오늘 너는 형에게서 엄숙한 분위기를 별로 느끼지 못했다. 오래간만에 만났어도 얼마 전에 뵌 듯 형은 친화력을 가지고 오셨다. 여러 형제자매 동기간들의 안부부터 자상한 어투로 물어왔다.

해방 후 세월이 많이 흘렀다. 예로부터 권모술수에 능하지 못한 너희 집안 형제자매들은 하나같이 유교적 윤리와 정직을 실천하며 살아왔다. 그래서 높은 자리 출세와는 항상 거리가 멀었다. 내일 모레 28일부터 시행된다는 소위 김영란법(부정청탁 및 금품 등 수수의 금지에 관한 법률, 약칭 청탁금지법, 시행 2016. 9. 28. 법률 제13278호, 2015.3.27 제정)은 너의 집안엔 아예 필요가 없다. 그저 인간적으로 평범하게, 그리고 도덕적으로 엄격하게 사는 것, 그것이 네 집안의 지고한 가치였지. 없이 살아도 구걸하지 않고, 위축되지도 않고, 힘들지만 열심히 노력하며 살아가는 그런 어떤 가풍? 그렇지, 가풍이라면 그것도 가풍이겠지. 운이 따른 형제들은 그래도 좀 낫고, 그렇지 않으면 우여곡절을 겪는, 그러면서도 무너지지는 않는 은근과 끈기를 타고났지. 그런데 그건 저절로 되는 건 아니지.

형님과 2시간 동안 담소를 나누다 앞으로는 더 자주 뵙기로 하고 헤어져 너는 또 걸었지. 혼자 걷는 이발길, 익숙한 이발길, 생각 많은 이발길, 그래서 즐거운 발길이지. 어차피 인생은 혼자 걷는 거니까. 중요한 것은 큰길을 걷는 거야. 도덕(道德) 말이지.

2016. 9. 26(월).

홍릉수목원

벌써 10월이다. 너는 오늘 어디 가까운 숲에 가서 삼림욕이나 좀 할까하고 인터넷을 검색하다 홍릉수목원을 찾았다. 전에 어디선가 그곳이 좋다고 소문을 듣긴 했지만 구체적으로는 잘 알지 못했기에 홈페이지에 들어가 이용안내를 살펴보고, 길 찾기를 눌러본 다음 집을 나섰다. 문정 로데오거리에서는 간선 번스 303번, 신설동역에서 201번을 갈아타고 홍릉초등학교에서 내리면 된다고 했다. 그래서 그렇게 실천(實踐)하는 데 약 1시간이 걸렸다. 예전에 동대문정보화도서관에 갈 때 내린 정류장이 바로 그 곳이었다.

일단 길을 건너니 카이스트가 있다. 예전에는 한국과학기술연구소로 키스트(KIST)라고 했는데, 지금은 한국과학기술대학교로 카이스트(KAIST)가 되어 대전으로 내려가고 이곳은 경영대학 및 고등과학원 간판이 붙어있다.

거리에 사람이 없어 카이스트 교문 안에 서있는 남학생에게 길을 물으니, 미소를 띠며 교문 밖으로 나와 홍릉수목원 방향을 친절하게 알려준다. 그러면서 "안녕히 가세요!"하고 인사까지 했다. 남학생이라도 기분이 참 좋다. 앞으로 잘 풀릴 학생이지. 암, 순간이지만 저 정도 인성이면 잘 될 거야, 잘 되고말고. 이렇게 속으로 생각하며 붉게 물들어가는 담장넝쿨 담 옆으로 가볍게 발걸음을 옮겼다.

홍릉수목원으로 이름이 났지만 정작 입구에 가니 그런 명칭은 없고 국립산림과학원이라는 간판이 붙어있다. 주말에는 일반인 누구에게나 무료개방이란다. 입구에 앉아 있는 도우미에게 관람코스를 물어보았다. 수목원 한 바퀴를 도는 데 약 30분 정도 걸린다고 했다. 별도의 안내 자료는 없는 듯. 그냥 무조건 길을 따라가면 되는 것 같았다. 입구에서부터 크고 작은 나무들이 신선한 공기를 뿜어낸다. 도시에서의 숲은 허파에 비유된다. 숨이 탁 트이는 느낌, 너는 도시의 허파에 들어갔다. 가끔 심호흡을 해가며 숲을 감상하며 예전에 산에 살던 그 때를 떠올리며, 그 때 알았던 나무 이름을 다시 확인, 정정하며 걸었다. 전시관에 들러 익숙한 나무냄새를 맡으며 3층까지 둘러보았다. 예전에 산골 집 앞 담 아래 있던 동백나무, 어머니가 그 열매로 기름을 짜서 머리에 바르시던 그 동백나무는 여기서는 쪽동백이라 했다. 인터넷 백과사전을 찾아보니 쪽동백에 대한 상세한 설명이 나온다.

쪽동백나무(Fragrant Snowbell, 玉鈴花). 쪽동백나무는 때죽나무와 형님 아우 하는 사이다. 형제 사이가 판박이인 경우도 있지만 얼굴이 닮지 않아 엄마가 애매한 의심을 받기도 한다. 두 나무는 얼굴이라고 할 수 있는 잎사귀가 서로 다르다. 쪽동백나무 잎은 둥그스름한 모습이 얼핏 오동나무 잎이 연상되는데, 손바닥을 펼친 만큼의 크기에서부터 때로는 잎 한 장으로 얼굴 전부를 가릴 수도 있을 정도로 크다. 그래도 같은 피라는 사실은 숨기기 어렵다. 잎 이외에는 꽃모양도 거의 같고 껍질도 서로 구분이 안 될 만큼 비슷하다.

쪽동백이라는 나무 이름이 흥미롭다. 옛 여인들은 동백기름으로 머리단장을 하고 참빗으로 곱게 빗어 쪽을 지었다. 뒷머리에 은비녀 하나를 가로지르면 정갈스런 마님의 표준 치장이었다. 그러나 동백기름은 남서해안의 일부 지역에서만 생산되고, 나라에서 세금으로 거둬 갈 만큼 귀하게 여기는 물건이다 보니 일반 백성의 아낙들에게는 그림의 떡이었다. 그래서 누구나 손쉽게 구할 수 있는 동백기름의 짝퉁이 필요했다. 마침 품질은 조금 떨어져도 동백기름을 대용하기에 크게 모자람이 없는 쪽동백나무를 찾아냈다. 이것으로 씨앗기름을 짜서 두루 사용한 것이다. 쪽동백나무는 우리나라 어디에서나 자라며 머릿기름 말고도 호롱불 기름으로도 쓰였다.

접두어 '쪽'이란 말에는 여러 가지 의미가 있으나 쪽문, 쪽배처럼 '작다'라는 뜻이다. 동백나무보다 열매가 작은 나무란 의미로 쪽동백나무가 된 것으로 생각된다. 쪽동백나무는 때죽나무, 생강나무 씨와 함께 동백기름을 쓸 만한 지체 높은 마님이 아닌 대부분의 옛 여인들이 널리 이용한 자원식물 중 하나이다.

너는 이제 확실히 알았다. 그때 어머니가 머릿기름으로 사용하시던 그 기름, 그 향은 좀 이상했지만 먹는 게 아니라서 그리 역하지는 않았지. 겨울에 피는 그 남쪽나라 동백꽃은 나중에 여수 오동도에 가보고 알았지. 하하. 그런데 너에게는 남쪽나라 동백보다 이 쪽동백이 더 정든 동백이지, 짝퉁이면 어때 좋으면 그만이지.

숲에는 제법 오르막길도 있다. 등산을 하는 기분, 나무와 새와 풀과 함께 무언의 대화를 나누며 걷는다. 작은 두릅나무가 노란 단풍을 만들었다. 길가에 떨어진 상수리, 이를 두고 어떤 중년 남자가 일행에게 아는 척을 해댄다. "동그란 건 상수리고, 작고 길쭉한 건 도토리라고, 이건 상수리야 상수리, 도토리가 아니고 상수리라고." 몇 번을 아는 척 설명을 한다. 상수리는 예전에 임금님 수라상에 올린 데서 상수라, 그 상수라가 상수리가 되었다는 유래가 있다. 남한산성에는 그런 설명이 있었는데, 이야기인즉,

왕이 전쟁을 피해 궁을 버리고 피난길에 허기를 면하고자 신하들에게 먹을거리를 가져오라 명하자 마을에서 시커먼 사각

덩어리로 된 묵을 얻어 와 왕에게 바쳤는데, 당시에는 얼마나 배가 고팠는지 꿀처럼 맛있게 먹었다는 것이다. 그런데 전쟁이 끝나고 궁궐로 돌아와 피난길에서 먹었던 음식을 요청하자 특별히 주문된 것인지라 음식을 차려 올리는 수랏상의 상자리(상수라 자리)에 진상하였으나, 이미 맛난 음식에 입맛이 바뀐지라 먹어 보고는 맛이 없다며 묵을 물리쳐 버리고 말았다 한다.

그러기에 '기갈이 감식'이라는 말이 나왔겠지. 배고프면 무엇이든 맛이 있지. 지난 9월 28일부터 시행된 부정청탁 방지법에 3만 원 짜리 음식 접대는 괜찮다는데 그건 정말 비싼 음식이지. 거품이야, 거품. 네가 안양의 어떤 학교 앞 허름한 식당에서 사먹는 가정식 백반은 5천원인데 마치 예전에 어머니가 해주시는 밥처럼 정말 맛이 있지. 요즘은 더군다나 햅쌀밥을 해 준다고. 고추무침, 가지나물, 가자미찜, 김치, 파무침, 멸치무침, 된장국, 5천 원에 이렇게 푸짐한 식단은 처음 봤지. 그런데 학생들은 그런 반찬을 잘 안 먹는대. 나이 든 사람이나 먹지, 그래서 학교 앞에 있어도 장사가 잘 안 된데. 네가 집에서 가까우면 날마다 거기 가서 사먹을 텐데. 그런데 요즘 단식하는 정치인은 이해가 안 가, 한 댓새 굶더니 이제 탈진해 누웠다는군. 그러게 그 맛있는 밥을 왜 안 먹어. 밥 잘 먹고 건강하게 정치를 해야지. 건강한 신체에 건강한 정신, 건강한 정신에 건강한 신체, 이 말은 상호 교환적으로 사용해야 할 것 같아. 어느 것이 먼저가 아니기 때문이지. 정신과 신체는 언제나 함께 건강해야 사람이 건강하니까.

한 지점에 이르니 홍릉의 유래에 대한 설명이 있고 그 뒤에는 묘지가 있던 자리를 비닐끈으로 개바자처럼 둘러 표시해 놓았다. 홍릉은 고종황제의 부인 명성황후의 무덤이었다고 한다. 구한말 비극의 역사를 남기고 떠난 그 민비, 이제 이곳에 그 무덤은 없으나 그 때의 능 이름이 그대로 남아 지금도 이곳을 홍릉이라고 한다는 것이었다. 무덤의 이름을 지명으로 삼았다니 그리 달갑지는 않네. 예전의 원래 지명은 없었나? 그 예전 지명을 발굴해서 쓰면 안 되나? 초등학교 이름까지 홍릉초등학교라고 무덤이름을 학교에 붙였으니 그것도 좀 달갑지 않네. 귀여운 새싹들이 다니는 초등학교인데. 차라리 새싹초등학교가 좋겠다.

어느새 정상인 것 같은 지점에 이르니 감나무에 감이 주렁주렁 달려있다. 감나무를 배경으로 너는 스스로 사진을 찍었다. 사진에는 아직 네 얼굴이 훤하고 말끔하다. 이렇게 관광을 다녀서 빛을 보아 그런가, 하하. 관광(觀光)의 본뜻은 빛을 보는 거니까. 어디가든 광명을 보는 거니까. 하하. 너는 수많은 풀과 나무를 벗하며 즐거운 숲과의 속삭임을 마치고 숲에서 나와 다시 정문에 도달했다.

아까는 숲에 들어가기 바빠 정문 게시판을 보지 못 했는데 나오다 보니 게시판에 있는 서비스헌장이 눈에 들어온다. 너는 강의 서비스에 종사하는 너의 직업상 그 서비스헌장을 사진에 담았다. 이를 검토하여 강의에 활용해보기위해서다. 국립산림과학원의 서비스헌장은 이렇다.

서비스헌장이 2종인데 사실 나중의 것은 헌장이라기보다는 고객 이용 안내사항이었다. 너는 도서관의 서비스헌장과 좀 비교해보아야겠다고 생각했다. 그런데 우선 국립산림과학원이 임업, 임산업의 지식정보를 국민에게 제공하기 위해서는 자료를 전시만 할 게 아니라 임업과 임산업에 대한 풍부한 연구정보자료를 자유롭게 이용시키는 국립산림과학원도서관을 개설하면 좋겠다는 건의를 하고 싶다.

시간관계상 주마간산으로 전시물만 보고 나오는 것은 교육에 별로 도움이 되지 않기 때문이다. 이 숲에다 산림과학도서관을 세워 숲도 보고, 나무도 보고, 지식정보도 활용하는 일석 3조의 교육효과를 거둘 수 있게 하면 참 좋겠다. 아, 숲속의 도서관! 너는 언제나 도서관을 나갔다가 도서관으로 돌아온다.

2016. 10. 1(토).

국립산림과학원 산림과학기술서비스헌장

우리 국립산림과학원 전 직원은 산림자원의 조성, 이용과 환경이 조화된 임업기술을 개발하여 국민의 삶의 질을 높이고 우리의 고객인 국민에게 신뢰와 사랑을 받는 공무원이 되기 위하여 다음과 같이 실천하겠습니다.

하나. 산림은 우리 모두의 재산이며 생명의 원천이라는 인식하에 국민의 삶의 질을 높일 수 있는 연구개발 및 기술 보급에 최선의 노력을 다하겠습니다.

하나. 모든 서비스는 고객의 입장에서 생각하고 신속, 정확, 공정하게 처리하겠습니다.

하나. 국민에게 불친절한 자세와 잘못된 행정 처리로 불만족이나 불편을 초래할 경우 즉시 시정함은 물론 적절한 보상을 해드리겠습니다.

하나. 우리의 실천 노력에 대하여 고객에게 매년 평가를 받고 그 결과를 공개하겠습니다.

이와 같은 우리의 목표를 달성하기 위하여 '서비스 이행표준'을 제정하여 실천할 것을 약속드리며, 언제나 국민과 함께하는 국립산림과학원이 되도록 노력하겠습니다.

국립산림과학원 산림과학기술서비스헌장

모든 고객께서는 친절하고 공정한 서비스를 받을 권리가 있으며 우리 산림공무원은 고객 여러분께 고객만족과 감동의 서비스를 제공하기 위하여 이 헌장을 선포하고 실천해 나가고자 하오니 아낌없는 성원과 적극적인 협조를 부탁드립니다.

1. 불친절하거나 만족스럽지 못하였을 경우에는 즉시 알려주시고 반드시 성명, 주소, 연락처 등을 알려주시기 바랍니다.
2. 공무원이 자긍심을 갖고 열심히 일할 수 있도록 친절하고 모범이 되는 공무원은 적극 알려주시고 격려해 주시기 바랍니다.
3. 홍릉수목원과 산림과학관은 임업, 임산업의 지식정보를 한자리에 전시한 대국민 교육의 장으로서 관람객의 편의제공을 위하여 예약 실명제를 실시하고 있습니다.

- 학술목적의 단체관람은 평일에만 가능하며
- 관람예정 7일 전까지 예약하셔야 하며, 신청일로부터 30일 이후까지만 예약이 가능합니다.
- 일반관람은 예약 없이 매주 토요일과 일요일에만 관람할 수 있습니다.

마당을 나온 수탉

동화 『마당을 나온 암탉』을 읽어 보셨나요? 양계장에서 알 낳기 봉사만 하다가 생산성이 별로 없게 되자 주인에게 버림받은 암탉 이야기지요. 그러나 암탉은 폐계처분장 구덩이에서 한 오리의 도움으로 구사일생으로 살아나 자유의 몸이 되었는데요, 전에 닭장에 갇혀 있을 때 부러워하고 소망하던 일, 알을 품어 엄마가 되고 싶은 소망을 이룰 수 있겠다는 희망을 갖지요. 그런데 또 장애물이 많이 생기네요. 먹이도, 잠잘 곳도 없어 뜨내기로 먹고 살아야 하는데 가는 곳 마다 다른 친구들, 수탉, 다른 암탉, 다른 오리, 개에게 멸시를 당하고 쫓겨나지요. 족제비에게 잡아먹힐까봐 불안한 야외생활의 나날, 그래도 암탉은 희망을 포기하지 않아요.

암탉은 스스로 자기 이름을 '잎싹'이라고 지어요. 그러면서 엄마가 되기 위해 온갖 궁리를 다하다가 찔레 덤불 아래에서 하얀 알을 발견하고는 그 알을 품어요. 그 알이 깰 때까지 품고 있지요. 알을 품는 동안 생명의 은인 오리가 저수지에서 고기를 잡아다가 대령하지요. 그러다가 드디어 알이 부화했는데 오리였어요. 저는 그 알이 찔레 덤불에 있다기에 뱀의 알일까 봐 은근 걱정을 했는데 참 다행이네요. 암탉이 오리 알을 품고 있었던 거네요. 그래도 암탉은 전혀 실망하지 않아요. 오리 아기도 암탉을 엄마라고 부르고. 암탉은 그렇게 소망하던 엄마가 되었어요. 그런데 또 살아갈 앞길이 순탄하지가 않네요. 주인댁으로 다시 들어가 다른 이웃들과 더불어 살아보려 하지만 그 마당의 가족들은 반겨주기는커녕 비난과 멸시로 가득한 가축적인 사회분위기, 정말 인간들과 똑 닮았네요. 작가가 인간들의 인간답지 못한 모습을 닭에 빗대어 그린 것 같아요. 암탉의 운명은 앞으로 어떻게 될까요? 궁금하시죠? 책 내용을 다 말해 주는 건 책 소개가 아니라네요. 책을 정말 읽고 싶도록 유도하는 것이 사서의 역할이라네요.

저는 이제 '마당을 나온 수탉'도 좀 생각해 보고 싶네요. 사실 수탉은 양계장에 감금되어 살 일은 거의 없지요. 알을 낳지 못하니까요. 그러나 수탉이 없으면 병아리가 탄생될 수 없어요. 수탉은 아빠니까요. 세상에 아빠 없는 아기는 없거든요. 그래서 수탉은 알을 직접 낳지는 못하지만 암탉이 알을 밸 때 알에다 생명을 넣어주지요. 수탉은 병아리의 제1차 프로듀서랍니다. 수탉은 지놈인가 게놈인가 하는 병아리 유전자를 가지고 암탉과 협업하여 귀여운 병아리를 만든답니다. 그러나 그 후 병아리를 기르는 수고는 암탉이 더 많이 하지요.

사람도 엄마가 나실 때 괴로움 다 잊으시고 살가운 고생을 더 많이 하듯이 말이죠. 알을 낳는 수고, 둥지에서 장기간 알을 품는 수고, 병아리가 알을 깨고 나오려할 때 밖에서 껍질을 깨주는 산파의 수고도 암탉 스스로 다 한답니다. 엄마는 강해요. 여자는 약하나 엄마는 강하다는 말이 닭에도 해당되네요.

암탉에 비하면 수탉은 참 무심하고 무책임하지요. 유전자만 덥석 제공했을 뿐 아무 일도 안하면서 자기만 먹고 돌아다니며 삼시 세끼 노래나 부르는 한량이지요. 하하. 딴엔 병아리 제1 프로듀서의 역할이 제일 크고 중요하다는 걸 웅변으로 유세(遊說)하고 다니는 것 같아요. 수탉은 일을 열심히 하지 않는데도 암탉보다 큰 벼슬을 달고 다니지요. 벼슬이라는 말은 닭 벼슬에서 나왔나 보네요. 벼슬아치들. 그런데 인간세상도 그 벼슬아치들이 잘 해야 평화롭지요. 하하. 저는 이런 소재들을 가지고 『마당을 나온 수탉』이라는 짝퉁 소설을 한번 써 볼까 생각중이에요. 그런데 저도 태생이 수탉과 비슷한 아빠라서 그 소설을 언제 완성할지는 잘 모르겠네요. 하하.

2016. 10. 2(일).

188

노인의 날

인터넷에 오늘 10월 2일이 국제 노인의 날이라고 떴다. 너는 노인의 날이라는 말을 오늘 처음 들어본다. 지금까지 네가 노인이 아니라서 그랬나? 아니면 너의 집안에 노인이라고 할 만한 어른이 안 계셔서 그랬나? 사실 너는 아직 경로우대증을 받지 못했다. 그래서 전철을 타고 천안이나 인천까지 공짜로 왕복할 수 없다. 그래도 너는 그게 참 다행이라고 생각하는 편이다. 아직 너는 65세랑은 한 살 차이로 제도적으로도 노인이 아니기 때문이다. 더구나 너는 매일 활동하며 체조하며 신나게 돌아다니면서 스스로는 청춘이라고 생각하고 있다. 노인도 안 아프면 청춘이다.

그런데 돌아다니는 노인들이 가끔 제정신 못 차리는 행동을 해서 노인 아닌 너를 대신 부끄럽게 한다. 일전에 전철 안에서 노약자 자리에 앉은 임신부에게 진짜 임신부인지를 확인한다며 여성의 배를 만진 노인이 있다는 황당한 뉴스가 있었다. 나이 많은 게 무슨 벼슬이라도 되는 것처럼 젊은 사람들에게 반말이나 찍찍 해대는 노인도 많다.

늦도록 별정 공직을 유지하는 행복한 노인 중에는 국회에 나와 의원들을 나무라기도 하고. 국회의원도 버릇없는 사람이 더러 있지만 노인도 예의를 모르는 이가 더러 있다. 공공장소에서 전화하면서 상대방에게 욕을 하고, 여러 가지로 노인답지 않은 노인들이 더러 눈에 띈다. 노인의 날, 노인을 공경하는 마음을 갖되 파렴치한 노인을 계도하는 날도 되어야 이날의 의미가 살 것 같다.

2016. 10. 2(일).

장미 옆에서

일기예보에 비가 온다더니 오늘은 정말 비가 온다. 요즘은 기상청 일기예보에 믿음이 안 가 백성들이 일기예보를 잘 믿지 않는다. 너도 어제 우산을 가지고 나갔다가 한 번 펴 보지도 못하고 거추장스럽게 들고만 다녔다. 잃어버리지 않은 게 참 다행이다. 그런데 오늘은 비가 좀 오려는지, 원. 요새는 오는 비마다 너에겐 단비 같다. 비는 생명수다. 비가 내려야 땅위의 모든 생명이 살아난다.

오늘은 송파도서관에서 빌려온 책 3권을 반납해야 한다. 나갈 구실이 생겨 잘됐다. 너는 책가방과 우산을 들고 밖으로 나갔다. 우산 위에 와 닿는 빗소리가 경쾌하다. 한 방울 두 방울, 빗방울이 얼굴로 들어와도 좋다. 가끔 우산을 벗고 비를 맞아도 좋다. 표정 없는 도서관 직원에게 책을 반납했다.

우중충한 도서관, 너는 그 분위기가 싫어 곧 밖으로 나왔다. 비가 오니 아이들처럼 걷고 싶기도 하고. 버스를 타고 돌아오다가 목적지의 한 정거장 전에 내렸다. 걸었다. 아이들처럼. 문득 시인이 되고 싶다. 수필가도 되고 싶고. 텔레비전에 나오는 어느 불우한 부모 없는 아이들의 소망, 화장실도 가까이 있고 싶고, 세수하는 데도 가까이 있고 싶고, 그 소망과 너의 소망은 결은 다르지만 순수한 면에서는 같다. 그러나 등단을 못했으니 우선 셀프시인, 셀프수필가가 되기로 마음먹는다.

장미 옆에서

가을 장미
단비 머금고 다시 살아나

꽃잎으로 생수를 마시고
반가운 미소가 아름답구나.

선홍빛 얼굴로 정열을 불태우며
아직도 못다 한 사랑 그리는가?

이제 떠나고 떠나야할 사랑을,
예쁘게 화장하고 배웅하려는가?

아름답구나. 수고 했어.
그래그래, 내년에 또 만나자.

어디 왕후장상(王侯將相)이 따로 있나 뭐, 시를 쓰면 시인이고, 수필을 쓰면 수필가지. 하하. 이제 배짱도 좋아졌다.

동네 공원을 걸어본다. 10월의 장미가 함초롬히 빗물을 마시고 있다. 5월 자기들 전성기는 지나도 한참 지났건만 아직도 아름답고 싶은 너희들 장미야, 그 마음 알만하다. 그런 마음은 너처럼 나이가 들어봐야 안단다. 하하.

서정주 시인이 보면 웃겠다. 자기 시의 짝퉁이라고 할지도 몰라. 그러나 시상은 확실히 다르니 모작이라고는 못할 걸. 하하. 좋다, 좋아. 너대로 시인이니. 요즘은 시인도 아무나 한다. 은퇴하면 다 시인이잖아. 너도 오래전에 은퇴했으니 오래 전부터 시인이 된 셈이야. 너무 위축되지 말게나. 다른 사람과 감정이입이 잘 되면 괜찮은 시일 거고, 그게 잘 안 되면 너의 넋두리일 뿐이겠지. 그래도 너는 그 맛에 살아라.

2016. 10. 2(일)

콩나물 된장국

비오는 날엔 콩나물 된장국이 제격이다. 밥은 현미 2홉, 백미 2홉, 마늘 3통, 대추 한 주먹, 밥 이름은 '대추 마늘 밥'. 콩나물 된장국은 콩나물, 양파, 마늘, 된장, 다시다, 파도 있으면 좋으나 없으면 생략해도 양파가 있어 오케이. 콩나물 된장국 냄새가 온 집에 퍼진다. 아마 밖에서도 냄새가 날 것이다. 먹고 싶을 걸. 그리운 된장국, 엄마 표 또는 마누라 표 된장국, 언제 먹어도 구수하고 토속적인 우리 맛, 이젠 이 좋은 국을 네가 끓일 수 있게 됐다. 남자가 나이 들면 아버지 몫, 엄마 몫, 마누라 몫 다하는 게 인생이지, 하하. 모든 고뇌를 녹여 밥을 짓고, 빨래를 하고, 글을 쓴다. 여기에 적응하면 참 편하다. 모든 게 너대로 선생이니까. 하하.

인생 그렇게 심각하지 않아도 즐거운 거라는 걸 알 때까지 시간과 눈물이 꽤 소모된다. 그래도 정신이 건강하면 다 이겨낸다. 얼굴은 해맑고, 정신은 초롱하고, 육신은 균형이 잡힌 청춘이 된다. 혼자 있어도 너무 울지 말라. 정호승 시인 왈, "외로우니까 사람이다. 산그늘도 외로워 하루에 한번 마을로 내려온다." 책을 벗 삼고 글을 엄마 삼으면 만사형통!

2016. 10. 2(일).

쇠고기 배춧국

엊그제 먹는 이야기를 썼는데 오늘 또 쓰고 싶다. 네 마음이니 누가 뭐라 할 사람은 없다. 너는 어제 소고기 국거리를 조금 사왔다. 배추도 한포기 사왔고, 그래서 오늘 자루 달린 냄비에 배추를 손으로 뚝뚝 떼어 넣고, 소고기를 넣고, 양파와 마늘을 넣고, 된장을 한 술 넣고, 조미료를 조금 뿌리고, 부탄가스 레인지에 불을 켰다. 재료를 넣는 순서는 그냥 손에 잡히는 대로다. 요리에는 순서가 있다고 들었지만 그 순서(sequence)는 요리학원에 다니지 않아 알지 못한다.

너의 도서관엔 도시가스 시설이 없어 휴대용 가스레인지 부탄가스를 사용하는데, 부탄이 행복지수가 높은 나라라고 연상하니 그 부탄이 그 부탄은 아니어도 웃음이 절로 나온다. 웃으면 복이 와요. 하하.

여성음성 가이드 전기밥솥이 맛있는 현미 대추 마늘 밥을 짓는 동안 너는 다소 시간 여유가 생겼다. 그 시간에 섭씨 30도

'가을여름'에 외출해 땀에 젖은 네 몸(body)을 목욕재계(沐浴齋戒)했다. 기분이 더 좋아진다.

직전에 너는 대림대학교에서 수업을 마치고, 아침에 출근하다 펑크가 나서 카센터에 맡긴 소나타를 찾아 왔다. 그래서 좀 지친 상태로 집에 막 들어왔을 때는 밥하기가 싫었었다. 그런데 금년 건강검진 결과 대사증후군이 약간 있으니 관리를 하라는 의사의 지시가 떠올랐다. 그러는 사이 어떤 도서관 지인으로부터 전화기 왔다. 11월 중에 세계 도서관의 역사를 강의해 달라는 요청이다. 순간 삶의 의욕이 솟았다. 그래서 귀찮지만 밥을 해먹기로 결심하고 지금 실천중이다. 아, 맛있는 밥 냄새, 쇠고기 배추국 냄새, 이제 밥을 먹어야겠다.

김치냉장고를 식탁삼아 고추절임장아찌와 누이가 만들어 물려주신 삼채김치, 새싹야채, 양파, 오이를 꺼내고, 국과 밥을 퍼놓고, 속옷 바람으로 서서 홀로 만찬을 즐긴다.

대화 상대는 연합뉴스 TV. 하하. 다 이렇게 먹고사는 거다. 식사 후, 세상은 좁아도 할 일은 많다. 우선 내일 강의준비를 해야 하고, 여력이 있으면 번역을 해야 한다. 그런데 피곤이 몰려온다. 점심이 아니라도 식곤증은 있나보다. 컴퓨터 앞에 앉았다가 스르르, 옆으로 넘어질 뻔 했다. 안 되겠다.

잠시 너의 좌골신경통을 치료해준 고마운 방바닥에 누워 꿀

잠을 잤다. 저녁 9시경 일어나 다시 할 일을 좀 해본다. 그러면서 "이런 게 저녁이 있는 삶이지." 하며 네 생각을 어느 정치인의 생각에 꿰어 맞춘다. 사실 누구에게나 저녁은 있다. 그러나 그 정치인이 의미를 부여한 행복한 저녁은 스스로 만들어야 있다. 타율로는 자신의 행복을 만들 수 없다는 생각이 머리에 스쳐간다. 그래, 행복한 밤 만드시게.

2016. 10. 4(화).

살림학 개론

네가 잘 살기 위해서는 살림을 잘 해야 한다. 다시 말할 것도 없지만 다시 말하면 살림을 잘해야 잘 살 수 있다. 살림은 어원적으로 '살리다'에서 온 것 같다. '살리다'의 명사형이 '살림'인 것이다. 나라는 나라를 살리는 살림을 해야 하고, 가정은 가정을 살리는 살림을 해야 잘 살 수 있다. 나라 살림은 주로 정부가 하고, 가정 살림은 주로 주부(어머니, 부인)가 한다. 그러나 국가나 가정이나 그 모든 구성원들이 정부와 주부를 도와 협업해야 그 나라와 그 가정이 잘 살 수 있고, 평화가 깃들어 행복할 것이다.

빤한 소리지. 그러나 이 빤한 소리가 '살림학 개론'이다. 어느 부문이나 개론이 가장 중요한데 개론은 빤한 소리라며 무시하기 쉽다. 그래서 우리나라에는 인문학의 실천이 무시되고, 기초과학의 연구가 무시되는 현상을 낳았다. 이웃나라 일본은 해마다 노벨상을 차곡차곡 타 모아서 이 시각 현재 노벨상 수상자가 통산 25명이나 된다는데, 백성들의 머리가 좋다는 우리나라는 변변한 노벨상 하나 없다. 평화상이 하나 있다지만 그 상 수상 이후 우리나라에 평화가 깃들지 않고 있으니 그 상도 무심하다.

지도자들은 나라 살림학개론을 무시하고, 백성들은 지도자들을 본받아 그런지 가정 살림학개론을 무시하니, 우리나라가 세계 10위권 경제국이라 해도 살기가 아직 팍팍하고 국민행복은 아직 저 산 너머에 있다.

이제 나라와 가정의 평화와 번영, 그리고 행복을 위해서 무언가 특단의 정책이 필요하다. 그 정책의 우선순위는 모든 사람에게 살림학개론을 실천하게 하는 것이다. 살림학 이론은 백성들이 대개 잘 알고 있으니 너무 장황하게 설명할 필요는 없을 것이다. 오히려 교수 아사리들의 이론 강의는 실천을 지연시킬 수 있다. 엊그제 우리나라 공과대학들은 이론 강의에 치중하고 있어 실무를 배우려면 다시 사설학원에 가야 한다는 비판적 신문가사를 보았다.

이론은 곧 실천으로 옮기는 게 중요한데. 실천을 해 봐야 이론의 잘 잘못과 개선점도 발견할 수 있는데. 살림학은 인간의 삶 그 자체이므로 실천인문학이다. 인문학은 실천학이므로 말로만의 인문학은 공염불이다. 살림은 행동으로 실천해야 잘 먹고 잘 살 수 있다.

2016. 10. 7(금).

협력의 의미

우리들은 누구나 서로 도우며 살아간다. 사실 누구나 서로 돕지 않으면 이 세상을 잘 살기 어렵다. 아무리 일류대학을 나오더라도 외톨박이로는 잘 살기가 쉽지 않다는 것을 알 것이다. 너는 오늘 사전에서 협력이라는 단어를 찾아보고 새삼 놀라 깨달았다. 협력(協力)이라는 한자를 뜯어보니 열십자 옆에 힘 역자가 3개 있고, 그 옆에 또 하나의 큰 힘 역자가 있다. 이를 합하면 힘 역자가 14개다. 힘을 쓰려면 적어도 10명 이상, 아마 14명이 힘을 합해야 큰일(大業)을 이룰 수 있다는 의미처럼 느껴진다. 이렇게 철학적인 말이 또 어디 있는가?

사실 너는 지금까지 '협력', '협조' 하면 어딘지 좀 부차적이고 소극적인 의미로 받아들였다. 남이 하는 일을 좀 거들어주는 정도로 생각했지, 능동적으로 나서서 자기 일처럼 하지는 않는, 또 그러면 안 되는 것으로 생각해 왔다. 그런데 협력이라는 말은 힘을 모은다는 뜻이니 그런 소극적인 의미는 아니다. 14명이 힘을 모아 자신의 일처럼 하는 것, 이것이 협력의 순수한 의미 같다. 그래서 어떤 상황에서든 협력할 일이라고 판단되면 자기 일처럼 적극 나서서 하는 것이 협력의 본디 의미라고 생각된다.

너는 세상을 살아오면서, 또 살아가면서 지금까지 좀 소극적인 태도를 견지한 것 같다. 어렸을 때부터 착하게 순종적으로 살다 보니 직장, 학교, 가정, 교육, 모든 면에서 배달의 기수 역할을 하지 못하고 세상의 경영자가 되지 못했다. 직장에서는 CEO가, 학교에서는 전임교수가, 가정에서는 가족의 든든한 기둥이, 교육에서는 주도적인 학습자, 창의적인 교육자가 되지 못하고 이제 이순까지 넘겨버렸다. 그래서 더 이순하게 살아야 할 것인가?

무엇을 깨달았을 때는 이미 늦었다고 생각하기 쉽지만 너에게는 특유의 끈기가 있으니 남은 인생은 좀 더 적극적으로 살아야 할 것이다. 너는 지금 시공간의 모든 것이 자유롭다. 가장 적극적으로 살 수 있는 기회가 왔다. SWOT 분석을 해보면 너의 강점은 끈기, 너의 약점은 소극, 너의 기회는 자유, 너의 위협은 무직이라는 것이다. 이들 중 너의 강점인 끈기와 너의 기회인 자유를 합해 협력적 활동을 전개한다면 제2의 인생은 인생의 CEO, 평생대학 석좌교수, 책 30여 권의 저술가, 아들들의 귀감으로 살 수 있다. 할 수 있다! 할 수 있다!

2016. 10. 8(토).

훈민정음 축제

성북구 간송미술관을 찾았다. 그런데 휴관, 출입금지 안내판이 나그네의 입장을 막는다. 아니 훈민정음 축제라고 했는데, 그럼 어디서 하지? 현수막에 보니 성북구 구립 미술관이라 되어 있어 그곳으로 갔다. 그런데 거기도 축제준비가 덜 되어 있는 듯, 미술관 입구에 작업인부들만 분주하게 천막을 해체하고 있다. 안으로 들어갔더니 2층 전시장에 도우미 2명이 서 있다. 전시장은 규모가 작고 초라하기까지 했다. 이걸 훈민정음 축제라고 선전했나 싶을 정도로 실망감이 들었다. 사진만 몇 장 찍고 바로 나왔다.

축제예산이 부족했는지 모르지만 이렇게 할 바에는 차라리 안 하는 편이 나을 것 같았다. 콘텐츠도 없이 몇 가지 한글자모 쿠션 소품 좀 갖다 놓고 훈민정음 축제라니, 콘텐츠라고는 작년에 교보문고에서 복사한 훈민정음 해례본 한 권 뿐, 그것도 주마간산으로 보아야 한다. 너는 작년에 25만 원을 주고 그 복제본을 사서 소유하고 있다. 축제를 할 거면 복사본이라도 좀 저렴하게 만들어서 관람객들에게 복사비만 받고 나누어 주든지, 학생과 시민들이 훈민정음 한 권씩을 가지고 집에서 철저하게 공부하도록 뭔가 좀 도움을 주어야 축제의 의미가 있을 텐데, 강의 몇 개로 축제를 다하려 했나.

내려오면서 보니 도로 한편을 막고 시장을 차려놓았다. 축제 개막식을 하는지 무대 위에서 사회자가 그 행사에 참석한 내빈들을 소개하고 있었다. 요즘도 저렇게 구태의연하게 내빈 소개를 하나보다. 사람들로 붐비는 시장에 들어가 보았다. 상인들이 먹거리와 입을 거리들을 전시해 놓고 호객을 하고 있다. 여느 시장과 다르지 않는 모습, 아, 축제의 목적이 이런 거였구나, 훈민정음은 여벌이고, 그러니 간송미술관도 문을 닫고, 들어오지 못하게 하는 거겠지. 씁쓸하다.

어느 덧 낮 12시, 허름한 식당에 들어가 6천 원짜리 청국장을 먹고 한성대역에서 사당행 전철을 탔다. 처음엔 동대문역사문화공원에서 2호선을 갈아타고 곧장 집으로 오려했다. 그런데 너무 허전했다. 며칠 전 한글박물관에서 온 문자가 생각났다. 오후 2시에 한글박물관에서 헐버트 전문가가 강의를 한다는데, 그 강의나 듣고 가야지, 생각하며 이촌역에서 내려 하나, 둘, 셋, 넷, 보무당당하게 한글박물관을 향해 걸었다.

2016. 10. 8(토).

헐버트 강의

너는 한글박물관 도서관에서 주최한 한글날 기념 강좌를 들었다. 일제 강점기 이전에 대한제국에 와서 교육자로 활동하면서 한글을 연구하고 보급한 미국인 헐버트에 관한 이야기였다. 다음 백과사전에는 헐버트를 다음과 같이 기술하고 있다.

헐버트 Homer Bezaleel Hulbert(1863~1949)

1886년 소학교 교사로 초청을 받고 육영공원에서 외국어를 가르쳤다. 1890년 우리나라 최초의 순 한글 교과서인 〈사민필지〉를 출간하고 1896년에는 구전으로만 전해 오던 아리랑을 우리나라 최초로 채보하여 논문으로 발표하였다. 1897년 한성사범학교 책임자가 되며 대한 제국 교육 고문이 되었다. 1905년 을사조약이 체결된 후 자주 독립을 주장하여 고종의 밀서를 휴대하고 미국에 돌아가 국무장관과 대통령을 면담하려 했으나 실패했다. 1907년 고종에게 네덜란드에서 열리는 제2차 만국 평화 회의에 밀사를 보내도록 건의하고, 한국 대표단보다 먼저 헤이그에 도착해 〈회의시보〉에 대표단의 호소문을 싣게 하는 등 국권 회복 운동에 적극 협력하였다. 대한민국 수립 후 1949년 국빈으로 초대를 받고 내한하였으나 병사하여 양화진 외국인 묘지에 묻혔다.

강사는 30여 년 간 헐버트에 관한 자료를 조사, 연구해 온 헐버트 박사 기념사업회 김동진 회장이라 했다. 너는 인터넷으로 사전에 수강신청을 하지 않아 직원에게 요청하여 현장에서 수강등록을 했다. 강의 자료는 〈사민필지〉 서문 복사자료 3매, 통상적으로 다른 강연에서 배부하는 소위 강의 자료는 없었다.

쉬는 시간 없이 2시간 동안 열띤 강의가 진행되었다. 헐버트가 한국에 와서 한국의 근대 교육발전과 자주 독립에 기여한 업적들을 증거자료와 함께 소개했다. 강사는 국내외를 돌며 헐버트가 저술한 책과 논문, 신문기사들을 조사·수집하고 그들 자료에 근거하여 설명을 하고 있었다. 전직이 학자나 대학교수가 아니라 금융회사 간부였다는데, 어느 역사학자 못지않게 인물 전기를 연구한 것 같았다. 지은 책으로는 『파란 눈의 한국 혼』(2010), 『헐버트, 조선의 혼을 깨우다』(2016)가 있으며 특히 후자에 강의 내용이 다 들어 있다고 소개했다. 아, 그렇군, 강의 자료 유인물을 준비하지 않은 이유를 그제야 알 것 같았다.

너는 성북구 훈민정음 축제에서 느낀 허탈한 마음을 한글박물관 한글누리 책사랑 강좌, 「한글, 헐버트를 만나다」에서 보완할 수 있어 오늘의 발품이 헛되지 않음을 느꼈다. 다만 이번 특강에 옥에 티가 있다면, 어떤 인물을 연구하는 사람은 그가 연구하는 대상에 대하여 최고의 미사여구로 묘사하고 싶어 한다는 17, 18세기 이탈리아 역사철학자 비코(Giambattista Vico, 1668~1744)의 말을 오늘도 느낄 수 있었다는 것이다.

연구자가 훌륭한 연구대상 인물에 대하여 감탄하고 존경하는 것은 좋은 일이지만, 너무 자신의 감정을 개진해 자료를 평가하는 것은 오히려 연구의 객관성을 옭게 할 소지도 있으니 조심할 일이다.

아무튼 오늘 강의는 유익했다. 근대 한글의 역사와 정치외교사를 연구하기 위해서는 반드시 미국인 선교사, 교육자, 역사가, 한글학자로 우리에게 평생을 바친, 한국 땅에 고이 잠든 헐버트 박사를 반드시 심층 연구해야 한다는 사실을 알았기 때문이다.

지금까지 많은 국어학자들이 훈민정음에 대하여 연구를 해왔지만, 근래 일본인 노미 히데키도 『한글의 탄생, '문자'라는 기적』(2011)이라는 책에서 한글을 극찬했고, 세계 언어학계에서도 세종대왕을 세계적인 언어학자로 인정 했지만, 아직 훈민정음과 한글, 그리고 국어에 대하여 우리가 해야 할 일은 너무나도 많다.

우선 훈민정음 원본을 복사하여 전 국민에게 배포하라. 교보에서 복제한 것은 너무 비싸니 저렴하고 간편하게 복사 · 배포

해도 좋겠다. 백성들이 이용하는 데는 원본의 내용이 중요한 거지, 원본의 서지학적 특징은 별로 중요하지 않을 듯하다. 그리고 학생들은 훈민정음을 몇 번이고 사경하라(훈민정음은 우리말과 우리글의 경전이다). 학자들은 옛 고전들을 아름다운 한글로 다시 풀어 보급하라. 한글을 전용하되 한자 어원을 함께 익히고 지도하라. 그리고 동양학 기본 언어인 한자와 한문에 대해 담을 쌓지 말라. 영어를 배우듯이 한어(漢語), 독일어, 에스파냐어, 일본어 등 외국어도 배워야 세계인으로 잘 살 수 있다.

너무 흥분했나보다. 아무튼 세계는 넓고, 욕심은 많고, 그래서 할 일은 많다.

2016. 10. 9(일).

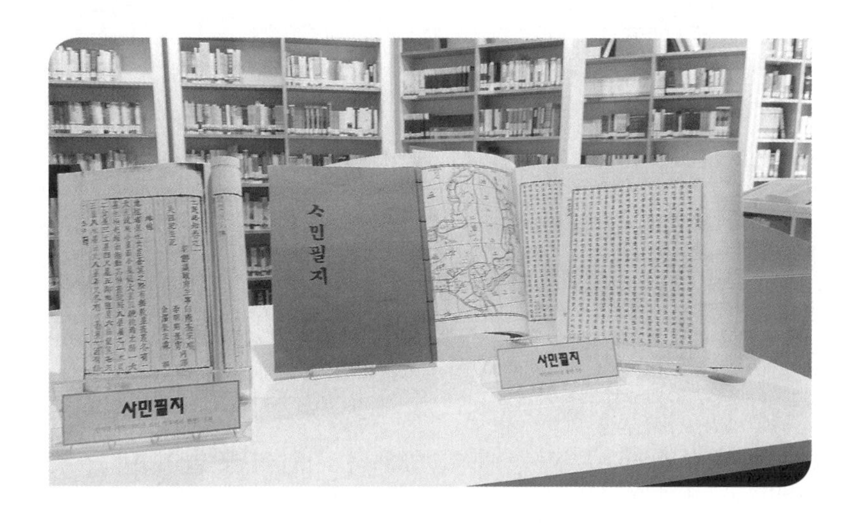

자유로

자유로는 이름이 참 좋다. 자유가 오고 가는 길. 그래서 자유로운 길. 자유로는 도로 요금도 없다. 너는 오늘 인터넷에서 도로 교통상황을 살펴본 다음 1999년 출생 흰색 자동차를 몰고 강변북로를 지나 자유로를 달렸다. 가을을 온 몸으로 느끼기 위해서다. 이 가을이 가기 전에 풍성한 황금들녘을 보기 위해서다. 그야말로 가을하늘 공활한데, 맑고 구름 멋져, 살갗에 와 닿는 가을바람이 정신을 맑힌다.

우선 예술마을에 잠시 들렀다. 전에도 여러 번 온 적이 있지만 예술은 보고 또 보아도 덫 나지 않는 게 특징. 일요일이라 그런지 차량과 인파가 많다. 이곳도 먹거리 시장처럼 되어 가는지, 하기야 사람이 모이면 먹어야 하므로 자연스럽게 시장이 된다. 거기다 한 차원만 높이면 예술이 될까? 예술(art)은 예술, 기술, 인문학 등의 다양한 뜻이 있고, artificial은 '인공적인, 부자연스러운'이라는 뜻이 있으니 사람이 만들어 내는 것은 예술이나 기술이나 부자연스러운 것인가 보다. 정말 자연은 자연스러운 아름다움이 있지만 사람의 손이 가면 모든 게 좀 부자연스러워진다. 사람도 자연인데 왜 그럴까?

어느 전시관을 둘러보았다. '93 뮤지엄'이라는 곳인데 인물화가 많았다. 링컨, 아인슈타인, 빌 게이츠, 안중근, 그리고 역대 대통령들의 초상화가 걸려 있었고, 별관 에로틱 아트 박물관에는 옛날의 각국 춘화들이 걸려 있었다. 예전에도 인간의 본성은 어디서나 거의 비슷했나보다. 적나라한 춘화들이 다양한 포즈를 취하고 있어 순진한 사람의 호기심을 자아낸다. 예나 지금이나 인간의 삶에는 에로스가 따른다. 사랑에는 에로스와 아가페가 있다고 중학교 때 배웠는데, 에로스는 이성간의 사랑을 의미하고, 아가페는 예수의 사랑처럼 인류애, 박애를 의미한다고 한다.

그 박물관을 거의 다 둘러보고 다시 황금들을 보기 위해 고속화도로로 나왔다. 간간히 황금들이 보인다. 추수를 한 논보다 안 한 논이 아직은 더 많다. 저렇게 풍년이 들어도 과잉생산이라 쌀값이 안 나가므로 농민들이 손해를 본다니 격세지감이 든다. 예전에는 쌀이 귀해 '이밥에 고기반찬'이라는 말까지 있었는데, 지금은 쌀이 남아돌아간다니, 국민들이 쌀 소비를 좀 많이 해야 농민의 숨통이 트일 것이다. 무언가 특단의 대책이 필요하다. 임진각을 반환점으로 차를 돌렸다. 오늘은 그냥 드라이브를 위해 나왔기 때문.

저녁엔 추석 후 처음으로 아들 며느리가 와서 같이 외식을 했다. 오리로스는 혼자서는 먹기 어려운데 이 기회에 참 잘 먹었다. 지난번 추석 전전날 아들 생일이었는데 무심한 아비가 깜박 했었다. 오늘 만난 김에 일주일 전에 준비해둔 서울대표 양말과 우산, 그리고 초콜릿을 선물했다. 우리 사람 아들 며느리 착하게 잘 사는 모습 보기 좋아해. 하하.

2016. 10. 9(일).

명예사서

오늘 아침 잠이 깨자 '명예사서'라는 단어가 머리에 떠올랐다. 명예사서? 이런 제도나 용어가 있기는 있나? 그런데 이런 제도를 잘만 만들면 도서관에 사서 전문 인력이 턱없이 부족한데, 아니 정원 제한 및 예산 때문에 사서를 더 채용하지 못한다는데 명예사서 제도를 도입하면 그 부족한 인력을 보완할 수 있지 않을까 하는 생각이 든다. 예를 들어 박물관에는 역사교사나 학자 출신을 자원봉사 해설사로 활용하는 경우를 볼 수 있다.

몇 해 전 국립제주박물관에 갔을 때 역사교사 출신이라는 한 실버자원봉사자가 박물관 해설을 소상하게 잘 해 주셔서 정말 마음속으로 감사를 드린 적이 있다. 물론 박물관에서 그 분에게 명예학예사라는 명칭을 붙여주지는 않은 것 같지만 그 분은 박물관의 직원이 하지 않는 고객 봉사를 하고 계셨다.

도서관도 이러한 경우를 벤치마킹하여 도서관에서 사서로 근무하다가 퇴직하고 무료한 여생을 보내고 있는 은퇴 사서들을 대상으로 희망자를 모집하고 자질 심사를 거쳐 최신 서비스교육을 제공한 다음 명예사서 자격을 주고 인력이 부족한 도서관에 배치하여 봉사하도록 하면 어떨까? 사서 출신이라고 희망하는 분들을 다 받아들이면 그 가운데는 좀 옹고집이 있거나 선배라고 도서관 직원들에게 간섭을 하는 사람들도 있을 것이기 때문에 선발 과정 및 서비스 교육과정은 꼭 필요할 것이다. 그럼 보수는 무보수? 자원봉사자로 써도 좋겠으나 자원봉사만으로는 진정한 책임감과 의무감을 가지고 일하기는 쉽지 않으므로 노인 일자리 창출과 같은 사회복지사업과 연계하며 추진하면 좋을 것 같다는 생각이 든다.

명예사서, 그 이름도 괜찮아 보인다. 대학에 명예교수가 있는 것처럼, 명예교사, 명예사서도 좋은 이름이라 생각된다. 다만 명예교수, 명예사서, 명예교사라는 영광스러운 이름을 얻는 분들은 스스로 그에 알맞은 활동을 해야 할 것이다. 명예만 차지하고 활동을 하지 않는다면 명예라는 말의 명과 실이 공하지 않게 된다. 사람은 늙으면 노욕이 일어나기 쉽다고 한다. "내가 이래 뵈도 과거에는 높은 자리에서 직원들을 많이 거느리고 있었다."는 등 과거의 직위에 함몰되어 늙어서도 자기 과시를 하려는 경우를 더러 본다. 이런 태도는 인생의 아름다운 마무리에 도움이 되지 않을 것 같다.

젊으나 늙으나 사회를 위해서 봉사하는 자세로 무슨 일이든 적극 찾아서 행하는 것이 우리가 살아가는 이유가 아닐까? 나라에서는 모든 계층이 저마다 좋은 일을 하며 살 수 있도록 제도적 장치를 마련해 주어야 한다. 명예사서 제도는 그러한 제도적 장치중의 하나일 것 같다.

2016. 10. 13(목).

한국방송 한국어

2016년 10월 9일 한글날 축제, 한글박물관 앞 한국방송의 우리말 전시 참 실속이 있었어요. 틀리기 쉬운 우리말, 한복의 명칭, 차례상차리기, 친족 촌수 명칭 등을 여러 판때기에 게시하여 놓아서 매우 유익했습니다. 사진에 담았지만 다 담지는 못했네요. 앞으로도 방송이 우리말을 살리는데 좋은 일 많이 해주시면 감사하겠습니다.

2016. 10. 14(금).

아나운서와 함께 배우는
KBS한국어
2011.10

짜장면도 표준어가 됐어요.

현재 표준어	추가된 표준어
만날	맨날
자장면	짜장면
메우다	메꾸다
먹을거리	먹거리
괴발개발	개발새발
손자, 손녀	손주
어수룩하다	어리숙하다
찌뿌듯하다	찌뿌둥하다
남우세스럽다	남사스럽다

2011년 8월 31일 국립국어원 발표

수신료의 가치, 한국어의 가치를 생각합니다.

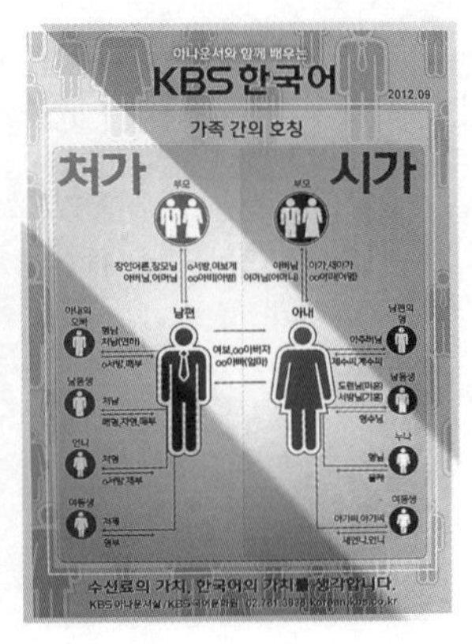

이해됐나요?

이해됐나요?, 아시겠습니까?, 알았어? 일종의 '의문명령'일까? 네가 강의를 하고, 듣고 다니다 보니 강사의 이런 말들이 귀에 거슬린다. 서울대 국사학과 김 모 교수의 강의에서도 청중을 약간 무시하는 것 같은 이런 말들이 자주 튀어나왔다. 한마디 해놓고는 이해됐나요? 아시겠어요? 어떤 불교인의 강의에서도 한마디 해 놓고 이해됐나요? 특히 절에서는 사자좌라는 높은 자리를 차려 놓고 스님강사가 그 위에 앉아서 마치 무슨 부처님인양 설법을 하면서 이해가나요?, 이해됐나요? 하는 경우가 많다.

이러한 표현은 우리의 오랜 전통인 주입식 교육에서 비롯된 것이다. 뭐라고 해놓고 다그치는 것, 잘 모르겠다면 그런 것도 모르냐고 꿀밤을 주고, 야단치는 것, 이런 것이 주입식 교육의 맹점이다. 요즘 한국방송에서 전에 방영한 다큐 『공부하는 인간』을 또 방영하는데, 그 프로그램에 보면 서구의 고등학교와

대학에서는 대화식 교육과 토론교육을 많이 한다고 나온다.

어떤 심리학 교수가 조사해 본 바 동양인 학생은 질문을 잘 안하는데 비해 서양인 학생은 질문을 잘 하는 것으로 나타났다고도 했다. 동양인 학생은 모르는 게 있어도 스스로 해결하려고 하며, 그런 것도 모르냐고 흉볼까봐 질문을 안 하는데, 서양 학생은 모르면 바로 물어본다는 것이다.

맞다. 너도 지난 토요일 대림대학교에서 우드 볼 엘리트과정 첫 강의를 들으며 모르는 게 많아 질문을 하고 싶은 게 많았는데 참다가 또 참다가 겨우 한번 질문을 해보았다.

스포츠 용어에는 영어가 많다. 우드 볼 경기는 대만에서 나왔다는데도 영어가 많이 나왔다. 너는 OB가 뭔지 모르겠기에 강사에게 물었더니 'Out of Bound'라고 알려주었다. 그래서 곧 이해를 했다. 또 스트로크 경기, 페어웨이 경기도 잘 몰랐지만 그에 대한 질문은 끝내 하지 못했다. 그런데 어제 점심 때 아름다운 가을에 둘러싸인 분당 산촌식당의 식사모임에서 그 OB 질문이야기를 꺼냈더니 K교수 왈 "엘리트 과정 수강자들은 우드 볼에 베테랑들인데 왜 거기서 그런 질문을 하나?" 했다는 것이다.

K교수는 미국 영주권자로 미국을 그렇게 많이 왕래했어도 그런 생각을 했다니 역시 동양인은 동양인인가보다. 그래서 너

는 앞으로 강의를 할 때는 학생들에게 질문을 많이 하도록 길을 열어주고, 강의를 들을 때는 미리 공부해 질문을 준비하여 모르는 바를 확실히 알고 넘어가야 하겠다.

우리 교육환경에서는 어설프지만 이것이 자기 주도적 공부다. 의문이 있으면 체면은 버려야 한다. 그래야 문제가 해결된다. WHY라는 의문을 가지라고 강조하면서 WHY 현실 수업에서는 그런 질문할 분위기를 만들지 않는가?

2016. 10. 19(수).

마늘 까기 인형

너는 『호두까기 인형』이라는 책이름을 알고 있다. 교보문고의 책 소개를 다소 윤문, 정리하여 다시 소개하면 다음과 같다.

『호두까기 인형』은 차이코프스키의 유명한 발레극 「호두까기 인형」의 원작으로, 200여 년이 넘는 기간 동안 끊임없이 재출간되고 영화와 애니메이션으로 만들어진 작품이다. 저자 E. T. A 호프만(1776-1822)은 독일 낭만주의 시대의 대표 작가로 옛 프로이센의 쾨니히스베르크에서 태어나 법학을 전공했고, 프로이센 법관을 지냈다. 그 뒤 음악에 열중하여 밤베르크에서 악단 지휘자로 일하며 음악가로서의 평판도 쌓아 나갔다. 그는 법관과 예술가의 이중생활을 했으며, 특히 1806년 베를린으로 이주하여 숨을 거두기 전까지 8년 동안 예술가로서 화려한 시절을 보냈다. 호프만은 현실과 환상이 어우러진 신비로운 분위기의 작품을 썼다. 작품 중 가장 유명한 것은 1816년에 나온 『호두까기 인형』이다. 이 작품은 그의 사후 70년 뒤인 1892년 차이코프스키의 발레 극으로 제작되어 더욱 유명해졌다. 그는 이밖에도 장편 소설 『수코양이 무어』, 『악마의 묘약』, 『칼로트풍으로 쓴 환상 이야기』, 『스퀴데리 양』, 그리고 동화 『황금 단지』, 『브람빌라 공주』, 『벼룩 대왕』 등 세계문학사에 영원히 남을 작품들을 남겼다.

『호두까기 인형』은 이렇게 대단한 예술가의 작품이다. 그 책도 보고, 그 발레도 보고 싶다. 작가와 작품 환경이 우리와는 역사, 지리, 문화적으로 다르지만 인간의 삶이라는 점에서는 공통되기 때문에 200여 년이 지난 현재까지도 이 책이 우리의 책방과 도서관에 남아 있는 것 아니겠는가?

너는 이런 작가와 작품을 보고 들을 때마다 경탄하며 반성한다. "너는 뭐하고 있니? 왜 인생을 허비하고 있어? 어서 뭐라도 써봐. 현실 안주만 하지 말고, 작품을 쓰고 출판을 좀 해 보란 말이야. 생전의 명예욕일랑 접어둬. 훌륭한 작품은 작가 사후에 각광을 받는 경우가 많으니, 무릇 작가는 살아생전에 부와 명예를 탐해서는 안 되는 법이지."

너는 며칠 전부터 작품 하나를 구상하고 있다. 제목은 가칭 『마늘 까기 인형』. 『호두까기 인형』의 짝퉁 같지만 제목만 그렇지 내용은 완전 다르다. 우리 할아버지는 단군이시다. 단군 할아버지는 마늘을 좋아하셨다. 우리는 지금도 마늘을 즐겨 먹고 정력적으로 건강하게 살고 있다. 이런 연관관계를 어떻게 좀 재미있게 엮으면 되겠다. 사실 너는 마늘 까는 도구가 없어도 마늘을 잘 까먹는다. 생으로 먹기 매우면 전자레인지에 1분간 구워서 먹는다. 너는 호모 갈릭쿠스(garlicus)인가보다.

2016. 10. 31(월).

독서의 계절

남녀 간의 똑똑 격차가 벌어지고 있다. 독서 때문이다. 최근 언론 보도에 따르면 남자는 독서를 덜하고 여성은 독서를 더한다고 한다. 그 결과 여성이 남성보다 똑똑해지고 있다는 것이다. 당연한 결과라고 생각된다. 학교에서도 언제부턴가 여학생이 남학생보다 공부를 잘한다. 수석은 언제나 여학생이다. 우리 때(60, 70년대)와는 양상이 달라졌다. 남자는 대개 덜렁대고, 으스대고, 잘난 체 하는데, 공부는 덜 한다. 여성은 대개 차분하고, 심미적이어서 독서를 잘한다. 엄마들은 아빠들보다 자녀교육을 위해서라도 독서를 더 한다. 물론 덜렁대는 여성도 꽤 있지만.

독서의 수준과 이해력의 수준은 주관식 시험을 치러보면 안다. 독서와 글쓰기 기초가 있는 학생은 어떤 주제를 제시해도 답안을 잘 써낸다. 그러나 독서와 글쓰기 기초가 없는 학생은 빤한 주제도 답안을 쓰지 못한다. 이런 현상은 어른들도 마찬가지다. 얼마 전 어느 지인이 너보고 자기소개서를 써달라고 했다. 그래서 너는 이렇게 대답했다. “자기 소개서는 자기가 쓰는 것”이라고. 다소 냉정한 거절이지만 매우 당연한 거절이다. 타인의 소개서를 대신 쓸 수 있는 사람이 어디 있는가? 과거엔 글을 모르면 불러주는 내용을 대필하는 경우는 있었다. 그러나 요즘의 문명사회에서 그런 일은 우습다.

『학교속의 문맹자들』이라는 책이 있다고 들었다. 어느 교육대학 교수가 쓴 책이라고 한다. 안 읽어봐서 내용은 잘 모르겠지만 문자문맹을 넘어서 학생들의 독해능력이 부족한 것을 지적하는 책이 아닐까 생각된다. 문자를 아는 것과 글을 이해하는 것은 또 다른 차원인데, 한글 문자만 아는 것을 문명이라고 하면서 우리 문맹률이 0%라고 하는 것은 허위에 가깝다. 문명의 번영은 독해력의 수준에 달려 있다. 그리고 다른 문명인들이 읽고, 공부할 수 있는 글을 써야 수준 높은 문명인이다. 그렇지 않고 낫 놓고 기역자 아는 것만으로 문맹이 아니라고 할 수는 없다.

이 시대의 남성들은 분발하라. 책을 읽고, 이해하고, 글을 쓰고, 인문학이든 자연학이든 그렇게 열성적으로 공부해야 한다. 사서가 되려는 분들, 교사가 되려는 분들, 사서가 되신 분들, 교사가 되신 분들, 특히 교수가 되신 분들도 모두 분발하여 책을 읽고 글을 써야 한다. 독서를 권하는 사람은 먼저 독서를 해야 하고, 독서하는 방법을 가르쳐야 한다.

이 당연한 말이 왜 독서의 계절에만 나와야 할까? 그리고 높은 사람들은 왜 자기가 직접 글을 안 쓰고 꼭 대필을 시켜 결재를 하려드는 걸까? 너도 예전에 사장의 연설문을 쓰면서 그런 생각을 했었는데, 요즘도 자기명의로 책을 써 달라, 자서전을 써 달라는 사람들이 있으니 이건 또 무슨 사고방식일까?

2016. 10. 31(월).

실천 인문학 소고

요즘 어디서나 인문학, 인문학 한다. 참 좋은 현상이다. 인문학이 중요하다는 것은 누구나 다 막연하게 알고 있다. 그런데 인문학이 중요하다면서 대학에서는 인문학을 없애고, 없앤다고 비판을 하니까 보여주기 식 대단위 교양 강좌 이벤트나 하고. 대학에서는 인문학이 이미 비주류가 되었다. 거리로 나온 인문학은 도서관, 평생학습 시설을 떠돌며 '고아인문학'을 하고 있다. 대체적으로 인문학은 명강사들의 강의, 어려운 그리스 고전강의, 동양 사서삼경 강의, 뭐 그런 어려운 것들을 해설하는 걸 인문학으로 알고 있다. 그래서 인문학이 생활 속으로 들어오지 못하는 것 같다.

네가 볼 때 인문학은 언어로도 하지만 중요한 것은 그 언어를 생활 속에 녹여 실천하는 것이다. 문사철언예종(문학, 사학, 철학, 언어, 예술학, 종교학)을 통해 배우고 익힌 바를 생활 속에서 얼마나 잘 구현해 내느냐가 사람을 사람답게 만드는 것 같다. 배운 바를, 배운 진리를 실천하지 않기 때문에 요즘 같은 사회 혼란도 일어나는 것 아닌가 싶다. 예를 들면 논어에 '군군신신부부(모모를 보완)자자'라고 있으면 임금은 임금답고 신하는 신하답고 아버지는 아버지답고(어머니는 어머니답고) 아들은 아들답게 생활하면 그게 그 말씀의 실천 아닌가. 또 '정자정야'라 했으면 정치를 바르게 하는 게 그 말의 실천이거든. 그런데 그런 말을 실천하지 않으면서 말로만 번드르르하게 하니 립 서비스일 뿐이지. 하하.

실천이 참 어렵긴 하지. 너도 실천하지 못한 게 어디 한두 가지냐? 그러게 남의 탓 하지 말고 너를 잘 다스려야 해. 이곳저곳 돌아다니면서 견문을 넓히고, 어렵게 느껴지는 동서양 고전도 공부해 가면서, 세상의 지리와 역사를 공부해 가면서, 그 속에서 네가 반성하고 실천할 실마리를 찾아 좋은 일을 하며 살도록 노력하는 것이 실천 인문학이 아닌가 싶어.

공자님도 "3인행 필유아사언 택 기선자이종지 기불선자이개지"라고 말씀했듯이 취사선택을 잘해야지. 한문을 안 쓰니 이상하다고? 요즘은 한문을 안 쓰는 게 대세라 써 봐야 지루하기만 할 텐데 뭐. 그러기에 언어가 중요하지. 한글은 한글대로 한문은 한문대로 배워 그 의미와 이치를 우리 삶에 적용해야 할 텐데, 사람들이 너무 우물 안에만 머무르다보니 그렇게 되었지. 그래서 너는 '실천인문학'이라는 말을 쓰고 싶다. 모든 과목에 이론과 실제가 있듯이 인문학도 이론과 실제가 있으니까.

Theory and Practice!

2016. 10. 31(월).

산 공부

밤새 e-메일로 학생들의 리포트를 받았다. 2016. 11. 1 오늘부터 발표수업에 들어가기 때문이다. 아직 안 보내온 학생도 있지만 프레젠테이션 자료를 만드느라 여러 학생들이 새벽까지 작업을 한 것으로 생각된다. 몇몇 학생의 보고서를 열어보니 어떤 자료는 좀 미흡하고 어떤 자료는 제법 수준급이다. 과제는 학생들의 거주지 인근 공공도서관 현장을 가보고 본인이

사서가 되면 무엇을 어떻게 개선할 것인지를 생각하여 발표하라는 것이었다.

기대된다. 학생들이 도서관에 대해 산 공부를 했는지 오늘 좀 알아볼 수 있을 것이기 때문이다. 현장을 모르는 행정을 '책상머리 행정'이라고 하듯이 공부도 '책상머리 공부'만으로는 산 공부를 할 수 없다. 수업에서 가끔 현장답사를 하는 것은 산 공부를 위한 것이다. 현장을 체험하고 취재하여 발표하는 것이야말로 졸면서 강의를 듣는 것보다 훨씬 낫다. 대학에서 강의를 하는 덕분에 너는 오늘도 학생들과 함께 살아 있는 공부를 하게 됐다.

2016. 11. 1(화).

서울에서 서울에게

너는 현재 서울에 있다. 충청도 계룡산 출신이지만 이런 저런 인연(직장, 학교, 강의 등등)으로 서울에 와 산다. 너는 한강을 건너다닐 때면 서울이 좋다. 북한산, 남한산도 좋고, 남산, 수락산, 불암산, 일산도 좋다. 경복궁, 창덕궁, 덕수궁 그 돌담길, 그리고 인륜을 밝히는 명륜동 성균관도 좋아한다. 인격과 학술에 균형을 이루는 성균(成均), 그 성균 정신이 너에게도 너의 몸, 인격, 생각에 균형을 잡아주는지 모른다. 과연. 그래서 네가 삶의 온갖 풍파를 겪으면서도 아직 육신에 균형이 있고, 정신은 맑고 밝다. 돈은 안 되지만 열심히 글을 쓰고, 강의를 다니며, 밥을 먹고, 책을 보며, 번역도 한다.

그래도 네가 자란 고향, 그리고 그 때의 친구들, 그 학교는 무척 그립다. 조선조 이성계가 도읍을 정하려다가 포기한 그 곳, 그래서 너의 동네 이름은 임금 禹, 자취 跡, 우적(禹跡)동이다. 네가 고향에서 학교에 다닐 때는 그곳이 사이비 종교로 유명했다.

그 분지에 집하나 지어놓고 교주라고 하는 사람들도 있었다. 너는 어려서부터 그런 주변 분위기를 보고 자랐다. 그러나 학교에 다니면서 그런 게 가짜라는 것을 알고, 그들의 헛소리를 듣지 않았다. 학교에서 르네상스, 종교개혁, 계몽주의, 산업혁명, 실학 등 인간이성의 합리주의와 민주주의 윤리를 배웠다.

그런데 요즘 서울이 시끄럽다. 서울이 항상 시끄럽기는 하다. 그러나 요즘은 너무 시끄럽다. 서울의 균형이 흔들리는 건 아닌지 불안하기도 하다. 지도자나 백성이나 균형을 잘 잡고, 운전대를 바로 잡고, 유연하고도 능동적인 운전을 해야 우리 대한민국호가 정상적으로 운행을 할 텐데, 그래야 우리가 정치적, 경제적, 문화적, 사회적으로 번영하는 나라가 될 텐데 지금은 다들 비틀거린다. 정치는 혼돈에 빠져있고, 경제는 블루오션에서 표류하고, 전철은 궤도에서 왈칵거리고, 노조는 일 안하고, 폭력과 무질서가 난무하니. 지금 정신 나간 사람들이 운전하는 차를 타고 가는 것 같아 매우 불안하네.

서울아, 대호(대한민국호)야, 제발 균형을 잡아. 한 동네 살면서 사이좋게 지내자고. 사이비에 빠지지 말고, 파벌에 휘둘리지 말고, 좀 인간 이성의 빛을 내 봐. 서울이 흔들리면 안 돼. 수도잖아. 헐뜯고 욕하고 싸우지 말고 명륜의 모범을 보여줘.

2016. 10. 30(일).

엄마의 봄노래

너의 기억에 의하면 엄마의 노래는 딱 하나다. "나무 나무 속잎 나고 가지 꽃 피었네." 너는 예전에 이 동요 같은 노래를 너무 촌스럽다고 생각했었다. 무슨 노래가 그래요? 에이, 촌스러워요. 그런데 네가 어머니의 나이를 지나 이순에 와서 다시 되뇌어 보니 그 노래는 참 자연스럽고 천진한 노래라는 걸 알 수 있었다.

봄이 되면 나무들이 새 잎을 피워낸다. 동시에 아름다운 꽃도 피워낸다. 나무야, 넌 참 신기하고 아름답구나. 어찌 그리 네 생명은 예쁘고 신비스럽니? 부럽다, 부러워. 뭐 이런 의미

같다. 그때 그 엄마의 마음, 그 엄마의 감정, 정말 멋지지 않은가? 그래서 너는 이 엄마의 노래를 생각할 때 마다 가슴이 부풀어 오른다. 이제는 엄마의 그 노래가 하나도 촌스럽지 않다. 오히려 너에겐 괴성을

지르는 소프라노가 훨씬 촌스럽다.

아버지는 든든하고 무뚝뚝한 바위 울타리였지만 엄마는 자상한 나무였다. 특히나 봄에 피어나는 초록빛 희망 나무, 너는 그 엄마의 나뭇가지에서 놀고 그 나뭇가지의 새 잎을 먹고, 꽃과 꿀을 빨아먹고, 나무의 향기로운 땀 냄새를 맡으며 그렇게 나무처럼 자랐다. 그렇지. 넌 그 산골짜기의 한 어린 나무였지. 너는 나무들과 대화하고, 나무 군중을 보고 연설을 했지. 엄마는 너의 누이와 너를 기를 때 마치 나무처럼 착하게 되라는 듯, 나무와 꽃 같이 예쁘게 피어나라는 듯 그렇게 순수한 물을 주시고, 밥을 주시고, 사랑을 주셨어. 어떨 땐 눈물겨운 사랑으로 너희 남매를 보듬어 주셨지. 공부를 좀 못해도 혼내지 않으시고, 공부를 좀 잘 할 땐 너무너무 칭찬해 주시고, 그런 뜻이 엄마의 노래에 담겨 있는 것 같아. 그런데 너희들은 그것도 모르고 얼마나 엄마 속을 태워드렸니? 이 모든 걸 너는 이제야 알 것 같아. 엄마 같은 누이까지 잃고 너는 이제야 외로이 눈물짓네. 그러나 그래도 때는 늦지 않으리.

산전수전 다 겪고 이제라도 알았으니 엄마의 희망노래 부르며 오늘도 나무처럼 꿋꿋하게 살아가거라. 겨울이 오는 길목에서 엄마의 봄노래를 들으며 너는 초록빛 희망을 가져야 한다.

2016. 10. 31(월)

글 읽는 소리

글은 읽고 또 읽어야 한다. 읽으며 그 의미를 생각해야 한다. 그렇지 않으면 무엇을 읽었는지도 잘 모르지. 특히 어릴 때는 소리 내어 읽는 게 좋다. 소리 내 읽으면 귀로도 들리니 시청각 효과가 일어나 글에 담긴 의미를 더 잘 파악할 수 있고 발음의 정확성도 향상시킬 수 있다. 아나운서들은 글을 소리 내어 읽는 사람들이지. 그래서 발음도 비교적 정확하고, 이해도 빠른 것 같다.

예전에 어른들은 글 읽는 소리가 이웃에 들리게 하라고 하셨다. 예전엔 서당이건 어디건 글을 소리 내어 읽었다고 한다. 자꾸 소리 내어 읽다보면 문장에 익숙해지고 공부한 바를 전달하고, 가르치기도 쉬웠을 것이다.

입에 달달 외우면 이해력도 설명력도 늘어날 것이다. 영어를 공부할 때도 교과서 기본 문장을 소리 내어 달달 외우면 교과서 1권만 외워도 실력이 확 는다고 들었다. 중학교 영어교과서를 다 외우고 소화하면 그 다음부터는 영어가 술술 늘어 영어로 말을 구사할 수 있게 되는 것이다.

그래서 결론은 읽을 때는 낭독하고 또 깊이 생각하고 글을 쓸 때는 묵상하라, 글을 쓰고 나서 그 글을 낭독해보면 글이 어색한지 어떤지도 쉽게 판달 할 수 있지. 그래서 너의 독서 논술 이론을 한문으로 한번 정리해 보았지.

독서논술 이론

讀書之道 在於念解智德

독서의 도는 지혜의 덕을 이해하는데 있고

論述之道 在於設智德也

논술의 도는 지혜의 덕을 바로 세우는 데 있으며

講說之道 在於覺智德焉

강설의 도는 지혜의 덕을 깨닫게 하는데 있나니

成均行三 則明賢之道也

위의 셋이 균형을 이루면 현자의 길이 더욱 밝아진다.

修言然後 以其言作文焉

말을 다듬은 연후에 그 말로 글을 쓰고

修文然後 以其文作言也

글을 다듬은 연후에 그 글로 말을 하라.

讀則溫故 設文則知新焉

읽기는 온고(溫故)요, 쓰기는 지신(知新)이니

溫故深智 滅撞着虛說也

그 깊은 지혜를 깨달아 헛된 논설을 소멸할지어다.

학교도서관

오늘 너는 위례 신도시 한빛초등학교에 다녀왔다. 인문학 학부모동아리에서 책과 도서관의 역사에 대하여 이야기를 좀 해달라는 요청이 있었기 때문이다. 초등학교에 학부모 인문학동아리가 있다는 게 반갑고 신선한 느낌.

오전 10시 약속이라 9시 40분경에 도착했다. 엄마들이 약 15명 쯤 되는 듯, 장소 문제로 30분 정도 기다리다가 10시 10분에 교실이 나서 말씀을 시작했다. 말씀드린 주제는 「책과 도서관으로 본 세계사」. 방대한 주제지만 평소 특강 자료로 압축해 놓은 PPT 자료를 가지고 2시간 동안 진행했다. 엄마들은 흥미가 있는 듯 아재개그를 섞은 너의 강의에 잘 반응해 주었다. 강의를 마치고 2015년에 간행한 너의 책 『인문과학 정보원』 한 권을 기증했다. 인문학 동아리니 참고가 되리라 기대하며. 젊은 엄마들은 아주 활달하고 생기가 넘쳤다. 너도 덩달아 생기를 느껴본다.

위례 신도시엔 처음 가 보았지만 너의 살던 고향처럼 아름답다. 남한산성 자락이라 나무들이 뿜어내는 공기가 신선하고, 늦가을 오색 단풍도 아름다워 예전에 부르던 동요를 목청껏 부르며 산으로 들어가고 싶다.

"단풍잎이 아름다운 산으로 가자
산새들이 노래하는 산으로 가자
맞은편을 향하여 노래 부르며
메아리가 대답하는 산으로 가자"

기억으로 더듬은 거라 노랫말이 정확한 지는 확실하지 않다. "맞은 편을 향하여 소리 지르며" 같기도 한데, 그렇더라도 "맞은 편을 향하여 노래 부르며"도 좋아 보인다. 단순히 소리를 지르는 것보다 노래를 부르는 편이 더 나을 것 같기도 하고. 그러나 마음속으로만 생각하고 실제 노래를 부르지는 못했다.

한빛초등학교는 올해 초에 개교했고, 학생들은 약 500명이 넘는다고 했다. 어린이들이 나비처럼 사뿐거리며 계단을 오르내렸다. 신설학교라 건물도 깨끗하고, 식당도 좋아보였다. 도서관도 좋아 보이고, 어린이도서관답게 알록달록 단장을 잘 해 놓았다. 도서관에 근무자가 한 분 있는데 정규직 사서는 아니라는 전언. 씁쓸했다. 도서관, 특히 학교도서관에는 전문직 사서교사가 있어서 교육적 역할을 잘 수행해야 하는데, 우리의 학교현실은 인식도, 실제도 그러하지 못하니.

너는 금년 내내 세계도서관연맹(IFLA)에서 2015년 6월에 개정한 학교도서관 가이드라인을 공부하며 번역했다. 그런데 학교도서관 가이드라인과 우리의 학교 현실은 거리가 너무 멀다. 가이드라인은 학교도서관은 학교의 공동학습장으로서, 사서교사는 교과교사와 동등한 자격과 능력을 갖춘 전문교사로서 교사들과 협업하여 교육프로그램을 계획하고 진행해야 한다는 학교도서관의 본질적 역할을 강조하고 있다. 우리도 선진국이라면 이러한 학교도서관의 본질을 하루 속히 구현해야 한다. 교육의 기초, 인문학의 기초는 학교도서관에서 다져지기 때문이다.

2016. 11. 11(금).

제주와 한글 갈

뭍사람들은 제주 사투리를 알아듣기 어렵다. 오름(산), 산담(산소주변의 돌담), 곶자왈(원시림)… 그런데 그 말들을 가만 보면 한자말이 아니라 순 우리말 같다. 제주 학생들은 우리 고어를 잘 이해한다는 말을 언젠가 들은 적이 있다. 정말 그런가 보다.

너는 2015년 8월에 유네스코 자연유산 제주 거문오름에 가본 적이 있다. 그 땐 거문오름이 그저 그곳의 고유 지명인가보다 하고 그 의미를 새겨보지 않았다. 그런데 오늘 아침 한국방송(KBS2)의 「코리언 지오그래픽」 제주 거문오름 편을 보고 그 지명의 의미를 알게 됐다. '거문'은 숲이 울창하여 검게 보여서 '검은' 에서 나왔고 '오름'은 제주 말로 산이라는 뜻이란다. 산을 '오르다'에서 '오름'이 곧 산이라는 말이 된 것이다. 참 자연스럽고 재미있다. 앞으로 제주 방언을 눈여겨보고 공부도 좀 해야겠다. 그 전에 제주 한라도서관에 들렀을 때 보니 제주방언에 관한 다양한 책들이 있던데, 그런 책들을 좀 구해서 읽어

보아야겠다.

표준말도 중요하지만 전국 각지에서 쓰는 방언들은 해당 지역의 토착문화를 대변하므로 더 중요하고 더 재미있다. 사투리는 일상의 표현을 절묘하고 풍부하게 할 뿐 아니라 삶을 참되고 즐겁게 해 준다. 사투리는 우리 문학을 풍부하고 진솔하게 해준다.

참된 우리말을 발굴하고 전승하는 것은 이 시대를 사는 우리들의 의무다. 서양 중세 수도원도서관의 수도사들이 사명감을 가지고 그리스 고전문헌을 필사 전승한 것처럼, 지금 우리도 그러한 사명감을 가지고 재미있고 아름다운 우리말을 갈고 다듬어야 한다. 최현배 선생(1894–1970)의 『한글갈』 정신을 이어받아 더 새롭고 더 멋있는 한글 갈 작업을 계속 전개해야 하겠다. 물론 국립국어원에서 잘 하고 있겠지만 범국민 한글 갈 사업은 이 시대 모든 학생 모든 국민이 생활 속에서 실현해야 할 실천인문학 사업이다.

2016. 11. 14(월).

※최현배 선생(1894-1970) 주요업적

1926년 4월 연희전문학교(연세대학교) 교수로 취임하여 1938년 9월 흥업구락부사건으로 파면 당할 때까지 재직. 1941년 5월 연희전문학교에 도서관 직원으로 복직하였으나, 그해 10월 조선어학회사건으로 사임, 1945년 광복까지 4년간의 옥고를 치렀다.

1945년 9월부터 1948년 9월까지, 1951년 1월부터 1954년 1월까지 문교부(교육부) 편수국장으로 재직하였다. 1954년 연희대학교 교수로 취임하여 문과대학 학장과 부총장을 역임하고 1961년 정년퇴임, 연세대학교 명예교수로 추대되었다. 1964년 3월부터 2년간 부산 동아대학교 교수로 재직했다.

ㅁ저서

(국어학) 중등 조선말본(1934), 한글갈(1941), 글자의 혁명(1947), 우리말 존중의 근본 뜻(1953), 한글의 투쟁(1958), 한글 가로글씨 독본(1968), 고희기념 논문집(1968), 한글만 쓰기의 주장(1970)

(교육학) 조선민족 갱생(更生)의 도(道)(1930), 나라 사랑의 길(1958), 나라 건지는 교육(1963)

환기를 위하여

생명은 숨을 쉰다. 숨 쉬지 않으면 숨지게 된다. 너도 생명인 이상 이 시간과 공간에서 숨을 쉬며 살고 있다. 숨을 쉬면 가슴이 후련하고, 머리도 상쾌하여 세상 살맛이 난다.

너는 아침마다 창문을 열고 환기를 한다. 오후에도, 저녁에도 자주 환기를 하지. 공원 산책을 할 때는 나무를 보며 심호흡을 한다. 나무야, 너희들도 언제나 환기를 하지? 그런데 나무야, 우리에게 좋은 산소를 뿜어줘 참 고맙다. 너희와 우리가 이웃해 같이 사니 참 좋다. 몸도, 마음도, 잎도 너무 아름다운 나무야.

그런데 요즘 우린 숨이 막힐 지경이란다. 정말 콧구멍이 둘이라 숨을 쉬지. 위정자들 때문이지. 혼란에 빠진 이 난국을 극복해야 하는데 서로 끝없이 싸우고만 있다. 국민만 있고 지도자는 없다. 국회는 오합지졸? 이제 국민이 지도자다. 모든 국민은 법 앞에 평등하다. 법대로 하라. 법을 위반한 자 재판에 회부하고 오래된 헌~법을 고쳐 새 나라를 건설하자. 이 모든 것을 민주적 절차에 따라 정당하게 진행하라. 지금은 우리에게 큰 환기가 필요한 때다.

2016. 11. 20(일).

각광

'각광을 받다'에서 각광이 뭔가 봤더니 다리에 빛을 받는 것이란다. 배우나 연예인들이 무대에서 조명을 받으면 주로 다리에 빛을 받게 된다. 그래서 그런지 각광(脚光)엔 다리 각자를 쓴다. 우리 국어단어의 의미는 심장하기도 하고 재미있기도 하다. 우리가 한자를 버리지 못하는 이유 중의 하나는 국어낱말 속에 심오한 의미 요소가 들어있기 때문이다.

다리에 관련되는 낱말로는 각선미(脚線美), 건각(健脚), 각기병(脚氣病), 각주(脚註) 등이 있다. 각선미는 주로 여성의 다리 윤곽선에서 느껴지는 아름다움을 말한다. 남성의 다리 윤곽선은 별로 아름답지 않다. 대체로 털이 숭숭 나서 보기에 좋지 않다. 더울 때 성인 남자들이 반바지를 입으면 좀 볼썽사납다. 그래서 남자보고 각선이 아름답다고는 절대 말하지 않는다.

건각(健脚)은 마라톤 선수들의 다리처럼 건강한 다리를 말한다. 다리가 튼실해야 마라톤을 할 수 있다. 각기병은 비타민

B1이 부족하여 다리에 나타나는 병이라 한다. 예전에는 보리밥을 안 먹으면 각기병이 걸린다고들 했다. 보리에 비타민 B1 성분이 많이 들어 있나보다. 또 논문을 쓸 때는 각주(脚註)를 단다. 이때는 다리라는 의미는 없고 '아래'라는 의미로 쓴다. 하기야 다리도 아래쪽에 있으니 공통요소는 있다. 논문에서 어떤 페이지든 그 페이지에 참조한 논문이나 자료의 서지사항을 기록하는 것을 각주를 단다고 한다.

아무튼 다리는 중요하다. 다리는 미와 건강의 표상이다. 두 다리가 건강하여 균형을 이루면 건강하다. 늙어도 다리를 절지 않고, 다리가 옥지 않고, 일자걸음으로 "하나, 둘, 셋, 넷!" 구령을 붙여 걸을 수 있는 사람은 건강한 사람이다.

그러고 보니 너는 차를 운전할 때 횡단보도 파란 신호등에서 정지선에 차를 세우고, 횡단보도를 건너가는 사람들의 모습을 감상할 때는 전혀 심심하지가 않다. 그럴 때 각선미, 건각들의 걸음에 구령을 붙여주는 것도 너의 취미중 하나지. 하나, 둘, 셋, 넷, 하나 둘 셋 넷 하나 둘 셋 넷! 번호 붙여 갓! 근데 넌 언제 각광을 받을래? 하하.

2016. 11. 21(월).

낙엽을 위로하며

겨울의 초입, 입동은 보름 전에 지나가고 오늘은 소설(小雪)이다. 기상 캐스터들은 오늘부터 진짜 겨울이라고 했다. 그동안엔 포근했지만 오늘부터는 춥다는 것이다. 소설은 적을 소小, 눈 설雪, 눈이 좀 오는 때라는 데 오늘 서울에는 눈이 한 점도 내리지 않았다. 대신 스산한 겨울바람, 낙엽이 우수수 도로를 휩쓸고 다녔다.

너는 오전 강의를 마치고, 학교 앞 할머니 식당에서 맛있는 점심을 먹고, 또 거기서 김장김치를 한통 사고, 주유소에서 난로용 석유도 한통 사고, 나름 월동준비를 했다. 그런 다음 2015 개정 IFLA 학교도서관 가이드라인 한국어 번역판 제2차 교정지를 강동구 길동에 있는 출판사에 갖다 주고 왔다.

정말 겨울이 왔다. 너는 홀로 석유난로를 피워놓고 어제 찍은 사진, 노란 은행잎, 그 속에서 핀 빨갛고 앙증맞은 꽃을 보며 약간은 우울한 낭만을 즐겼다. 낙엽은 비 오듯 내

리는데 채송화 같이 생긴 풀이 꽃을 피워 내니 이건 또 무슨 섭리일까? 한 쪽은 지고, 한 쪽은 피고. 이 속에 어떤 생명의 이치가 숨어 있는 것은 아닐까? 이 현상을 다만 생물 종의 생리적 온도차로만 치부해 버리기엔 너무나 아깝다.

너는 오늘도 어김없이 걸었다. 맛난 김치를 사왔지만 또 외식할 생각이 머리에 들어왔다. 그런데 어제 본 그 거리의 작은 꽃이 땅거미에 선명하게 드러나 보였다. 낙엽은 더 두텁게 이불을 깔고 꽃에 온기를 주려는 듯, 꽃은 낙엽의 이불 봉사에 감사하며 낙엽을 위로하려는 듯….

은행나무 가로수는 엊그제까지도 잔뜩 껴입고 있던 노란 옷을 벗어던지고, 속옷까지도 훌훌 다 벗어던지고 그야말로 나목(裸木)으로 서서 차디찬 휘파람을 불고 있었다. 자연의 예술은 오늘도 미묘하고 센티멘털(sentimental)한 감정을 부추긴다. 조화로운 삶, 그들은 서로 돕고, 서로 위로하고, 서로 긴장하며 오늘도 그렇게 살고 있었다.

2016. 11. 22(화).

자신(自身)과 자신(自信)

요즘 같은 불신의 시대에 누굴 믿고 살 것인가? 편법과 부정을 정의라고 우기는 많은 정자(政者)들을 상관으로 모시고 너는 우왕좌왕하며 이 겨울을 맞는다. 하지만 그래도 너는 이 겨울을 슬기롭게 버텨야 한다. 희망의 봄을 생각하며 출근을 해야 한다.

너희 민초들은 예로부터 저력이 있어왔다. 그 저력은 저 위에서 나오는 것이 아니라 항상 이 아래에서 나온다. 겨울에도, 여름에도, 봄에도, 가을에도 초목의 생명은 꺼지지 않고 나이테를 불려 성장해 왔다. 그 힘은 어디에서 나오는 걸까?

전언에 따르면 소크라테스는 "너 자신을 알라(Know thyself)."고 했다. 자신을 알면 자신을 믿게 된다. 동양에는 상대를 알고 자신을 알면 백전백승한다는 소위 손자병법도 있다. 자신을 알고 자신을 믿는 것, 이것이 고대로부터 내려온 생존철학이다. 그래서 오늘도 너는 무섭지 않다. 자신(自身)과 자신(自信)이 있기 때문이다.

자신(自身), 평생 길러온 자신감(自信感)을 가지고 오늘의 창문을 열라. 너의 창가엔 보석 같은 은행잎과 귀여운 비둘기가 하늘의 평화를 몰고 내려와 보이지 않는 평화의 모이를 쪼며 건강을 챙기고 있다. 자신 있는 절차탁마(切磋琢磨)다.

자신감을 짊어지고 오늘도 꿋꿋하게 출근하라. 정자들이 뭐라고 해도, 살아 있는 한 무너지지 않는, 유연하지만 꺾이지 않는 그런 자신감을 가지고 정보사회로 깊숙이 들어가라. 그게 너와 나라를 살리는 길이다.

2016. 11. 23(수).

걸음걸이 리더십

오늘 학교에서 오후에 안양천을 걸었다. 자발적으로가 아니라 건강을 챙기자는 권 교수의 제안 때문이었다. 사실 요즘은 나이도 나이니만큼 건강을 챙겨야한다는 생각이 가끔 든다. 저 지난 토요일부터 너의 선배 교수님 한분이 건강 이상으로 학교에 나오지 못해 더욱 그렇다. 네가 2주 동안 그 교수님의 주말반 강의를 대강(代講)했다. 천만다행히도 그 교수님은 질병을 조기에 극복하고 어제 출근하셨다. 혈관질환이라 걸음은 아직 좀 어둔했지만 발음이 정확해 정말 반가웠다.

사실 너희의 모든 활동은 걸음걸이에서 시작된다. 씩씩한 발걸음은 모든 활동의 기초다. 전국의 훌륭한 도로망은 너희의 경쾌한 발걸음을 위한 것이다. 11자 걸음이든 타이어 걸음[輪步]이든 그 걸음이 올바르고, 그 걸음이 건강하고, 그 걸음이 건전하면 너희는 이 사회를 최고로 잘 인도할 수 있다.

너는 오늘 얼굴에 안양천 칼바람을 즐기며 보무도 당당하게 걸었다. 가끔 달려도 보았다. 맑은 물이 차갑게 흐르는 안양천, 황새, 오리들이 자맥질하며 생업을 즐기고, 천변 숲에서는 온갖 잡새들이 후루룩 후루룩 트윗(tweet)을 하고, 억새풀 군락이 아름다운 미라[美羅]가 되어 은빛 백발을 자랑하고 서있다. 어찌하여 저들은 죽어도 죽지 않은 듯 저리 아름다울까?

"걸음걸이를 보면 품행을 안다." 속담 같지만 네가 지금 지어낸 말이다. 하하. 으스대는 걸음걸이, 건들거리는 걸음걸이, 폼 재는 걸음걸이, 이런 걸음걸이는 진실성이 적어 보인다. 요즘 어느 정당대표의 걸음걸이는 좀 으스댄다. 너무 의도적으로 권위를 과시하는 것 같아 네가 보기엔 좀 우습다. 하하.

이제 걸음걸이도 너의 기내식(kinesics)에 좀 넣어야 할 것 같다. 자연스러운 워킹, 자신감 있는 워킹, 거만하지 않은 워킹, 천변을 걸으며 이런 워킹연습을 병행하는 것이 좋겠다. 무엇을 하든, 어딜 가든 행보(行步)가 중요하니까. 옆의 권 교수는 같이 걷는 내내 연신 아래로부터 에어를 방출하고 있었다. 그러나 워낙 공기가 좋으니 오염은 덜 될 것이다. 하하.

2016. 11. 24(목).

'멘붕'을 경계하라

'멘붕'이라는 말은 어법적으로도 의미적으로도 좋은 말이 아니다. 어법적으로는 영어의 mental과 국어의 붕괴(collapse)의 첫 글자를 조합한 것이어서 영어도 아니고 국어도 아니다. 의미적으로는 정신이 붕괴되었다는 뜻이니 정신이 나간, 정상이 아닌 상태를 의미한다.

그런데 '멘붕'이 국어 신조어 사전에 버젓이 올라있다. 그래서 너는 멘붕을 경계한다. 어법적으로도, 의미적으로도 멘붕을 경계한다. 정말 정신이 무너져서는 안 되기 때문이다. 어떤 시국, 어떤 상황 속에서도 정신은 인간을 지키는 마지막 보루다. 오늘 새벽 일어나 보니 너는 다행히 살아 있다. 정신이 나가지 않았다. 그래서 이를 기뻐하며 김과 김치와 발아현미밥을 먹고, 보이차를 마시고 주말 반 교실에 간다.

2016. 11. 26(토).

첫눈 감상

첫눈이 내린다. 오전 강의를 마치고 오후에 집으로 오는데 싸락눈이 조금씩 내리더니 지금은 함박눈이 펑펑 온다. 예전 생각이 난다. 감정이 들뜬다. 잇몸은 들뜨면 아프지만 감정이 들뜨면 즐겁다. 눈 내리는 모습을 스마트 폰으로 찍어본다. 그러나 눈이 눈에는 보이는데 카메라에는 잘 잡히지 않는다. 눈이 눈에 들어가니 눈물인가, 눈물인가. 하하.

석유난로 불꽃 소리가 조금 요란하다. 홀로 앉아 생각의 노를 저어본다. 봄, 여름, 가을, 겨울, 일, 월, 화, 수, 목, 금, 토, 동지섣달이 온다. 크리스마스가 오고, 선친의 기일도 오고, 얼굴엔 주름이 오고, 머리카락은 더 빠질 것이다. 그래도 첫눈은 너의 삶을 돋운다.

2016. 11. 26(토).

흙

흙

요즘 너는 흙을 밟을 기회가 적다. 밤이나 낮이나 시멘트 콘크리트 & 아스팔트 위에서 매일을 지새운다. 손발에 흙 안 묻이고 사니 깨끗하긴 하다. 밭에서 밭 매고 논에서 논 매본 추억도 희미하다. 맨 마당을 걸어본지도, 남한산성을 가 본지도, 땅어머니를 만나 뵌 지도 정말 오래 되었다.

어머니! 흙은 어머니다. 땅 어머니! 어머니는 생명을 잉태하고 생명을 보배처럼 가꾼다. 너는 어머니의 품에서 어머니가 주시는 보약 같은 나물과 밥을 먹고 자랐다. 그런데 언제부턴가 너는 문명을 한다고 땅을 밀어내고, 시멘트 콘크리트 & 아스팔트 위에서 잘난 척 해왔다.

오늘 너는 화분에 물을 주며 11

월 하순 초겨울임에도 신록처럼 반짝이는 화초를 보고 새삼 놀랐다. 이것이 천지의 조화로구나. 땅의 조화, 하늘의 조화, 태양의 조화, 이 모든 조화 속에서 너는 지금 살고 있는 거야. 아, 조화, 조화, 좋아, 좋아. 조화가 좋아.

이제부터라도 너는 흙과 좀 더 소통하기로 했다. 가급적 비포장도로를 산책하고, 맨 땅 운동장에 조깅하며, 잔디 위에서 우드 볼을 치다가도, 나무들이 두 팔 벌려 환영하는 저 숲에 들어가 하늘과 땅과 태양과 나무의 조화로운 숨결을 호흡해야겠다.

2016. 11. 27(일).

여명

너는 오늘 새벽 모처럼 여명(黎明)을 보았다. 2016년 11월 29일 오전 6시, 천지가 어슴푸레한데 문정동* 쌍둥이 느티나무 하늘에 서서히 여명이 비쳐왔다.

요즘 여명이라는 단어는 어떤 음료회사의 상표 이름으로 텔레비전 광고에 자주 비친다. "정말 좋아요 여명 808" 그런데 그 광고를 볼 때는 여명의 진정한 의미를 느끼지 못했었다. 하지만, 하지만, 실제 여명을 보니 자연의 신비와 너의 경건이 합일되는 듯, 너의 가슴에 2017년의 희망이 느껴졌다.

빛은 언제나 어둠에 광명을 몰고 온다. 빛은 희망이다. 우리는 새해 첫 해돋이를 보기위해 강원 정동진에 관광(觀光)을 간다. 그런 후 날마다 일상의 관광을 즐긴다. 박쥐처럼 빛 없이

---

* 서울 송파구 문정동, 송파(松坡)는 소나무 언덕, 문정(文井)은 문씨 동네 우물을 의미함.

사는 동물도 더러는 있다. 그러나 그들도 빛이 있기에 어둠을 선호하는 게 아닐까? 어둠이 없으면 빛이 좋은 줄 모르듯, 그들은 빛이 있어 어둠을 좋아하나보다.

세상은 상대적이다. 아인슈타인의 상대성 원리는 잘 모르지만. 빛이 있으면 어둠이 있고, 땅이 있으면 하늘이 있고, 동이 있으면 서가 있고, 남이 있으면 북이 있고, 식물이 있으면 동물이 있고, 남자가 있으면 여자가 있고, 이것이 있으면 저것이 있고, 저것이 있으면 이것이 있고. 그러고 보니 상대라는 말은 연기(緣起)라는 말과 같다.

너는 오늘도 아름다운 상대의 균형 속에서 아침 여명을 깨닫고, 저녁에 황혼을 수확하여, 어둔 밤을 숙면한 다음, 내일 또 찬란한 광명을 맞을 것이다. 행복하지 않은가?

2016. 11. 29(화).

고향악과 교향악

너에게도 고향이 있었다. 고향의 봄도, 여름도, 가을도, 겨울도 다 있었다. 그중에서도 봄이 제일 좋았지. 새 싹트고 꽃피는 봄은 따스했고, 그 땐 엄마의 품, 아버지의 가슴, 누나의 품, 산곡의 품이 다 있어 너를 새싹처럼 감싸 주었지. 계룡산, 그 산은 명산, 신령의 산, 종교의 산으로 유명해서 전국에서 도인들이 많이 모여들었지. 그래서 사이비 종교의 고향이 되기도 한, 그러나 산의 정기가 너무 신선한 곳이었지. 너는 고향을 생각하면 고향의 노래를 부르고 싶은 충동이 일지. 가장 대표적인 고향의 노래는 이원수 작사 홍난파 작곡의 '고향의 봄'이라 할 수 있지. 이 노래는 한국 사람이면 누구나 입에 익어 고향이 그리우면 저절로 나오는 노래지.

나의 살던 고향은 꽃피는 산골

복숭아꽃 살구꽃 아기 진달래

울긋불긋 꽃 대궐 차리인 동네
그 속에서 놀던 때가 그립습니다.

꽃동네 새 동네 나의 옛 고향
파란 들 남쪽에서 바람이 불면
냇가에 수양버들 춤추는 동네
그 속에서 놀던 때가 그립습니다.

가사를 인터넷에 들어가 펴왔지. 그런데 인터넷에서 북한 어린이들이 부르는 이 노래를 들어보니 '동네'를 '동리'라고 하네. 남한에선 '동네'를 순우리말로 쓰고 있는데 북한에서는 '洞里'라는 한자말을 쓰는 것 같네. 하하. 북한이 우리 고유한 말을 더 잘 살려 쓰는 줄 알았는데 이것만은 아닌가보네.

또 이 노랫말의 문법적 모순을 지적하는 글도 있었는데 노랫말 처음에 '나의 살던'은 문법적으로 맞지 않다는 것이지. '내가 살던'이 맞는다는 건데, 맞는 말이지

만, 그런데 노래 말은 시(詩)로 보아야 하지 않을까 싶어. 시는 문법을 잘 따르지 않지. 시는 문법적으로는 말이 잘 안되거든. 이런 점을 감안하면 이 노래가 더 정겹게 들리지 않을까. 하하.

어쨌든 이 노래는 너의 고향 노래, 즉 '고향 악'이지. 그런데 이와 발음이 비슷한 '교향악'의 의미가 뭔가 찾아보았더니 交響樂이더라고. 사귈 교, 울림 향, 여러 악기의 울림이 서로 사귀어, 즉 서로 교류하여 내는 그런 음악인가 봐. 참 의미가 심장하지. 그래서 우리의 삶 속에서도 너의 소리, 나의 소리, 모든 사람들의 개성 있는 소리가 서로 어울려 조화롭게 되면 그게 교향악이고, 그게 국민통합이 아닌가 싶네. 서로 헐뜯고 싸우며 불협화음을 내지 말고, 조화롭게 교류하며 살면 얼마나 평화로울까?

작가 이원수가 친일파였다고 폄훼하는 글도 보이는데, 노래는 노래, 시는 시로 보아주면 좋을 것 같지. 춘원 이광수도 친일파라고 하는데, 그의 문학은 얼마나 아름다운가? 문학은 문학 그 자체의 예술성으로만 보아야 우리들의 마음이 더 아름답고 순수하지 않을까 싶어…. 인물의 역사적 평가는 역사에 맡기고, 우리는 좋은 것만 배우는 게 좋지 않을까? 三人行 必有我師焉이니….

2016. 12. 2(금).

친구

너는 친구가 많지 않다. 있다 해야 학창시절의 친구 몇 명 뿐, 그들도 네가 동창회에 잘 나가지 않으니 연락이 별로 없다. 회사생활도 오래 했지만 퇴직 후 15년이 넘으니 다들 기억에서 희미해졌다. 또 거의 20여 년을 이 대학 저 대학 강사로 돌아다녔지만 갑을 관계나 피상적 관계여서 그때 그때 뿐, 자주 안부연락을 하는 사람은 거의 없다.

자주 만나는 친구는 초등동창들이다. 만나봐야 신통방통한 이야기는 별로 없지만 가끔 점심이라도 같이 먹으니 좋다. 1년에 한두 번 서울 사는 동창들이 모일 때는 제법 소년 소녀들처럼 시끄럽다. 오늘은 자주 만나는 초등 동창과 점심과 저녁을 같이 먹었다. 점심엔 저렴한 가정식 백반을 먹고, 저녁엔 친구가 값비싼 '이천 쌀밥'을 사줘 같이 먹었다. 참 맛이 있었다. 하하.

그런데 SNS를 하고부터 친구들이 조금씩 늘고 있다. 얼굴을 잘 몰라도 SNS에서는 친구 요청 및 수락 과정을 거치면 친구라고 한다. 여기서도 어떤 분들은 친구가 몇 천 명도 넘던 데 너는 아직 100명도 안 되는 95명, 그들도 얼굴과 인품을 모르는 사람이 태반이다. 이쯤 되면 너는 태생적으로 친구를 사귈 줄 모른다고 보아야 한다. 그러니 진정한 친구는 한둘이면 족하다 여기고 너는 도서관에서 책과 네 마음과 좋은 친구가 되렴.

2016. 12. 5(월).

너의 일성록

보통 한 세대를 30년이라고 한다. 30세에 자녀를 낳으면 자녀와 딱 30년 세대차가 난다. 네가 그렇다. 30년 세월도 지나고 보니 정말 잠깐(暫間) 같다. 30년을 두 번이나 지났는데도 말이지. 하지만 미래의 30년은 매우 먼 것처럼 느껴진다. 미래는 불확실성의 세월이기 때문일까? 이에 대한 정답은 없을 것 같다.

공자는 열 대 여섯 살에 학문에 뜻을 품고, 30세에 학문의 방법(대화)과 태도[仁]를 확고히 했다. 30세에 소위 지혜 박사학위를 땄다는 이야기다. 그 후로 공자는 열심히 학문을 궁구하고 제자들과 대화하면서 꾸준히 온고지신 인문학문의 길을 걸었다. 40세에는 누가 뭐래도 흔들림이 없었고, 50세에는 하늘의 뜻을 알았고, 60세에 하늘과 도를 통하고, 70세에는 온 세상과 대통합을 이루었다는 것이다. 논어에 나오는 공자의 일생을 현대말로 고쳐 써 본 것이다.

요즘은 학자도 많고 교수도 많다. 분명 공자처럼 학자다운 학자들도 많이 있을 것이다. 그러나 학자 중에 언론에 오르내리는 분들은 거의 '정치교수'들이다. 그들은 운 좋게 권력기관에 들어갔다가 정의롭지 못한 일로 쇠고랑을 차는 사람도 자주 있다. 정치는 바르게 하는 것이라는 논어의 말씀을 읽고도 실천하지 않아서 그럴 것이다.

아무리 지식이 많아도 어리석은 행동을 한다. 여기에 예외는 없다. 남녀노소 누구나 자신의 어리석음을 깨닫고 현명하게 처신하며 사는 것이 정의롭고 행복하게 사는 길인 것 같다. 너도 일성록(日省錄)을 쓰며 일일신(日日新) 하라.

2016. 12. 6(화).

열매

"식물은 열매를 만들고 동물은 열매를 먹는다."는 말이 있다. 그런데 별로 신통한 말로 들리지는 않는다. 네가 지어낸 말이기 때문이다. 하하. 열매는 과실(果實)이요 결실(結實)이다. 동물이건 식물이건 모든 생명은 자손이라는 결실을 거둔다. 그래서 위에서 네가 지어낸 저 말은 일부분만 맞다.

너는 어제 학교에서 젊은 최 박사로부터 밀양 얼음골 사과 한 개를 공짜로 받았다. 볼그레 색깔도 좋고, 맛도 좋았다. 비타민 씨가 듬뿍 든 달콤한 과즙이 목구멍을 시원하게 통과한다. 너는 사과의 청량한 에너지를 느끼며 밤 10시까지 나름 명랑한 강의를 했다. 학생들과 간단히 종강파티도 했다.

오늘은 서울대 규장각에서 이번 학기 금요강좌 종강을 듣고 수료증을 받았다. 종이 한 장에 불과하지만 한 학기를 수강한 결실인 셈이다. 집에 돌아와 서울대에서 수강한 수료증 파일을 넘겨보았다. 2011년부터 2016년 까지 6년 동안 서울대에서만

16개 강좌를 듣고 16매의 수료증을 받았다. 그런데 기억에 남는 건 별로 없고 수료증만 덜렁 남아 있으니 과연 이들을 결실이라고 할 수 있으려나?

자다가 자정 무렵 잠이 깼다. 키보드 앞에 앉았다. 너는 지금 쓸 만한 일을 하고 있는가? 쓸 만한 열매를 거두고 있는가? 그래서 이런 글이나마 써 본다. 세상의 마음을 따뜻하게 하는 맛깔 나는 글을 쓰면 좋겠지만 그러려면 더 노력해야 한다. 책을 읽고, 글을 쓰고, 책을 만들고, 책이 사람을 만들고, 이런 일들이 나이 들어 할 수 있는 과실이요, 결실이 아닐까 생각하니 좀 위로는 된다.

어제 대통령의 탄핵소추안이 국회에서 가결되었다는 뉴스가 텔레비전에서 밤새 윙윙거린다. 대통령도 민주의 아름다운 결실을 위해 미리미리 스스로 탄핵을 했더라면 어땠을까? 지위가 높건 낮건, 동물이건 식물이건 아름다운 결실은 저절로 오지 않는다. 그래서 "인내는 쓰나 그 열매는 달다." 했다.

2016. 12. 10(토).

쓰나미 정신

쓰나미가 밀려오는데 무슨 정신이 있을까요? 그런데 일본인들은 그때도 정신이 멀쩡하더라고요. 2013년 2월 동 일본 해안에서 큰 지진이 나서 엄청난 해일, 쓰나미가 밀려왔지요. 집과 차 모든 게 물에 휩쓸려가는 재앙 속에서 수많은 사람들이 죽어갔지요. 그런데도 그 때 방송에 얼굴을 내민 생존 일본인들은 태연하게 웃더라고요. 다시 일어나면 됩니다, 그러면서 말이죠.

너는 그 때 텔레비전에서 그 광경을 보고 정말 무서웠어요. 가공할 해일이었어요. 그런데도 일본 당사자들은 너무나 태연한 거 있죠? 보통 한국 사람으로서는 이해가 잘 안 되었어요. 그들은 정말 태연했어요. 어떻게 사람이 저럴 수 있을까 싶었지요. 우리 같으면 모두 다 바닷물에 빠져 자살이라도 할 것 같은데 그들은 자신감이 넘쳐 있는 것 같았어요.

인생을 살다 보면 누구나 어려움이 많이 닥쳐옵니다. 그럴 때 여러분은 어떻게 하시는지요? 포기 하십니까? 아님 다시 일어날 각오를 하십니까?

살아 있는 한 우리는 희망이 있다고 생각합니다. 그래서 어떠한 어려움이 닥치더라도 정신은 살아나야 하겠어요. 모든 물욕을 비우면 아무런 걱정이 없답니다. 모든 걸 다 버려도 다시 일어 설 수 있다는 그 생각, 그 마음이 정말 소중한 것 같습니다. 그 마음만 있으면 누구나 다시 살아날 수 있을 것 같습니다. 위대한 여러분, 같이 일어나십시다.

2016. 12. 12(월).

로봇사서와 인간사서

너는 오늘 오전 기말시험 감독을 마치고 시간여유가 생겼다. 그런데 마침 같은 시간에 시험 감독을 마친 임 교수가 너에게 제안을 했다. 인근에 도서관 RFID(Radio Frequency IDentification)사업을 하는 회사가 있는데 한번 가보지 않겠느냐는 것이다. 그래서 이게 웬 떡, 하면서 흔쾌히 따라 나섰다. 그 회사는 학교에서 멀지않은 곳에 있었는데, 나이콤(nicom)이라는 회사였다. 아마 '나이스 커뮤니케이션(nice communication)'인 것 같지만 물어보지는 않았다. 다음에 확인해 보기로.

그 회사에 도착하니 4층 건물인데 제법 큰 중소기업이었다. 처음엔 도서관 관리시스템을 구축하는 컴퓨터 소프트웨어 회사인 줄 알았는데 도서관의 소프트웨어와 하드웨어를 다 개발하는 회사였다. 임 교수 지인의 안내를 받으며 3층부터 1층까지 다 구경했다. 자동 장서점검 시스템, 지하철 역 같은 곳에 설치하는 무인 대출신청 반납 시스템 등 첨단장비를 만들고 있었다. 그 장비 이름은 스마트도서관(smart library station), 보는 순간 눈이 번쩍했다.

전에 관악구도서관에서 서울대입구역에 설치한 U-도서관은 검정 철제 박스로 되어있어 책의 모습이 하나도 보이지 않았는데 이 회사 스마트도서관은 앞면이 투명해 책의 모습이 다 보였다. 도서관 회원증을 스마트폰에 입력하고 스마트 도서관의 인식기에 대고 대출 반납을 할 수 있는 첨단 장비다. 갑자기 하나 사고 싶었다. 송파구 대표도서관에서 저 스마트도서관을 잠실역, 신천역, 석촌역, 가락시장역, 문정역 등에 설치하고, 열

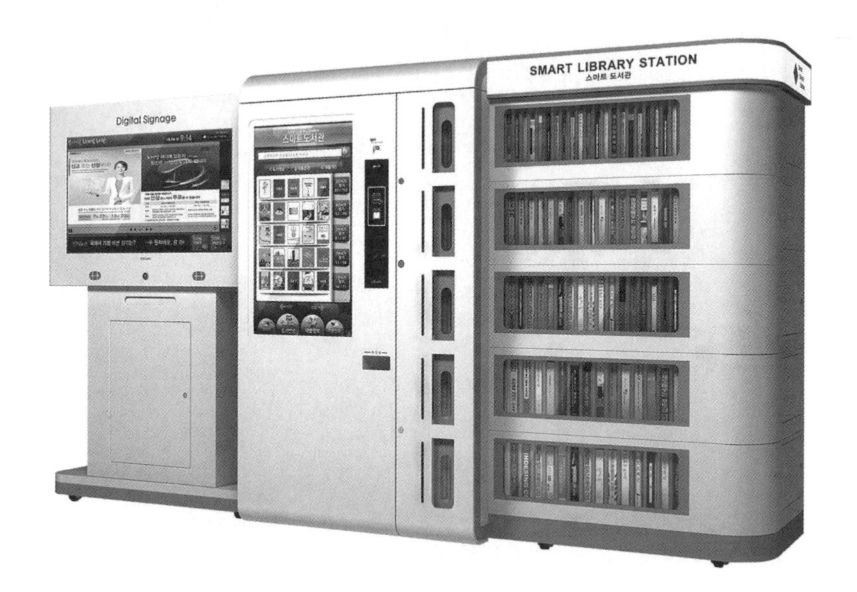

차에도 하나씩 설치해 놓고 시민 서비스를 하면 참 좋겠다 싶다. 가격을 물어보니 1억 3천 정도라는데, 아이 참 복권이나 하나 맞으면 살까 개인이 살수는 없겠네.

이제 도서관 관리 시스템은 최첨단에 근접하고 있다. 앞으로 인공지능 로봇 사서(AI Robot Librarian)가 나오면 도서관의 관리문제는 완전 해결될 것이다. 그런데 문제는 언제나 인간이다. 인간이 할 수 있는 서비스는 인간을 인간답게 만드는 서비스다. 이제 3D업은 로봇에게 다 맡기고 인간은 인간 프로그램을 즐겁게 창의적으로 시행하며 인간적으로 살아야 한다.

오늘 너는 도서관 시스템의 발전상을 직접 보며 감탄을 금할 수 없었다. 그리고 이제 사서들이 할 일은 도서관에서의 시민 학술 소통임을 절실히 깨닫게 되었다.

2016. 12. 13(화).

안양의 범계와 호계

견학을 마치고 임 교수는 또 너를 의왕 추계예술대학교 뒤편 시골 보리밥집으로 태우고 갔다. 보리밥 숭늉을 먼저 마시고 위장을 평화롭게 한 다음 보리밥을 고추장과 나물에 비벼 풋 고추 야채와 함께 먹었다. 비빔밥을 쌈에 싸서 먹으면 첩을 얻는다는 옛 어른들의 익살 속설을 떠올리며 쌈을 싸 먹지는 않고 따로 따로 먹었다. 어차피 입구(入口)로 들어가면 싸먹으나 따로 먹으나 마찬가지지만 속설을 지키는 것도 선조들에 대한 예의라고 생각하면서.

점심값은 임 교수가 냈다. 임 교수 덕분에 좋은 견학도 하고 이렇게 맛있는 보리밥도 얻어먹었으니 오늘은 운수가 퍽 좋은 날이다. 임 교수의 마지막 봉사는 너를 전철역까지 태워다 주는 일이었다. 가까운 역은 4호선 범계역, 너는 범계역 사거리에서 임 교수에게 다시 한 번 감사의 인사를 건네고 역 구내로 들어갔다. 처음 들어가 보는 역이어서 역구

내 게시물들을 찬찬히 살펴보는데 범계역이라는 글자에는 한자가 적혀있지 않았다. 분명 한자 지명같이 보이는데 한자는 없었다. 전 역과 다음 역의 명칭은 한자로도 씌어있는데 범계역만 한자가 없는 걸 보니 순 우리말 지명인가 보다.

4호선 열차를 타고 오면서 스마트폰으로 범계역을 검색하니 역시 한자 이름이 없다, 그런데 그 지역이 호계동이라고 나온다. 호계동의 한자는 범 호虎 시내 계溪다. 옳지, 호계가 범계로군. 그래서 호계는 범 호자 漢字가 있지만 범계의 범은 순 우리말이니 漢字가 없는 게로군. 예전에 이곳 시냇물 주변에 범이 살았나 보네. 안양은 매우 안전한 곳이었을 텐데 호랑이가 살았다니. 하기야 한국 호랑이는 예전에 산신령으로 숭배를 받았지. 그래서 안양(安養)은 호랑이가 지켜주어 편안(安)하게 살(養) 수 있는 곳이었을 것 같네. 하하.

2016. 12. 13(화).

잇 뿌리

너는 2013년 여름에 700만원을 들여 부분 틀니를 했다. 앞니 송곳니는 있고 어금니 부분이 완전 삭아 아래 위 어금니 부분 틀니를 맞추었던 것이다. 그런데 또 3년 반이 지나니 오른 쪽 위 송곳니에 안쪽으로 구멍이 났고 급기야 어제 아침 그 송곳니가 뿌리만 남고 떨어져 나갔다. 그래서 이것도 네 뼈의 일부니 잘 두었다가 갈 때 싸가지고 갈까 생각하며 아직 버리지 않았다.

송곳니가 떨어져 나갔어도 그 뿌리는 남아 있다. 그래서 혀가 닿을 때 마다 껄끄럽다. 그런데 틀니를 끼우는 데는 문제가 없다. 틀니의 갈고리가 송곳니에 걸리는 구조는 아니기 때문이다. 그래서 너는 이 뿌리만 남은 송곳니를 빼지 않고 그냥 두어두기로 했다. 그 뿌리마져 뽑아버리면 이웃이가 수직을 지탱할 수 없을 것이기 때문이다. 그래서 껄끄럽지만 그 뿌리를 그냥 초석처럼 놓아두기로 한다. 보철

(implant)학에서도 인문학에서도 뿌리가 중요하니까. 그런데 수수께끼 하나 낼게요, 어금니가 영어로 뭔지 아세요? 몰라요. 어떻게 아셨어요? molar가 어금니인줄을. 하하.

2016. 12. 13(화).

좋은 머리, 나쁜 지해(知害)

한국에 살다보니 머리 좋은 사람이 너무 많은 것 같다. 네 머리가 별로 좋다고 볼 수 없기 때문에 그 반작용일까? 하기야 아이큐 110 가지고는 어디 스카이대 같은 곳에 가 명함도 못 내민다. 그래도 그 머릴 가지고 너는 그런대로 잘 살아온 것 같아 정말 다행이다. 하지만, 하지만 책을 15권을 썼지만 커다란 업적이나 보람은 별로 없는 것 같다. 과연 네가 지혜가 있기는 있는 건가? 그럭저럭 억지춘향으로 대학의 문턱을 넘고, 가로 늦게 48뜨기에 최고 학위도 받았지만 아직도 허전한 것은 네 탓인가, 내 탓인가? 선출직 공무원이나 고위 공직자나, 검사나 판사나, 기업인이나 교수나 존경할 위인은 아직 별로 눈에 안 보인다. 그런데 머리 좋은 여성들도 사임당이나 심청이나 춘향이처럼 고와보이지 않으니 어찌된 일인가? 네가 이몽룡이 아니라서 그런 걸까?

꼼수 세상이다. 국회도 정부도 서로 꼼수라고 하고 있다. 다들 머리 좋은 사람들일 텐데. 말만 했다하면 상대방이 꼼수란다. 그럼 도대체 꼼수 아닌 사람은 누군가? 그렇지 꼼 수 아닌 사람도 분명 있지. 머리가 백수(100) 이하인 사람들, 그들은 머리가 별로 좋아서 꼼수를 못 부리지. 禮, 예, 하며 예의를 잘 지키지. 머리 나쁜데 어떡하겠는가? 시키는 대로 하는 수밖에. 수박이 나쁘면 수족이 고생한다는 말도 있듯이.

그런데 가끔은 그런 사람이 이긴다. 그것은 꼼수의 승리가 아니라 대개 누구나 좋아하는 정의의 승리다. 인간 승리. 장애인의 인간 승리, 체육인의 인간 승리, 예술인의 인간 승리, 강연 100도 씨의 인간 승리들, 인간 승리는 부정 청탁 재산과는 거리가 멀다. 오히려 어렵게 번 돈을 기부하는 천사들이다. 그들의 인간 승리는 피와 땀과 눈물의 범벅이다. 그들은 머리는 보통이라도 지혜는 고단수다.

머리 좋은 사람의 인간 승리는 드물다. 머리 좋은 사람이 지혜까지 좋으면 얼마나 좋을까? 머리 좋은 사람들이 상호 꼼수를 쓰다 보니 나라가 이 모양이다. 그들은 지혜를 버리고 지해(知害)를 쓴다. 서울대저널 2016년 11월 호에 이상한 기사가 떴다. 여성의 음부 그림을 곁들인 The vagina monologues(서울대저널 2016.11+12, p.97) 연극 소개 글. 예나 지금이나 인격교육, 지혜교육이 절실하다.

2016. 12. 14(수).

김형석 교수님의 책 『백년을 살아보니』

오늘 너는 기말고사 채점도 잘 안되고 공부도 잘 안 되고 해서 또 밖으로 나갔다. 얼마 전 잠실 교보문고에서 아흔 일곱 연세 김형석 교수님의 책을 보았기 때문이다. 그 책 이름은 『백년을 살아보니』였다.

날이 무척 추웠다. 귀마개를 하고, 목 싸개를 하고. 요즘 너에겐 목도리보다 목 싸개가 훨씬 더 좋다. 왜냐 하면 목 싸개는 배 밑으로 길게 늘어지지 않아 좀 간편하기 때문이다.

오전에 이발과 염색도 했겠다, 외출 한번 하는 게 당근이지. 아, 참 오전에는 공원에 산책 나갔다가 공원 옆에 새로 생긴 미용실에 들러 이발과 염색 요금을 물어보았었다. "커트는 1만 7천 원이고요, 염색은 7만 원이예요, 전화 예약하고 오셔야 해요." 미용사의 대답이었다. 그래서 "아 네 잘 알겠습니다."했다.

그 미용실에 갈 것인지 말 것인지는 불문가지다. 너는 다른 업종(약선 연구소)이 지지리 안 되던 그 자리에 미용실이 들어와 과연 영업이 될까 내심 걱정했었는데, 더구나 젊은 부부가 생업으로 개업한 것 같아 염려했었는데, 지날 때마다 손님이 있어 참 다행이다 싶었었다.

그런데 요금이 너무 턱이 없어서 너는 할 수없이 늘 가던 꼴통 할아버지 이발소로 갔다. 거기서 2만 원을 내고 이발과 염색을 다 했다. 실버는 역시 놀던 물에서 놀아야지, 젊은 기 받겠다고 다른 데를 넘보면 안 되는 법이지. 그 미용실은 돈 많~은 젊은이들이 이용하는 곳인가 봐. 이런 생각을 하며 염색을 기다리는데 이발소 할아버지의 육두문자 시사평론이 네 고막을 때렸다.

그 다음 잠실 교보문고 행, 김형석 교수님의 그 책(1만 5천 원)을 샀다. 그리고 전철역에 앉아 군데군데 읽어 보았다. 예전에 읽던 그 문체 그대로다. 문체는 일단 무미건조하지만 잘 보면 마음에 와 닿는다. 철학자라 표현에는 감칠맛이 적지만 뭔가 생각하게 하는 말씀이 가득 들어 있다.

책 디자인도 깔끔하고. 너도 이 책처럼 네 책을 만들고 싶다.

너는 1970년대 대전일보사 명사초청 특강 때 대전고등학교 체육관 연단에서 또릿또릿 강연하시던 그 교수님을 먼빛으로 뵌 적이 있다. 너는 그때 22세였는데 그 교수님의 강의를 무척 감명 깊게 들었었다. 그리고 그 이후 줄곧 교수님의 책을 읽고 기쁨을 느끼곤 했었는데, 역시 교수님은 독자를 실망 시키지 않는다. 교수님의 행복 강의엔 평범함 속에 비범함이 들어 있었다.

2016. 12. 16(금).

빵과 도서관

한동안 치킨과 맥주를 곁들이는 '치맥'이 유행하더니, 요즘은 책과 맥주를 곁들이는 '책맥'이 등장했다. 일종의 협업 비즈니스다. 경영 컨설턴트들은 전혀 어울릴 것 같지 않은 품목 간에도 협업이 가능하다고 말한다(윤은기, 『협업으로 창조하라』, 올림, 2015 참조).

너같이 평생 책과 도서관에 함몰되어 살아가는 사람들도 이 협업 경영이라는 말에는 귀가 솔깃하다. 이미 도서관도 부분적으로 협업을 하고 있다. 많은 도서관들은 카페를 운영한다. 큰 도서관들은 오래전부터 식당을 운영하고 있다. 그런데 아직 도서관은 공익 어쩌고저쩌고 하면서 이런 비즈니스에 미숙하다. 도서관 식당은 대개 친절도 없고, 맛도 없다.

너는 날마다 이 식당, 저 식당 매식을 하며 혼자 공상한다. 도서관 식당이 좋으면 도서관에 자주 가겠으나 도서관 식당은 고객 불만야기 장소 중 하나다. 그래서 너는 주로 사립식당으로 간다. 그러면서 이곳에 책을 좀 진열해 놓으면 어떨까? 인테리어를 약간만 바꾸면 도서관으로도 훌륭하겠는데. 경영의 묘를 조금만 살리면 식당도 잘 되고 도서관도 잘 되지 않을까? 제빵 제과점이나 롯데리아, 맥도널드 같은 곳에서는 책과 빵의 협업도서관을 경영하면 좋겠다. 책도 팔고, 빵도 팔고, 프로그램도 팔고. 하하.

책 빵 도서관. 사람은 날마다 먹고살아야 한다. 책도 먹고 빵도 먹고, 정신도 살찌우고, 육체도 살찌우고, 임도 보고 뽕도 따고. 그렇게 날마다 먹고 사는 생활 속 깊숙이 도서관이 자연스레 자리하면 참 좋겠다.

라이브러리 레스토랑, 라이브러리 호텔, 라이브러리 베이커리, 롯데리아 라이브러리, 맥도널드 라이브러리 등등.

2016. 12. 17(토).

거의 모든 것의 평화

"The peace of almost all things"

이 글 제목은 영어로 표현하고 싶다. 어떨 땐 영어가 뜻을 표현하기에 편할 때도 있다. 네가 영어를 썩 잘하는 건 아니지만. 너는 어제도 평화의 장면을 체험하고 왔다. 백여 명 동문들의 연말 정기총회가 있었다. 화기애애하기도, 화기애매하기도 한 여러 분위기들이 공존하는 가운데, 뷔페식을 즐기고 가무도 즐기며 두어 시간을 보냈다.

너는 운 좋게도 조명발을 받을 기회가 주어졌다. 동문회장이 너에게 축사를 해 달라고 요청을 했던 것이었다. 너는 미리 준비한 원고를, 회장이 큰 글자로 프린트 해준 원고를 낭독했다. 너는 제법 아나운서처럼 원고를 읽었다. "동문회는 우리들의 고향입니다. 도서관도 우리들의 고향입니다. 선후배 동문 여러분 오늘 마음껏 소통하십시오. 그리고 행복한 가정, 행복한 도서관을 만들어 주세요, 대단히 감사합니다!" 박수를 받았다.

오늘 너는 동문들과 더불어 마음의 평화를 찾았다.

너는 이번 학기 성적 처리에 부담을 느껴 동문들과 '밤새워 하얀 길을' 걷지 못한 채 차를 몰고 서울로 돌아와야 했다. 그래도 그 반가운 얼굴들을 보았다는 것에 고향의 희열을 느끼며 내비(navy)양의 안내를 따랐다. 내비양은 너를 낯선 길로 안내했다. 제2영동고속 신작로(新作路)였다. 너는 그 길로 경쾌한 저녁 드라이브를 했다. 너는 동문회 연회장에서는 아껴두었던 너의 노래, '바위섬'을 마음껏 불렀다. 너의 소나타는 저녁 9시 40분 가락동 건너말 주차장에 안착했다.

사실 너는 오늘 대림 주말 반 오전 강의를 마치고 여주로 내려가면서 용인 법륜사와 와우정사에 들러 평화의 산책을 즐겼다. 어느 절이건 사찰에는 웅장, 경건, 자비, 평화가 흐른다. 세속의 분쟁을 모두 털어내고 마음을 새롭게 정돈할 수 있는 곳 사찰, 법륜사에선 법륜을 굴리는 청기와의 평화가 고요히 흘렀다. 삼성각에서 삼세 번 절을 올렸다. 그리고 셀프 사진을 찍으며 너 홀로 사색을 즐겼다. 와우정사엔 거대한 노천 금불상이 주석하고 계셨다. 그 앞으로 살얼음 연못 작은 바위섬에 잿빛 두루미(두루미는 두루 아름답다는 뜻인가 보다) 한 분이 고고히 관광객을 지켜보며 관광을 즐기고 있었다.

평화, 평화, 우리 생명들에게 평화는 필수(necessary)요, 의무

(mandatory)다. 평화는 생명의 최고선이요, 지고지선의 가치다. 평민(people)은 평화(peace)와 통한다. 성씨도 같다. 생명들이여, 부디 평화를 기르소서! 촛불이여, 부디 평화를 밝히소서! 온 생명 모두 밝고 행복하게 하소서! 너의 가락마을엔 평화초등학교가 있다. 이름이 참 좋은 학교다. 내일은 그 운동장으로 평화의 산책을 나가야겠다.

2016. 12. 17(토).

너의 심부름

오늘도 너는 너의 심부름(errand)을 한다. 일어나서 난로에 불을 지핀 다음 창문을 열고 바깥 공기를 모셔왔다. 미세 먼지는 최대한 코 털(nose hair)로 걸러내고, 돌아서 스탠드를 켰다. 한두 시간쯤 데스크에서 키보드를 딸각거리며 플라스틱 쥐(mouse)를 잡고 네가 할 수 있는 디지털 심부름을 했다.

정오에 밖으로 나갔다. 공원 가 주차장에서 네 차 문을 열고 어제 모인 귤껍질, 음료수병, 과자봉지, 두유 팩을 수거하여 봉지에 담았다. 삐뚤어진 차 방석을 바로하고, 트렁크를 열어 우드 볼 가방을 만져보며 백 바지 입고 필드에 나갈 봄날을 기다려 본다.

로데오 거리를 활보하다 햄버거를 먹었다. 신발가게 난전을 지나며 멋진 신발들도 눈요기 했다. 절대 사지는 말자고 다짐하면서. 다시 도서관에 들어와 네 책을 좀 정리했다. 변화가 필요하지, 약간의 변화만 주어도 기분이 새로워지는 걸 어쩌겠

나. 커피포트에 물을 끓여 커피를 탔다. 난로와 책과 커피, 창문으로 시야에 들어오는 저 문정동 둥구나무 한 쌍, 너는 홀로지만 분위기가 산다. 흥얼흥얼 노래도 나온다. 좋다.

너는 오늘도 너의 심부름을 하며 이 세상을 산다. 저마다 제 심부름 잘하고 살면 그게 잘 사는 게 아닐까, 엉뚱한 생각도 해본다. 그려, 살아 있는 한 제 심부름을 잘 해야 하는 법이여. 그러지 않으면 잘 못 사는 거여. 네 한 몸 심부름도 부지런해야 잘 하는 거여. 하지만 너무 까칠하게 굴지는 말게. 네 신역이 고될 테니까.

2016. 12. 18(일).

너 하나만의 독백

중얼중얼 흥얼흥얼 비 맞은 중만 그러는 건 아니다. 맑고 푸른 하늘 아래 너도 자주 그런다. 심심하기 때문이다. 심심(心心)해서 심심한 시간을 즐긴다. 마음에서 마음으로 평화를 전하며 세상 인연들에 텔레파시를 보낸다. 잘들 지내지? 그래 부디 잘들 지내어.

너의 독백은 그칠 줄 모른다. 이것도 경력인가보다. 독백의 소재들은 뇌파를 타고 너의 스마트 폰으로 계속 들어온다. 인생, 종교, 동창들, 선조들, 후손들, 학생들, 그리고 그 모두와의 관계, 관계들. 너의 밝은 임금 환웅천왕으로부터 오늘날 배달의 기수에 이르기 까지, 오대양 육대주 거의 모든 것들이 네 안으로 들어온다. 그래, 배달민족이니 모든 게 잘 풀리겠지. 잘 될 거야. 국가적으로 개인적으로 모두 다.

2016. 12. 19(월).

고도를 기다리며

누가 전화로 너의 도서관에 『고도를 기다리며(En attendant Godot)』라는 책이 있느냐고 물어왔다. 그래서 없다고 대답하고는 인터넷에서 그 책의 서지사항을 찾아보았다. 『고도를 기다리며』는 1969년 노벨문학상을 수상한 사뮈엘 베케트(Samuel Beckett, 1906~1989)의 대표 작품. 베케트는 아일랜드 태생의 프랑스 극작가라고 나온다. 작품 『고도를 기다리며 En attendant Godot』에서 고도(Godot)는 사람 이름이다.

그런데 너에겐 고도라는 사람은 별 의미가 없으니 우리 한국 실정에 맞는 로또를 기다려볼까. '로또를 기다리며' 하하. 이참에 역대 노벨문학상 수상자와 그 대표작품을 알아보았다(출처: 다음 카카오 북어워드 사전).

1901년 쉴리 프뤼돔(프랑스 시인) 〈구절과 시〉
1902년 테오도어 몸젠(독일 역사가) 〈로마의 역사〉
1903년 비에른 스티에르네 비외른손(노르웨이 소설가) 〈행운아〉

1904년 프레데리크 미스트랄(프랑스 시인) 〈미레유〉,
호세 에체가 라이(스페인 극작가) 〈광인인가 성인인가〉 공동수상
1905년 헨리크 셍키에비치(폴란드 소설가) 〈쿠오바디스〉
1906년 조수에 카르두치(이탈리아 시인) 〈레비아 그라비아〉
1907년 러디어드 키플링(영국 소설가) 〈정글북〉
1908년 루돌프 크리스토프 오이켄(독일 철학자) 〈대사상가의 인생관〉
1909년 셀마 라게를뢰프(스웨덴 소설가) 〈닐스의 모험〉
1910년 파울 요한 폰 하이제(독일 시인 소설가) 〈아라비아타〉
1911년 모리스 마테를링크(벨기에 극작가) 〈파랑새〉
1912년 게르하르트 하우프트만(독일 극작가) 〈해뜨기 전〉
1913년 라빈드라나트 타고르(인도 시인) 〈기탄잘리〉
1914년 수상자 없음
1915년 로맹 롤랑(프랑스 소설가) 〈장크리스토프〉
1916년 베르네르 폰 헤이덴스탐(스웨덴 시인) 〈폴쿵스의 나무〉
1917년 카를 아돌프 겔레루프(덴마크 소설가) 〈깨달은 자의 아내〉
헨리크 폰토피단(덴마크 소설가) 〈죽음의 제국〉 공동수상
1918년 수상자 없음
1919년 카를 슈피텔러(스위스 시인 소설가) 〈올림포스의 봄〉
1920년 크누트 함순(노르웨이 시인 소설가) 〈굶주림〉
1921년 아나톨(프랑스 소설가) 〈페도크 여왕의 불고기집〉
1922년 하신토 베나벤테 이 마르티네스(스페인 극작가) 〈타산적인 이해〉, 〈사악한 선행자들〉
1923년 윌리엄 버틀러 예이츠(아일랜드 시인) 〈이니스프리의 호도〉
1924년 브와디스와프 레이몬트(폴란드 소설가) 〈농민〉
1925년 조지 버나드 쇼(아일랜드 극작가) 〈피그말리온〉
1926년 그라치아 델레다(이탈리아 소설가) 〈코시마〉
1927년 앙리 베르그송(프랑스 철학자) 〈물질과 기억〉

1928년 시그리 운세트(노르웨이 소설가) 〈크리스틴 라브란스다테르〉
1929년 토마스 만(독일 소설가) 〈마의 산〉, 〈부덴브로크 가의 사람들〉
1930년 싱클레어 루이스(미국 소설가) 〈메인 스트리트, 엘머 갠트리〉
1931년 에리크 악셀 카를펠트(스웨덴 시인) 〈프리돌린의 노래〉
1932년 존 골즈워디(영국 소설가) 〈포사이트가의 이야기〉, 〈충성〉
1933년 이반 알렉세예비치 부닌(소련 소설가) 〈마을〉
1934년 루이지 피란델로(이탈리아 소설가 극작가) 〈헨리 4세〉, 〈버림 받은 여자〉
1935년 수상자 없음
1936년 유진 오닐(미국 극작가) 〈밤으로의 긴 여로〉, 〈느릅나무 밑의 욕망〉
1937년 로제 마르탱 뒤가르(프랑스 소설가) 〈티보가의 사람들〉
1938년 펄 벅(미국 소설가) 〈대지〉
1939년 프란스 에밀 실란페(핀란드 소설가) 〈젊었을 때 잠들다〉
1940~1943년 수상자 없음
1944년 요하네스 빌헬름 옌센(덴마크 소설가) 〈긴 여행〉
1945년 가브리엘라 미스트랄(칠레 시인) 〈비수〉
1946년 헤르만 헤세(스위스 소설가) 〈데미안〉
1947년 앙드레 지드(프랑스 소설가) 〈좁은 문〉
1948년 T. S. 엘리엇(영국 시인) 〈황무지〉
1949년 윌리엄 포크너(미국 소설가) 〈자동차 도둑〉
1950년 버트런드 러셀(영국 철학자) 〈권위와 개인〉
1951년 페르 라게르크비스트(스웨덴 시인) 〈바라바〉
1952년 프랑수아 모리악(프랑스 소설가) 〈테레즈 데케루〉
1953년 윈스턴 처칠(영국 정치가) 〈제 2차대전 회고록〉
1954년 어니스트 헤밍웨이(미국 소설가) 〈무기여 잘 있거라〉
1955년 할도르 락스네스(아이슬란드 소설가) 〈독립한 민중〉

1956년 J. R. 히메네스(스페인 시인) 〈프라테로와 나〉
1957년 알베르 카뮈(프랑스 소설가) 〈이방인〉
1958년 보리스 파스테르나크(소련 소설가) 〈닥터 지바고〉
1959년 살바토레 콰지모도(이탈리아 시인) 〈시인과 정치〉
1960년 생-종 페르스(프랑스 시인) 〈원정〉, 〈연대기〉
1961년 이보 안드리치(유고슬라비아 시인) 〈드리나강의 다리〉
1962년 존 스타인벡(미국 소설가) 〈불만의 겨울〉
1963년 게오르게 세페리스(그리스 시인) 〈연습장〉
1964년 장 폴 사르트르(프랑스 철학자) 〈구토〉
1965년 미하일 숄로호프(소련 소설가) 〈고요한 돈강〉
1966년 S. 요세프 아그논(이스라엘 소설가) 〈출가〉
넬리 작스(스웨덴 시인) 〈엘리〉 공동수상
1967년 미겔 아스투리아스(과테말라 소설가) 〈과테말라의 전설집〉
1968년 가와바타 야스나리(일본 소설가) 〈설국〉
1969년 새뮤얼 베케트(아일랜드 극작가) 〈고도를 기다리며〉
1970년 알렉산드르 솔제니친(소련 소설가) 〈수용소 군도〉
1971년 파블로 네루다(칠레 시인) 〈지상의 주소〉
1972년 하인리히 뵐(독일 소설가) 〈기차는 늦지 않았다〉
1973년 패트릭 화이트(호주 소설가) 〈폭풍의 눈〉
1974년 H. 마르틴손(스웨덴 시인) 〈아니 아라〉
E. 욘손(스웨덴 소설가) 〈해변의 파도〉-공동수상
1975년 에우제니오 몬탈레(이탈리아 시인) 〈오징어의 뼈〉
1976년 솔 벨로(미국 소설가) 〈새믈러씨의 혹성〉
1977년 비센테 알레익산드레(스페인 시인) 〈파괴 또는 사랑〉
1978년 아이작 싱어(미국 소설가) 〈고레이의 사탄〉
1979년 오디세우스 엘리티스(그리스 시인) 〈방향〉
1980년 체슬라브 밀로즈(폴란드/미국 시인) 〈대낮의 등불〉

1981년 엘리아스 카네티(영국 소설가) 〈현혹〉
1982년 가브리엘 가르시아 마르케스(콜롬비아 소설가) 〈백 년 동안의 고독〉
1983년 윌리엄 골딩(영국 소설가) 〈파리 대왕〉
1984년 야로슬라프 세이페르트(체코슬로바키아 시인) 〈프라하의 봄〉
1985년 클로드 시몽(프랑스 소설가) 〈사기꾼〉
1986년 월레 소잉카(나이지리아 극작가) 〈사자와 보석〉
1987년 요세프 브로드스키(미국 시인) 〈연설 한 토막〉
1988년 나기브 마푸즈(이집트 소설가) 〈도적과 개들〉
1989년 카밀로 호세 세라(스페인 소설가) 〈파스쿠알 두아르테 일가〉
1990년 옥타비오 파스(멕시코 시인) 〈태양의 돌〉
1991년 나딘 고디머(남아공 소설가) 〈사탄의 달콤한 목소리〉
1992년 데렉 월코트(세인트루시아 시인) 〈또 다른 삶〉
1993년 토니 모리슨(미국 소설가) 〈재즈〉
1994년 오에 겐자부로(일본 소설가) 〈개인적 체험〉
1995년 셰이머스 히니(아일랜드 시인) 〈어느 자연주의자의 죽음〉
1996년 비슬라바 쉼보르스카(폴란드 시인) 〈모래 알갱이가 있는 풍경〉
1997년 다리오 포(이탈리아 극작가) 〈돼지 등 타기〉
1998년 주제 사라마구(포르투갈 소설가) 〈눈먼 자들의 도시〉
1999년 귄터 그라스(독일 소설가) 〈양철북〉
2000년 가오싱젠(중국 극작가) 〈영산〉
2001년 비디아다르 네이폴(영국 소설가) 〈세계 속의 길〉
2002년 임레 케르테스(헝가리 소설가) 〈운명〉
2003년 J. M. 쿠치(남아공 소설가) 〈불명예〉
2004년 엘프레데 옐리네크(오스트리아 소설가) 〈피아노 치는 여자〉
2005년 해럴드 핀터(영국 극작가) 〈과거 일들의 회상〉
2006년 오르한 파무크(터키 소설가) 〈내 이름은 빨강〉
2007년 도리스 레싱(영국 소설가) 〈마사 퀘스트〉

2008년 르 클레지오(프랑스 소설가) 〈대홍수〉
2009년 헤르타 뮐러(독일 소설가) 〈저지대〉
2010년 마리오 바르가스 요사(페루 소설가) 〈판탈레온과 특별봉사대〉
2011년 토머스 트란스트로메르(스웨덴 시인) 〈창문과 돌〉
2012년 모옌(중국 소설가) 〈붉은 수수밭〉
2013년 앨리스 먼로(캐나다 소설가) 〈행복한 그림자의 춤〉
2014년 파트릭 모디아노(프랑스 소설가) 〈어두운 상점의 거리〉
2015년 스베틀라나 알렉시예비치(우크라이나 작가) 〈전쟁은 여자의 얼굴을 하지 않았다〉
2016년 밥 딜런(미국 싱어송라이터), 대표작은 노래 가사
2017년 가즈오 이시구로(일본 태생의 영국 소설가) 〈창백한 언덕 풍경〉 〈남아 있는 나날〉 〈파묻힌 거인〉

회사와 사회, 학문과 문학

"회사(會社)는 사회(社會)고, 문학(文學)은 학문(學問)이다." 너는 경험칙에 의거 또 하나의 격언을 만들었다. 너는 회사에 다니면서 사회를 알았고, 학문을 하면서 문학을 알게 됐다. 여기서 안다는 의미 범위는 무엇을 달통했다는 뜻은 아니다. 겨우 어떤 분야를 바라보는 시각을 좀 가지게 되었다는 뜻이다.

너는 입사시험에 합격하고 우물 안에서 나와 기계문명 속으로 들어갔다. 회사였다. 회사 초년 시절, 기계 전기 문명 속 도시의 거리는 화려했다. 하지만 인간적으로는 아름답지 않았다. 자연 친화적 인간이 권력 친화적 인간으로 변해가는 걸 느꼈다. 그러나 참아야 했다. 이유는 먹고 살기 위해서였다. 21년간 수직 권력에 예(禮)를 다했다. 퇴직 후 회사가 사회의 축소판이라는 걸 알게 됐다. 아, 회사 높은 곳에서도 정치판처럼 저랬겠군. 그 때도 감옥행 사장, 전무가 더러 배출됐지. 지혜롭지 못했지.

너는 프리랜서 강사로 일하며 학문과 친하게 됐다. 그런데 대학은 또 하나의 권력회사였다. 대학은 권모술수의 정치판 같았다. 대학들도 정치교수(politics professor)들이 장악하고 있었다. 나아가 정치교수들은 각료나 고위 권력기관으로 진출하기 위해 호시탐탐 기회를 노렸다. 그러다가 운 좋게 고위직에 발탁되면 화려한 명성을 날렸다. 그러다 감옥행을 하는 교수도 더러 있었다. 역시 지혜롭지 못했지.

그럼 문학은 어떤가? 진정한 학문인가? 너는 행정학으로 학문에 들어왔기 때문에 젊을 때는 문학에 별 관심을 갖지 않았다. 그러나 본의 아니게 '문학'이라는 단어가 들어간 박사학위를 받은 후 미안해서 문학에 관심을 가지게 됐다. 네가 읽고 쓸 수 있는 문학이란 일기와 수필이 고작이다.

너의 누나는 애당초 향토 문학가로 평생 시와 소설을 쓰다 문학의 푸성귀 밭에서 떠나가셨지만 너는 이제야 문학의 병아리가 된 셈. 그러면서 한 가닥 희망을 품는다. 문학에서 만큼은 인간성, 진선미, 이성, 사회정의, 자유와 평등 그리고 세계평화를 지켜야 한다는 희망, 이게 문학과 학문의 본성 아닐까? 『문학과 사회』라는 잡지가 있던데 한 번 살펴보아야겠다.

2016. 12. 22(목).

인문학과 인성교육

인문학은 인성을 형성하고 지탱하는 뿌리다. 인성은 인격의 중심에 있다. 인성은 가정교육, 학교교육, 사회교육 등 모든 교육환경에서 자연스럽게 형성된다. 가정에서는 어른들과 형제자매들의 행동과 예절을 통해서, 학교에서는 선생님의 인격과 언행을 통해서, 그리고 또래 친구들과의 관계 형성을 통해서 인성이 형성된다.

가정에서나 학교에서의 독서와 글쓰기는 인성교육에 지대한 영향을 미친다. 책 읽기와 글쓰기는 그 자체가 인성교육이라 할 수 있다. 의도적으로 인성교육을 표방하고 윤리도덕 교과목을 수업에서 가르치는 것은 인성교육이라기보다 지식교육이다. 수업에서 다루는 과목은 시험을 치러 성적을 매겨야 하므로 인성교육의 효과는 적다. 윤리도덕을 암기과목으로 익히면 진정한 깨달음을 형성하지 못하여 그 내용이 아무리 좋다고 하더라도 실천으로 연결되지 않는다.

인성교육에 도움이 되는 책들은 주로 동서양의 고전들이다. 고전이 어렵다는 선입견이 있지만 고전을 쉽게 읽는 방법을 개발하면 된다. 우선 한글 전용정책을 따르되 고전 독서를 위해서는 한자를 배워야 한다. 한자와 한문을 영어처럼 외국어로 배우면 한글 전용정책에 위배되지 않을 것이다. 서양고전도 영어나 해당 외국어의 원문으로 읽는 것이 바람직하다. 한편 외국어를 공부하더라도 국어공부가 더 중요하다는 것을 명심할 필요가 있다. 우리 국어를 제대로 하면서 외국어를 해야지 그렇지 않으면 국어가 고생한다. 수 십 년간의 영어교육의 영향으로 현재 우리 국어는 영어를 번역한 것 같은 어색한 문장으로 변하고 있다.

글쓰기는 자신의 생각을 글로 표현하는 것이므로 쓰는 것만으로도 좋은 인성교육이 된다. 일기를 쓰면 자신을 반성하게 되어 앞날의 생활을 바르게 하는데 도움이 된다. 조선조의 승정원일기나 일성록은 당시 왕과 왕실 사람들의 성찰의 기록이라 할 수 있다. 편지는 또 다른 인성 소통의 방법이다. 요즘은 군대나 가야 편지를 쓰지만 예전에는 정성을 담아 보내온 편지가 눈물겹도록 고맙고 감동적이었다. 편지를 주고받으면 가족이나 친구들의 마음을 더 잘 이해하고 서로 돕는 마음이 싹튼다. 그리고 글을 쓰다보면 글이 늘어서 훌륭한 문인이 될 수도 있다.

인성교육에는 사랑이 필수적이다. 상대를 알아주고, 이해하고, 도와주는 자상한 선생님의 사랑이 문제아를 정상아로 만든 생생한 기록이 있다. 2016년 9월에 출간된 어느 교사의 책『그 아이만의 단 한사람』은 학교 현장에서의 인성교육 활동사례를 잘 보여주고 있다. 학부모나 교사나 인성교육에는 상대를 알아주고 도와주는 사랑의 실천이 필요하다는 것을 이 책은 실증하고 있다. 오늘(2016. 12. 26. 월) 고아 10명을 입양하여 반듯하게 키우고 있는 강릉의 한 목사 부부이야기가 인터넷에 올라왔다. 이 겨울에 가슴이 따뜻해진다.

2016. 12. 26(월).

민속촌

예전 국어 글쓰기 교재에 “김장을 뽑은 밭이랑 검은 흙이 들어났다.”보다는 “들머리 파랗던 밭이랑 검은 흙이 들어났다.”로 하는 것이 좀 더 나은 표현이라고 했었는데, 그러나 그거나 그거나 별로 개선된 문장 같지는 않았었는데, 오늘 민속촌에 가서 그 김장을 뽑은 밭이랑 농촌 풍경을 좀 보고 왔지. 민속촌에서는 농악놀이를 공연했지. 절묘한 장면이 많았는데 순간포착을 못했네.

예전에 한국방송 어떤 아나운서가 농악놀이를 ‘농약놀이’라고 발음해서 듣다가 혼자 웃었었는데, 하하. 그 아나운서 이름은 기억하지만 안 가르쳐 줄 거야. 하하. 민속촌에서도 소는 엄마를 불렀지만 말은 말이 없었어. 말은 매우 졸리는 눈치였지.

젊은이들이 예전에 농촌에서 새 쫓는 파대놀이를 재연하는 것도 듣고 보았지. 무슨 총소리처럼 들리더라고. 그러니 새들이 달아났겠지. 농가월령가를 새롭게 제시하여 오늘에 응용해

보면 어떨까? 아무튼 예전의 저런 농촌생활이 더 인간적이었던 것 같아. 추억이 떠올라 또 눈물이 나네.

2016. 12. 29(목).

새벽길

밤에 눈이 살짝 왔다. 문정의 새벽 거리, 행인들의 종종걸음이 추워 보인다. 일전엔 선친 기일이었지. 혼자 조촐한 제사상을 차려 백화수복을 세잔 올리고 저절로 흐느꼈어. 아버지의 기대에 맞지 않게 이렇게 살아서 죄송하여 엎드려 참회를 했지. 저절로 그렇게 되더라고. 그래도 살아 있는 한 살아야지 어쩌겠어.

어젠 친구한테 절필을 할까보다 카톡으로 문자를 했지만 넌 절필하면 안 돼. 네가 왜 그랬는지 너도 모르겠네. 미안하네, 친구, 응석을 부렸나봐. 글이 잘 되든 안 되든 너는 글을 쓸 거야. 그게 너의 인생이니까. 오늘 정말 좋은 소식을 들었어. 나중에 얘기해 줄께. 할아버지. 하하. 추워도 명랑하기.

2016. 12. 29(목).

유붕자근방래 불역락호

오늘 청담동 사는 친구가 찾아왔다. 출신 학교는 다르지만 그와 너는 고향 친구다. 부모님 고향인 경상도 고령 다산 생인데 어릴 때부터 알게 됐고, 20대 후반부터는 우연히 같은 회사에 근무해 평생을 교류한 '행동' 경제학박사다. 이제 너도 그도 다 은퇴하여 어중간한 실버라이프를 보내고 있다. 그런데 오늘 갑자기 점심을 사겠다고 찾아온 것이다. 논어의 그 말씀[有朋自遠方來 不亦樂乎]이 딱 들어맞는 순간이다. 다만 거리상 가까이 살고 있으므로 원방(遠方)을 근방(近方)으로 대체하면 된다.

열한시 반, 친구가 차를 몰고 너희 동네로 왔다. 점심은 착한 낙지에서 연포탕을 먹었다. 제법 비싼 메뉴인데 시원한 거 한번 먹어보자며 친구가 과감하게 시켜버렸다. 뜨겁지만 진짜 시원한 샤브샤브. 예전 다산 고향사람들 안부를 주고받으며 함포고복했다. 다음은 너의 도서관으로 갈 차례, 하지만 친구의 또 다른 제안이 들어왔다. 야외로 드라이브나 한번 가보자는 것,

그래, 좋지 좋아, 시간 있으니 가보자.

그 친구의 렉서스(LEXUS)는 승차감이 좋고 조용했다. 요즘 유행하는 말처럼 코너링도 좋고, 다산 출신 아니랄까봐 다산유적지 한강변에 차를 세우고는 팔당 호반을 걸었다. 그 다산과 이 다산(茶山)은 한자도 같다.

강변의 억새밭, 청정소나무, 호수에 내려앉은 건너 편 겨울산, 그 위 물살을 가르는 쾌속정, 전부 다 그림이다. 금년의 교수신문 세평 고사성어가 군주민수(君舟民水)라는데. 이 호수는 민주정수(民舟靜水)로고. 새해엔 우리 정치도 저 팔당호처럼 팔정도를 잘 지켜 평화롭게 안정되기를 바라본다. 유람을 마치고 문정인문학도서관에 와서 함께 전의이씨 족보를 들춰보았다.

有朋自近方來 不亦樂乎?

2016. 12. 30(금).

광명동굴

오늘은 2016년 최후의 날, 동계 주말 반 오전 수업을 마치고 너는 또 콧바람을 쐴 요량으로 내비를 찍었다. 광명에 폐광을 관광 동굴로 꾸며 놓았다는 전언을 들었던 기억이 있어서다. 그곳엔 전국 각지에서 생산한 과일로 와인을 빚고 숙성시켜 광명와인이 꽤 유명해졌다는 이야기도 들었었다.

안양 임곡동 할머니 식당에서 동태 탕으로 점심을 먹고 광명동굴을 향해 핸들을 잡았다. 어제 고향 친구의 렉서스 차보다는 승차감이 못하지만 너의 17년 된 소나타도 아직은 부드럽다. 가격으로 따지면 7천만 원 대 50만 원으로 6천 9백 50만 원이나 차이가 나지만, 실제 승차감 차이는 7대 5 정도에 불과하다. 하하. 역시 돈 보다 철학이지. 광명 역사를 지나니 서독터널이 나왔다. 서독과 무슨 관계가 있나? 나중에 알아보자.

출발 15분 만에 광명동굴에 도착했다. 주차료는 3천 원, 입장료는 동굴 관람료 4천 원에 미술전시관 관람료를 끼워 1만 원을 받았다. 비싼 편이지만 관광객들이 북적였다. 토요일이라 그런가?

동굴로 들어갔다. 천연동굴이 아니어서 별로 신기하지는 않은데 조명, 수족관, 폭포수, 귀신 등 여러 가지 문화적 요소를 섞어 꾸며놓았다. 너는 빠른 걸음으로 한 30분 동안 동굴 속을 걸어 와인 술통 저장소에 도달했다. 전국 각지의 과일을 이곳으로 가져와 와인을 빚어 숙성시킨다고 한다. 시음코너에서 머루와인을 한 모금 맛보았다. 달달하고 감칠맛이 났다. 머루와인 두병을 샀다.

광명이라는 말이 붙어 있어도 역시 굴은 굴인지라 실제 광명은 턱없이 부족했다. 너는 원래 동굴에 들어가기를 싫어하는 사람이다. 베이컨의 '동굴의 우상'도 생각나고, 이래저래 땅 속이라 몸과 마음이 다 답답하기 때문이다. 밖으로 나와 미술관을 둘러보았다. 서양의 마네, 모네, 고흐 그런 유명 예술인들의 그림이라는 데 원작처럼 보이지는 않는다. 2016년도에는 천경자 화백의 미인도 진위 논란, 가수화백 조영남의 화투 그림 대작 논란 등 잡음이 많아 너의 미술에 대한 시선이 아직 정상을 회복하지 못했다.

이제 융 · 복합의 시대인 것 같다. 통섭, 협치, 협업, 융합은 어디서나 필수인 것 같다. 도서관도 마찬가지가 아닐까? 통섭, 협치, 협업, 융합을 도서관에 접목할 때 도서관에도 고객이 많이 오실 것 같다. 집에 돌아와 맛있는 와인을 한 잔 했다. 아듀, 2016!

2016. 12. 31(토).

신년 동창회

2017년 1월 2일 너도 신년모임을 가졌다. 직장조직이 아니므로 시무식은 아니고, 서울에서 1년에 한번 모이는 초등 동창들의 모임. 참석 인원은 4~7명에 불과하지만 너희에겐 정말 의미 있는 미팅이다.

일본에서 일하는 친구가 연말연시를 기해 1년에 한번 들어오는 틈을 타 재경(경은 서울+경기도) 동창들이 만난다. 외국서도 참석하므로 일종의 국제회의지. 오늘은 7명이 참석했다. 오늘 참석인원이 가장 많은 편. 너희 중 서로 53(2017-1964)년 만에 만난 어르신도 계시다. 하하. 그 식당에서는 우리를 어르신이라고 불러주었다. 다른 친구들은 몰라도 너는 어르신이란 호칭이 듣기에 나쁘지 않다. 예전에 누군가 어르신은 어른이 신의 경지에 도달한 분이라고 너에게 말했기 때문이다.

일단 너의 인문학도서관에서 여섯 명이 만나 예약해 놓은 인근 쌀밥 집을 향해 2열 횡대로 걸어갔다. 그런데 식당에 들어서자 종업원이 경고를 했다. 12시 예약인데 12시 반에 왔으니 음식이 나오기 까지 오래 기다려야 한다는 것. 너희들은 그저 禮, 禮 했다. 시간도 많고 할 이야기도 많으니 문제가 없다. 시간을 잘 못 지킨 너희 한국 사람들 탓이지 뭐. 그런데 종업원이 너희에게 갑 질 하는 것 같네. 하하.

두 시간 동안 진수성찬에, 소주도 걸치고, 가무는 안 했다. 서로 옛날 이야기하기도 바쁘다. 너희 동창들은 만나도 육두문자를 안 써서 참 좋다. 미팅 내내 비폭력 대화, 배려의 대화가 왁자지껄 흐른다. 만날 때마다 각자 이야기 소재는 비슷하지만 1년에 한번 만나니 전에 무슨 이야길 했는지도 모르고 떠든다. 그래도 그저 하하 깔깔 웃기에 바쁜 1960년대 착한 어린이들. 1차가 끝나고 2차는 너의 도서관에서. 엊그제 광명동굴에서 사온 와인으로 입가심을 했다. 달달한 머루 와인, 와인 사다 놓기 참 잘했네. 친구들에게 생색도 좀 내고. 그렇게 너의 도서관에서 또 2시간 이야기꽃을 피웠다. 아쉽지만 이제는 헤어져야 할 시간, 내년에 또 만나자, 건강해야 해, 그래그래 건강이 최고야. 그래그래.

그렇게 배웅을 했는데, 도서관에 와보니 여 동창 스마트폰이 하나 책상에 놓여있다. 같이 가는 친구에게 급히 전화를 걸었다. 받지 않았다. 10분 후에 전화가 왔다. “아니, BS씨가 전화를 놓고 갔네. 에구머니나. 도로 갈게. 아니 어디까지 가셨는가? 여기 학여울역이야. 그럼 다시 반대방향으로 갈아타고 가락시장역으로 와. 내가 가락시장역으로 가지고 나갈게. 그려."

너는 부랴부랴 조깅하듯 가락시장역으로 갔다. 그런데 한참을 기다려도 친구들이 보이지 않았다. 전화가 왔다. 잘 못 찾겠으니 개찰구로 카드 찍고 들어오란다. 아이 참, 그럼 요금 내야 잖아. 그러나 요금을 내더라도 들어오라는 뜻 같아서 찍고 들어갔다. 그런데 또 한 번 더 전화 통화를 한 후에야 그 어르신들을 만날 수 있었다. 너는 3호선에 있었는데 그 어르신들은 8호선에 있었던 것이다. 하하. 전화기를 건네주었다. 그런데 네가 낸 전철요금이 좀 아까운 것 같았다. 그래서 교대역까지 배웅해 주기로 하고 함께 지하철을 탔다. 차 안에서 또 이야기가 주저리주저리 연결된다.

전화기를 찾은 BS가 노르웨이에 갔다 온 동영상을 보여주며 북구의 절경을 자랑했다. 너는 네 블로그를 보여주며 광명동굴을 자랑했다. 그렇게 왕복 1시간을 보내고 집에 와 누룽지를 팔팔 끓여 먹었다. 그런데 베를린에서 메일이 왔다. 네가 번역출판 기간을 2017년 3월 말로 연장 요청한데 대하여 그렇게 해도 좋다는 회신이었다. 야호! 오늘도 이렇게 착한 세월이 흐른다.

2017. 1. 2(월).

시민인문대학

오늘 송파 시민대학 미팅에 참석했다. 작은 도서관들끼리 기획하는 시민강좌 준비 모임인데 우연한 기회에 너도 참가하게 되었다. 주최 측에서 한 2주 전 쯤 너에게 인문학 강의를 좀 맡아달라는 제안이 들어온 것이다. 아직은 시작이지만 인문학도 한번 시도해 보자는 것이다. 그래서 내심 반겨하며 작년 12월 27일 1차 미팅에 참석해 강의계획서를 제출한 바 있다. 너의 강좌명은「인문학의 즐거움」이다.

오늘은 2차 모임으로 각자 할 일을 점검하고, 홍보 전단지를 최종 교정하는 일을 했다. 너는 아침 9시 반에 집을 나서 위례 신도시를 향해 차를 몰았다. 20분 만에 위례 목적지에 도착했다.

위례의 거리는 아직 공사 중이라 어수선한데 버스를 기다리는 사람들이 마치 백제 사람들처럼 느껴졌다. 하하. 백제의 역사가 되살아 날 것 같은 묘한 기분. 모임장소는 새로 입주가 진행 중인 건물이었다. 그 건물 1층 베이커리에서 간식용 양파빵을 사 들고 모임장소를 찾아갔다.

참석자들은 7명, 약 2시간 동안 안건을 검토하고 곧 바로 헤어졌다. 처음이라 서먹하기도 하고 아직 점심을 같이할 수 있는 사이와 형편은 안 되었다. 같이 식사를 하지 않으면 돈과 시간을 아낄 수 있어 좋은 점이 많다.

너는 곧장 너의 동네로 돌아와 단골식당에서 6천 원짜리 고등어자반 백반을 먹었다. 맛이 좋았지. 다시 너의 도서관에 들어와서 책상과 의자들을 강의실 모드로 재배치했다. 왜 걸리적거리는 짐들이 이렇게 많은지 원, 주로 책과 종이뭉치들이지만 정리하는데 3시간이 걸렸다. 등골에 땀까지 배어났다. 그래도 정리하고 나니 속이 후련하다. 레이아웃도 괜찮고. 그렇지, 환경은 항상 새롭게 바꾸는 게 좋지. 기분도 새로워지거든.

조명스탠드들을 옮겨 배치하고 하나하나 켜보았다. 밝다. 문득 이제 등잔 밑은 어둡지 않다는 생각이 든다. 그렇다. 과거 호롱불 시대에는 등잔 밑이 어두웠다. 그러나 오늘의 전기시대에는 스탠드 밑이 더 밝다. 아니, 너 그걸 말이라고 해? 아니, 내말은 등잔 밑이 밝은 오늘의 너희들 마음이 밝은가를 한번 생각해보자는 거야. 만일 네 마음의 등잔 밑이 아직 어둡다면 이제 현대의 문명에 맞게 밝혀야 한다, 이 거지. 그리고 인문학을 하는 것이 우리들 마음을 밝히는 게 아닌가 싶어.

예전의 호롱불 시대에도 위대한 선각자들은 마음의 등불을 밝히고 인류를 깨우쳤는데, 오늘은 얼마나 조명조건이 좋아졌나? 그런데도 마음을 밝히는 건 소홀히 하고 있네 그려.

2017. 1. 3(화).

4차 산업혁명과 알파고

인공지능 알파고와 바둑 대결에서 패한 후 이세돌이 한 말은 매우 인상적이었다. "이세돌이가 진거지 인간이 진건 아니죠." 참 멋진 말이다. 알파고도 인간이 만들었으니 분명 인간이 진 건 아니다. 이런 점에서 이세돌씨는 많은 이들에게 진짜 멋진 승자로 각인됐다. 그 후 너는 이세돌씨의 그 특이한 목소리를 성대모사하며 혼자 웃고 즐긴다. "이세돌이가 진 거지 인간이 진 건 아니죠." 하하.

인간의 과학기술은 이제 인간을 능가하는 지능을 만들어내고 있다. 최근에는 알파고가 더욱 개선되어 이제 바둑에서는 더 대적할 상대가 없다는 뉴스를 들었다. 인공지능은 무인차, 로봇, 드론, 사물인터넷 등 온갖 첨단도구를 만들어 인간의 능력을 추월하고 있다. 세상은 이걸 4차 산업혁명이라고 부르고 있다. 1차는 농업혁명, 2차는 기계혁명, 3차는 에너지혁명, 4차는 AI(artificial intelligence) 인공지능혁명이라 그러더라고. 정말 모든 게 혁명적이다.

그런데 그 모든 혁명은 인간이 한 것이고, 인간을 위해서 한 것이다. 그 혁명의 과정에서 시행착오, 부작용, 전쟁과 같은 모순은 세계 도처에서 지속적으로 있어왔다. 하지만 큰 틀에서는 평화를 유지해 왔다. 그리고 과학기술이 아무리 발달한다 해도 그 목적은 인간의 행복에 있다는 것을 인간들은 다 알고 있다. 그래서 인공지능이 아무리 인간의 능력을 넘어선다 해도 인간은 궁극적으로 AI의 지배를 받지는 않을 것 같다. 그걸 인간에게 이롭게 이용하려는 거지. 이제 인간은 알파고와 더 이상 바둑을 두려하지 않을 것이다. 별 재미가 없을 것이기 때문이다.

그런데 우려할 일은 인공지능 기술로 더 이상 살상 무기를 만들어서는 안 된다는 것이다. 이 문제는 스티븐 호킹 박사를 비롯한 세계 석학들이 이미 우려를 표명했었다. AI로 무기를 만들 경우 AI(avian influenza)를 수백 배 능가하는 인류의 파멸을 가져올 수도 있기 때문이다. 핵폭탄도 가공할 무기지만 AI무기는 그 표적 선택의 정밀성으로 인해 더욱 가공할 무기가 될 것이다. 그래서 4차 산업혁명을 하더라도 그 혁명으로 인간이 스스로 파멸(破滅)하지 않도록 정말 주의해야 하겠다.

2017. 1. 7(토).

무박무전여행

너는 오늘 11시 반 너의 인문학도서관을 나서 가락동 장성식당에 가 점심을 먹었다. 장성식당. 장성은 전라도에 있는데 식당은 서울 가락에도 있다. 하하. 그 식당 아재 목소리는 천상 이세돌 씨 목소리 같다. 이세돌 씨도 고향이 남쪽이랬지. 하하. 그런데 전라도 음식은 어딜 가 먹어도 맛이 있다. 그래서 낯선 곳에 여행을 가 음식을 먹을 땐 전라도 간판을 붙인 식당을 찾는 것도 하나의 요령이라면 요령이겠다. 하하.

너는 고등어자반과 봄배추 나물 무침, 그리고 깻잎 장아찌로 식사를 한 후 가락 몰로 향했다. 몰은 영어의 mall인데 판매용 상품이 몰려 있으니 우리말로도 통한다. 몰려 있는 게 몰이니까. 쇼핑할 물건이 몰려 있으면 쇼핑몰이고. 하하. 가락 몰의 주방기기 몰에서 별의 별 그릇과 생활도구들을 구경했다. 엊그제도 초등동창과 같이 구경을 했지만 오늘은 너 혼자 왔으니 더 자유롭다. 그래 역시 여행은 혼자 하는 게 좋아. 자유롭거든. 너는 가급적 잡동사니를 사지 않는다는 너의 독거 정책에 따라 아무것도 사지 않았다. 2백 원짜리 커피 한 잔을 빼 먹었을 뿐.

다시 가락몰도서관 간판이 붙어 있는 쪽을 향해 걸었다. 길가 화단에 있는 사철나무 군락이 초록으로 푸르다. 어떤 나무엔 빨간 열매가 달려있다. 영하의 날씨에도 불구하고 싱싱한 초록, 그리고 새빨간 열매, 도대체 자넨 어떤 초능력을 가졌니? 물어봐도 묵묵부답. 그런데 사철나무라는 이름은 어의적으로 맞지 않다. 나무 치고 사철나무 아닌 게 어디 있나. 사철 살아 있으면 다 사철나무 아닌가? 그러니 '사철 푸른 나무'라든지, '늘 푸른 나무'라든지 뭐 그렇게 이름 붙여야 의미에 맞을 것 같다. 그런데 너 혼자 이름을 바꿀 수는 없지. 이미 언중에 굳어진 이름이니까, 하하.

가락몰도서관에 도착했다. 4층이었다. 그런데 월요일 휴일. 하하. 간판을 보니 공공도서관이다. 사립인줄 알았는데. 그럼 운영주체가 어딜까? 물어볼 곳이 없다. 시설은 작은 도서관 수준을 훨씬 초월한 듯, 내일이든 모래든 다시 와 알아보기로 하고 아쉬운 발길을 돌렸다.

오늘의 무전여행, 너는 이정도로 너의 아지트로 돌아갈 수 없다. 다시 버스를 타고 전철을 타고 윙윙윙 시내 한 바퀴, 아니 시내 반 바퀴, 왠 실버들이 저리 많을까? 열차 내 절반은 실버들이다. 추운데 어르신들이 집에 가만히 계시지 왜들 저렇게 극성맞게 돌아다닐까? 이해가 잘 안 가는 데, 너를 보니 이해가 잘 간다. 너도 영락없이 실버거든, 하하. 제 눈에 뭐는 안 보인다더니 그게 맞다. 너는 열차에서 소설을 썼다. 이 글은 열차에서 메모한 것을 기초로 다듬은 것. 3시간을 여행한 후 돌아왔다. 돈가스를 사먹고 「학교도서관 가이드라인 글로벌 응용 사례」 번역 작업을 했다.

2017. 1. 9(월).

기업의 도서관 마케팅

네이버의 그린 팩토리(green factory), 현대카드의 디자인(design), 트래블(travel), 뮤직(music) 라이브러리, 이름만으로는 마치 유럽이나 아메리카에 있는 라이브러리 같다. 그곳엔 원서가 있고, 음악이 있고, 카페가 있고, 아메리카노도 있으니 영어 꽤나 할 줄 알아야 이용할 수 있을 것 같다. 디자인 관련 원서를 읽고, 서양음악을 들으며, 세계를 여행을 할 수 있는 곳, 네이버 호를 타고 블루오션을 항해하며 AI정보를 탐험할 수 있는 곳.

오늘(2017. 1. 9) 한국경제신문에 보니 대신증권 명동지점에서도 도서관과 카페를 개설했다고 한다. 기업들이 도서관을 활용한 마케팅에 나섰다. 반가운 일이다. 그러나 단순히 책을 진열해 놓으면 멋있으니까 인테리어 겸 기업홍보에 활용하려는 것인지 겉으로만 보고는 잘 모르겠다. 하지만 도서관이 좋다는 인식이 기업으로 확산되고 있는 것 같아 반갑다. 도서관이 많으면 전문사서도 많이 필요할 것이고, 그래서 사서들이 기업으로 진출할 수 있는 문호도 많이 열리면 참 좋겠다.

저지난해(2015) 12월 국회도서관의 요청으로 『동네도서관이 세상을 바꾼다』라는 책을 읽고 서평을 써 드린 적이 있다. 일본 이야기인데 동네도서관은 누구든지 열 수 있는 도서관으로 사람들의 만남의 장소, 사랑방 같은 곳, 책과 이야기가 있는 생활문화공간이라는 걸 알 수 있었다. 그래서 동네도서관은 기존의 큰 도서관들의 소위 도서관학적 개념을 넘어선, 그야말로 기존의 도서관을 넘어선 새로운 인문학적 도서관이었다.

그런데 너의 희망은 이 모든 크고 작은 도서관들에는 반드시 통섭, 소통, 인문정신과 서비스정신으로 무장한 전문 사서들이 많이 있어야 한다는 것이다. 또 이들 생활밀착 도서관들에 대한 교육문화당국의 지속적인 지원이 있어야 한다는 것이다. 그렇지 않으면 이런 생활문화 도서관 현상은 일시적으로 유행하다 언제 또 흐지부지될지 알 수 없다는 데 문제의 심각성이 있다.

요즘 대한의 문화정책과 교육정책이 권력형 특혜의혹과 맞물려 혼란스럽다. 머지않아 이 난국이 잘 수습되기를 고대하며, 그 땐 우리도 동네방네 도서관의 봄바람이 불어오기를 희망해 본다. 그리고 내일 모래 10년 임기를 무난히 마치신 한국인 유엔 총장님이 금의환향 하실 때 좋은 도서관 하나 들고 들어오시면 참 좋겠다. 그래만 주신다면 그 이름은 영원히 「반기문도서관」으로 해드릴 수 있겠는데…. 하하.

2017. 1. 10(화).

도서관을 넘어서

도서관을 넘어서

우리는 누구나 동네에 살고 있다. 시골 동네건, 도시 동네건. 우리가 살아간다는 것은 서로 만나 소통하는 것이다. 혼자 하루 종일 집에 있어 보라. 살맛이 나는지?

정말 오래간만에 도서관에 관한 '비전문' 서적 한권을 읽어보았다. 책 이름은『동네도서관이 세상을 바꾼다』이다. 빌게이츠에게서 들어봄직한 책 제목이다. 이 책은 일본의 개인 도서관에 관한 소소한, 그러나 알찬 이야기들을 담고 있다.

우리는 도서관이라면 으레 큰 건물을 연상한다. 넓은 열람실이 펼쳐져 있는 조용한 학습 분위기의 무료 공부방, 몇 십만 아니 몇 백 만권을 자랑하는 많

은 장서가 있는 공공, 대학, 국가도서관, 적어도 우리나라 일반국민들의 마음속에는 학창시절의 경험을 바탕으로 각인된 도서관의 일그러진 자화상이 그려져 있다. 도서관은 '공부하는 공간'이거나 아니면 '자료를 수집, 정리, 보존, 이용시키는 커다란 공간'이라는 것이다.

그러나 이 책을 보면 저자의 도서관에 대한 인식은 우리와는 180도 다르다. 도서관은 공부하는 곳이라기보다는 사람과 사람이 만나서 소통하는 곳이라는 걸 저자는 실천으로 항변하고 있는 것 같다. 장서가 많을 필요도 없다. 사람이 모이면 된다. 저자에 의하면 도서관은 사람이 있는 곳이면 어디든 열 수 있다. 책과 만나고, 사람과 만나고, 그들과 대화를 나누고, 커피도 마시고, 그렇게 살아가는 가운데 저마다 훈훈한 인간미와 행복을 느끼는 곳, 그게 바로 동네도서관이라는 것이다.

저자는 사서도 아니면서 도서관 밖에서 도서관을 정의하고, 도서관 밖에서 새로운 도서관을 만들고 있는, 그러면서 도서관 개관에 뜻이 있는 사람들에게 도서관 설립을 자문까지 해주는, 도서관계에서 볼 때는 좀 '주제넘은' 인물이다. 어쩌면 우리나라 사서들이 보면 이 분은 도서관의 본질을 훼손하는 행동을 자유롭게 하고 다니는 사람인지도 모른다. 개인 집에도, 서점에도, 커피숍에도, 대학에도, 호텔에도, 사찰에도 기존의 도서관이 있건 없건 상관없이 도서관을 만드는 데 열성적이다. 그런데 이 책을 읽으며 전혀 거부감이 들지 않는 것은 무엇 때문일까?

우리나라 도서관들은 2000년대 이후 급속도로 진화되어 왔다. 우선 도서관 수가 빠르게 증가하고 있다. 도서관에 관심을 가진 사람들은 문헌정보학 전공자든 아니든 저마다 좋은 목소리를 내고 있다. 지방자치단체나 문화재단 및 개인들이 크고 작은 도서관을 열고 있다. 우리로서는 매우 바람직한 현상인지도 모른다. 그러나 도서관의 활성화 측면에서는 아직도 걸음마 단계라고 해야 할 것 같다. 도서관 수가 턱없이 부족하고, 사서공무원 정원은 꽁꽁 묶여 있고, 그래서 비전문 임시인력으로 도서관의 일을 땜질하라고 하고, 예산은 부족하고 등등 어느 것 하나 제대로 돌아가는 게 없다. 이와 같은 현상은 도서관의 종류를 불문하고 우리 앞에 놓여있는 엄연한 현실이다. 공공도서관에 대한 중앙정책부서의 이원화, 민간위탁으로 인한 공공경영의 혼선, 심심찮게 일어나는 도서관의 명칭변경, 사립도서관들에 대한 지원 미미, 대학도서관 진흥의 답보, 초 · 중 · 고등학교 도서관의 '왕따', 이 모든 것이 복잡하게 어울려 돌아가고 있다. 이 책은 위와 같은 우리 도서관의 경영 현실에 대하여 하나의 색다른 나침을 제공하고 있다.

우리는 무슨 물건이든 그 기능이 없어지면 버려야 한다. 자동차가 아무리 디자인이 좋아도 움직이지 않으면 필요가 없다. 또 좋은 디자인과 성능을 가진 자동차라도 모셔두기만 하면 아무 소용이 없다. 우리의 도서관은 이 둘 중 하나와 비슷하다. 고장 난 자동차처럼 잘 움직이지 않는 도서관, 그리고 물건을 아끼느라 잘 관리만 하는 도서관이 아직도 많은 것 같다.

이제 동네도서관이 답이다. 큰 도서관은 큰 도서관대로 그 기능을 살리고, 동네도서관은 동네방네 소통의 공간으로서 뜻있는 사람들이 문을 열어놓고 사람과 사람이 책과 함께 대화하는 곳으로 만들어야 한다. 이 책은 '제6장 동네도서관의 철학'에서 "큰 냄비를 만든다고 맛있는 카레를 끓일 수 있는 것은 아니다."라고 말한다. 그렇다. 큰 도서관이 모든 기능을 다 할 수는 없다. 이는 큰 도서관이 동네도서관보다 못하다는 뜻이 아니라 도서관의 요체는 역시 사람이라는 뜻이다. 도서관은 크든 작든 사람들이 서로 행복한 대화를 나누면

서 살아가는 곳이라야 한다. 여기도 도서관, 저기도 도서관이 있어 그곳에서 사람들이 인간적 수다를 떨 수 있게 만들어야 한다.

인문학은 사람을 사람답게 만드는 '학(學)'이라고 생각한다. 이러한 인문학을 실현하는 곳이 바로 동네도서관임을 이 책을 통해서 새삼 깨달았다(국회도서관 서평지 『도서관이 권하고 전문가가 평하다 3』, 2016.12. 92-93쪽).

추사박물관

오늘(2017. 1. 10, 화) 추사박물관에 가 보았다. 오전에 위례에서 시민대학 관련 회의를 마치고 송파 가락동에 와서 초등 동창과 점심을 함께한 후, 너의 도서관에 와서 차 한 잔을 나눈 다음, 추사의 글 향을 찾아뵙기로 했다. 추사박물관은 과천시에 있었지만 스마트 폰 내비를 찍고 가니 찾기에는 전혀 문제가 없었다.

관람료 1인당 2천 원씩 4천원을 내고 2층부터 1층까지 추사의 생애, 저술, 예술품을 감상하며 여유 있는 2시간을 보냈다. 중간에 비데 있는 화장실에 들러 본의 아닌 물총 쾌감도 맛보았다. 하하. 너는 요강세대인데 비데세대의 맛을 보니 너무 상쾌했다. 비데(bidet)는 프랑스 말이지. 하하.

1층에 내려와 직원에게 도록이 있냐고 불어보니 박물관 신입사원 같이 생긴 그 직원은 너희 어르신들을 지하로 데리고 갔다. 도록 값은 무려 3만 5천원, 너무 비싸 안 사려

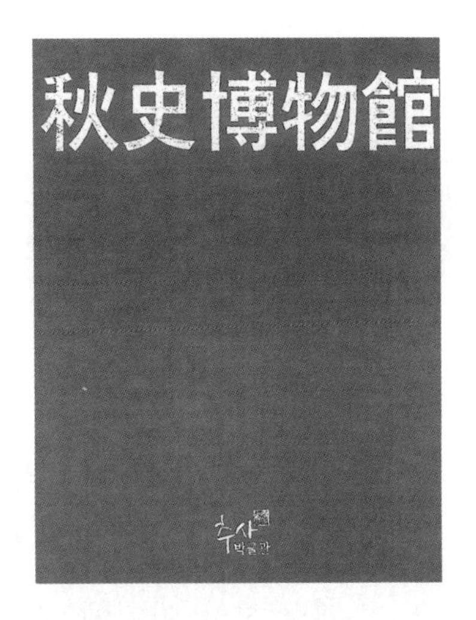

고 마음먹고 있는데 갑자기 친구가 신용카드를 꺼내며 한 권 달라고 했다. 그래서 비싼 걸 왜사나 의아해하고 있는데 친구가 도록을 너에게 건네 준다. 너는 시치미를 떼고 왜 나를 주냐고 하니, 친구의 대답이 걸작이다. 네 도서관에 비치해 놓고 수시로 와서 보려고 그런단다. 죽마고우다운 발상이다.

관람 결과 추사는 너희 세대와 약 230년 정도 차이나 났다. 18~19세기 인물인데 실학과 종교와 예술을 융합한 대인문학자라는 인상을 받았다. 그의 고증학과 금석학에 대한 성과, 추사체와 세한도 같은 필묵 예술 작품은 가히 슈퍼일품이다. 필사본 동몽선습 또한 예술인데, 그 책은 박물관 측에서 2권을 너희께 선물했다. 도록도 받고 동몽선습 추사 필사본도 받으니 네 입이 바소쿠리처럼 벌어졌다. 친구를 수서역에 내려주고 도서관에 돌아와서 도록을 하나하나 살펴보았다. 멋지다!

2017. 1. 10(화).

만나고 싶어요

페이스북에서 누가 너더러 교스님이라 했다. 그러고 보니 네가 스님을 닮아가는 것 같다. 마음도 그렇고, 몸도 그렇고. 그래서 오늘 아침에 옷도 그레이로 입어봤다. 문헌에도 '회색문헌'이 있는데, 강영숙이라는 소설가가 『회색문헌』이라는 소설을 썼더라고. 참 반가운 일이지. 그 소설 꼭 한번 읽어보아야겠다.

하하. 그래, 스님, 교스님, 딱 좋은 이름인 걸. 요즘 광고에 나오는 "쾌변에 딱 좋아" 뭐 그런 방정맞은 음성의 딱 좋은 건 말고, 그냥 이심전심으로 넉넉하게 좋은 그런 교스님이 좋을 것 같다. 만나서 빙그레 웃고 잔소리 하지 않는, 대화에 노욕을 부리지 않는, 그리고 멋진 책도 쓰시는 김형석 교수님 같은 그런 교스님이 되고 싶다. 하하.

이제 6학년 5반이 되니 모든 세대가 귀엽고 사랑스럽다. 그래서 모든 세대를 만나 이야기를 나누고 싶다. 그러나 너

무 아는 척 하든가 잔소리를 하면 안 된다. 사람들은 잔소리를 싫어하지. 너부터도 잔소리를 싫어하니까.

어제 가락몰도서관에 갔다가 뜻밖에도 제자를 만났다. 2007년에 너에게서 「공공도서관 경영론」 강의를 들었다고 했다. 너는 통 못 알아보겠는데 제자는 너를 알아보고 인사를 했다. 참 기특하기도 하고 미안하기도 하고. 그 도서관에 정규직 사서로 취업까지 했다니 긔 더욱 반갑네, 그려. 너의 인문학도서관에도 놀러 오라고 하고, 잔소리는 과감하게 생략하고 빙그레 웃고 악수하고 왔지. 하하. 반가워.

2017. 1. 12(목).

머나먼 송파 강

머나먼 송파 강, 송파 강이 어디 있어 송파 강이? 탄천이라면 몰라도. 아니, 예전에 무슨 드라마에 머나먼 쏭바강인가 뭔가 있었는데 송파여행을 하려니 갑자기 그 드라마가 생각나네. 정보사회 집단지성 위키 백과에 찾아보니 이렇게 나온다. "머나먼 쏭바강은 SBS에서 1993년 11월 5일부터 1994년 1월 25일까지 월~화 오후 9시에 방영되었던 드라마이다. 월남전을 배경으로 참전 군인의 갈등을 그린 작품이다." 이하생략.

어제부터 송파구 도서관투어를 시작했다. 차분하게 번역을 해야 하는데, 추운데 또 설레발이 같이 시민대학을 홍보하기 위해 너의 도서관을 나섰다. 어제는 가락시장 가락몰도서관에 가보았으므로 오늘은 문정1동에 들러 동장님을 뵙고 너의 도서관이 바로 앞에 있음을 말씀드렸다. 그리고는 탄천 변에 있는 소나무언덕 잠실본동 작은 도서관으로 350번 버스를 타고 윙윙윙. 교통이 좋은 편이 아니라 그야말로 머나먼 송파 강이다. 하지만 걷기 운동에는 안성맞춤이었다. 사서에게 '송파가로새로시민대학'을 홍보하고 또 걷기운동.

큰길로 나와도 대중교통이 없어 택시를 타고 신천역 인근 송파어린이도서관으로 갔다. 예전 2009년 봄 개관할 때 응원하러 왔던 기억이 새록새록 났다. 그 때 입사한 사서들이 관장과 팀장을 맡고 있었다. 따스한 차를 대접받고 또 이야기를 나누었다.

어느새 오후 4시, 다른 도서관을 더 방문하기가 어중간하여 일단 내일로 미루기로 했다. 너의 도서관으로 돌아와 안간 도서관들의 대중교통편을 검색해 두었다. 일찌감치 돼지고기조각튀김(일명 돈가스)을 사먹고 데스크에서 졸다가 번역하다가. 꾸벅 꾸벅. 앗다, 한숨 자고 다시 해야겠네. 하하.

2017. 1. 12(목).

우산과 설산

우산(雨傘)은 비올 때 꼭 필요하다. 우산 없이 외출 갔다가 갑자기 비가 오면 곤란하다. 요즘이야 거리에 잡화점이 많고 다이소라는 만물상도 있어 우산 사기가 그리 어렵지 않지만, 그래도 비가 막 쏟아질 때 우산을 사려고 50미터만 걸어가도 머리와 옷이 다 젖는다.

오늘 아침에 눈이 좀 왔다. 기온도 뚝 떨어졌다. 이제야 본격 겨울이 오려는 건가? 아점을 해결하러 우산을 쓰고 인근에 있는 롯데리아에 갔다. 그런데 우산을 써도 눈이 앞뒤좌우로 거의 횡단, 수평으로 날아들어 너에게 찬 겨울을 선사했다. 너는 아재(A-Z) 햄버거 집에서 세트메뉴를 시켜 먹으며, 창밖에 종횡무진 내리는 눈을 바라보면서 때늦은 겨울 낭만을 즐겼다. 엉뚱한 생각 하나가 떠올랐다. 설산이다. 한자로 쓰면 雪傘, 하하.

비올 땐 우산, 눈 올 땐 설산. 그럼 설산은 어떻게 설계하면 좋을까? 일단 우산과는 좀 다르게 투명하고 가벼운 재질로 만들어 갓처럼 머리에 쓸 수 있게 하면 좋겠다. 그리고 이단은 처마 끝 둘레에 가볍고 투명한 커튼을 가슴까지 내려오게 달아서 수평으로 날아 들어오는 눈을 차단하면 좋겠다. 그리고 지붕의 적설을 방지하기 위해 농악놀이 할 때 머리 꼭대기에서 돌려대는 장치를 부착하여 수시로 머리를 돌리면서 눈을 털며 걸으면 좋을 것 같다. 하하.

아니 눈도 많이 안 오는데 뭐 하러 그런 걸 만들어? 아니, 우리나라에서 필요 없으면 필요한 다른 나라에 수출하면 될 거 아냐? 하하. 꿈 깨, 꿈 깨, 솔밭에 산토끼가 들으면 우스워 죽겠다고 하겠다. 하하. 토끼도 좀 웃으면 좋겠다. 하하. 토끼는 묵음일까? 농아일까? 아참 '벙어리장갑'이라는 말은 쓰지 말라고 언론에서 그러네, 대신 '손 모아 장갑'이 좋겠다고. 아무튼 설산도 좀 검토해보자. 하하.

2017. 1. 13(금).

펭귄의 외투

펭귄은 조류일까, 포유류일까? 찾아보니 펭귄과의 새인데 날지는 못한다고. 날지 못하는 새라, 참 별 새도 다 있지. 펭귄은 사람처럼 직립 보행을 한다. '펭귄 사피엔스 이렉투스'? 그러나 팔이 없어 도구를 사용하지 못하니 불편해 보이는데 물속에 들어가면 양 깃으로 물살을 가르며 쾌속 질주, 그래서 물고기 사냥을 잘도 한다. 펭귄은 남극과 그 인근 지역에만 산다고 하는데 추운지방에 사는 생명이어서 그런지 짧은 소매 달린 털외투를 항상 밀착 착용하고 다닌다.

언제부턴가 펭귄은 책과도 관련을 맺었다. 펭귄 북. 영국 피어슨 그룹 출판사에서 그들의 문고판에 붙인 이

름이다. 펭귄은 책을 읽지 않는데 피어슨 출판사는 왜 그들의 문고판에 '펭귄 북'이라는 이름을 붙였을까? 인터넷을 뒤져 보아도 그 작명 유래에 대해서는 아직 찾을 수 없었다. 너의 정보 리터러시가 부족한 탓이리라.

인터넷에서는 피어슨 그룹에 대해서 연혁에서부터 설명이 나오는데 책 출판에 관한 기사만 발췌 요약하면, "피어슨 그룹은 세계적인 출판 · 교육 · 언론 그룹으로서 경제지 『파이낸셜타임스』와 문고판 시리즈로 유명한 '펭귄 북' 출판 그룹이며 영어권 최대의 교과서 공급 업체인 피어슨 에듀케이션도 피어슨 그룹에 속한다."고 나온다. 아이 숨차.

펭귄. 추운 남극에 모여 떼 지어 동구 밖에 나와 서서 저 광대무변한 빙하를 관망하는 직립보행의 민초들. 비록 날지는 못하지만 수륙 이중생활에도 전혀 불편함이 없는 생명 커뮤니케이션 능력자. 맺고 끊음이 분명한 임계 판단력(critical literacy)을 지닌 사회질서의 대가들이다. 그러고 보니 한국정치는 뒤뚱거리는 펭귄의 정치만도 못한 건 아닐까?

갑자기 펭귄처럼 털외투를 걸치고 뒤뚱뒤뚱 펭귄 북을 읽고 싶어진다. 우선 잠실 롯데 수족관에 가서 코리아로 귀양 온 무고한 펭귄부터 위로해야겠다.

2017. 1. 15(일).

오늘도 걷는다

걸었다. 인생은 걸음이다. 매일 걸으면 몸과 마음이 건강하다. 오늘도 송파구 도서관 탐방을 했다. 며칠 째 잇는 너의 이웃 도서관 여행(library journey). 아무리 인근 지역이라도 집을 나서면 여행이지. 내 생애 한 번도 안 가본 골목길, 스마트폰으로 길 찾기를 검색하여 겨우 찾아가는 작은 도서관들. 대개는 협소하고 환경도 열악한데 가는 곳마다 반겨준다.

오늘 가 본 곳은 글마루도서관, 돌마리도서관, 소나무언덕1호도서관, 소나무언덕4호도서관, 다들 이름을 우리말로 붙였다. 글마루는 글을 읽는 마루에서 나온 것 같고, 돌마리는 석촌동 입구라는 뜻인가 보다. 돌머리가 이상하니까 돌마리라 했나? 소나무언덕은 솔 송, 언덕 파, 송파의 순우리말이다. 암, 명분이 중요하지, 명분이.

많이 걸어서 다리가 아파오는데 소나무언덕 4호도서관으

로 가는 길에 일신여자상업고등학교가 눈에 들어왔다. 학교이름이 참 맘에 든다. 너는 '일신대학교'를 만드는 게 꿈인데, 그럼 일신여고생들 일신대학에서 다 받으면 되겠다. 하하. 그러고 보니 지금 홍보하고 있는 시민대학 이름도 너의 생각과 딱 맞네. '송파가로새로(new)시민대학'이니 '송파일신시민대학'이라 해도 무리가 없겠다. 하하.

귀갓길에 다리도 쉴 겸 이웃 출판사에 들렀다. 따스한 보이차를 세잔이나 대접 받으니 피로가 풀리고 다리도 정상화된 느낌. 잠시 번역을 하다가 가락동에 있는 전라도 장성식당에서 뜨겁고도 시원한 동태 탕을 먹은 후 또 다시 선릉역 4번 출구로 외출을 했다. 이번엔 河圖洛書 강의를 들으러…. 하하하.

2017. 1. 17(화).

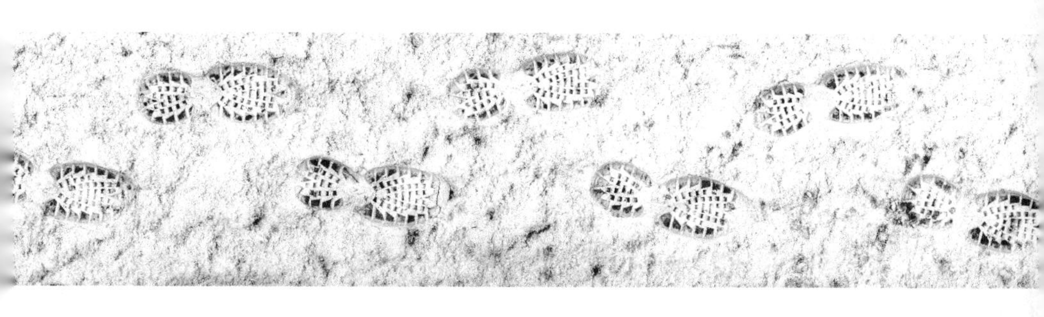

도서관 탐방 소감

오늘은 송파구 공공도서관 중 3곳을 돌았다. 소나무언덕2호도서관, 어린이영어도서관, 소나무언덕3호도서관. 다들 환경이 열악했다. 어린이영어도서관은 잠실나루 역에서 가깝다고 나오지만 접근하기에는 정말 불편했다. 한강이 보인다고 하나 아주 외진 곳에 홀로 고립된 섬 같은 느낌, 안에서는 시끄럽게 깔깔거리는데 안내데스크는 비어 있었다.

전화벨이 계속 울리자 한 여직원이 나와 전화를 받고는 바로 들어가려했다. 그래서 "바쁘신가 봐요." 하고 말을 걸었다. 그랬더니 지금은 점심시간이에요, 하며 들어가려 했다. 그래서 "이거 시민대학 프로그램인데 홍보 좀 부탁드려요." 하고 팸플릿을 놓고 바로 나왔다. 13시 50분인데 점심시간이라 고객을 상대하려하지 않다니. 하하.

소나무언덕 3호도서관은 마천동 남한산성 입구 부근 마천 청소년 수련관 4층에 있었다. 남한산성입구는 시골마을 같았다. 동네는 꽤 넓어 보이는데, 작은 도서관 하나 가지고는 도서관서비스가 턱 없이 부족할 것 같다.

서울 송파엔 어찌 이리 도서관이 부족할까? 지금까지 탐방한 도서관을 세어보니 12곳인데 교육청 소속 송파도서관과 구청 소속 글마루도서관을 제외하면 10개의 작은 도서관은 접근성도 시설도 열악하다. 큰 도서관은 사서들이 사무실에 숨어 있어 보이지 않고, 작은 도서관들은 사서들이 데스크에 있어 친절한 것 같으나 뭔가 기본이 부족한 것 같은 모습.

어제 보니 인터넷진흥원 화장실에는 "불만이 있어야 개선이 된다."는 글귀가 붙어 있었는데. 너는 송파구 도서관들에게 불만이 있다. 그래서 개선의 가능성도 동시에 열려있다. 문제는 당국과 시민의 도서관에 대한 인식과 의지다. 통합적 전문지식과 인성을 갖춘 능력 있는 사서를 임용하고 계급적 관료주의 자리배치를 해체하여 사서들을 시민과 소통하게 해야 도서관이 제 역할을 해낼 수 있을 것이다. 투어를 마치니 어딘지 좀 허전하다.

2017. 1. 18(수).

10년의 강산

요즘 학계, 재계, 정계에서 두각을 나타내고 있는 세대는 50대인 것 같다. 대략 45~60세 사이? 그래서 자네와 비교하면 5~15년 정도 차이가 나지. 하하. 10년 만 젊었어도, 하하. 그럼 10년 전에 자넨 뭐 두각을 나타냈었는가? 아니요, 그냥 평화롭게 잘 살았지요. 그럼 10년 젊다고 뭐가 다르겠는가? 젊으나 늙으나 다 실력, 능력, 활력, 뭐 그런 차이 아니겠는가? 그래요, 맞아요. 하하 다 본인의 실력 나름인가 봐요.

요즘 혼란한 탄핵정국이 지속되면서 능력 있는 40~50대가 수난을 당하고 있다. 권력에 부름을 받은 사람들이다. 신문 방송 뉴스를 보다 보면 정말 마음이 편하지 않다. 권력의 부름을 받지 않은 게 천만 다행이라 생각하는 똑똑한 사람들도 많을 것 같다. 하하. 권력이 정당하고 정직하다면 아무런 문제가 없을 테지만 그러하지 못해 이런 사달이 난 것 같다. 그런데 이 혼란을 수습하는 과정도 국가와 민족을 생각해서 좀 슬기롭게 처리했으면 좋겠다. 여야 어느 정파의 편에도 서지 말고, 오직 나라를 걱정하는 국민의 편에서서 중용의 정치력을 발휘하라.

2017. 1. 19(목).

돼지머리 고사

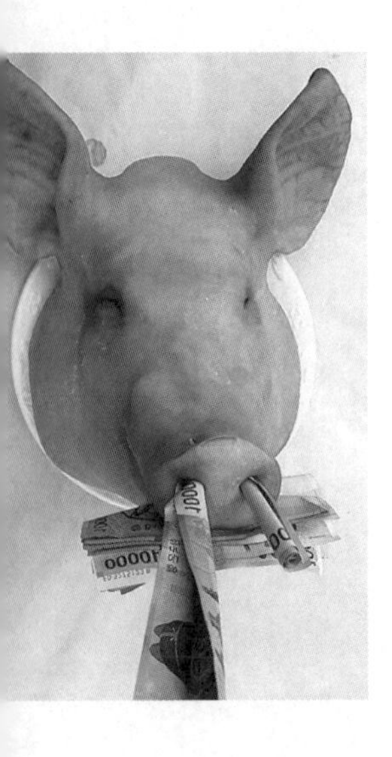

자동차를 사거나 개업을 할 때는 보통 고사를 지낸다. 그리고 고사 제단에는 보통 돼지머리를 놓지. 복을 불러오는 안전한 신에게 고하는 의식이라 전통 민속적 의미는 있어 보이는데, 좀 합리적인 것 같지는 않다. 그래서 오늘 개그를 하나 생각했다.

고사를 지낼 때 돈을 적게 들이는 방법, 그리고 살생을 하지 않고 돈을 아끼는 방법은 돼지머리를 사는 대신 돼지 탈을 쓰든지, 아니면 돼지 같이 복스럽게 생긴 사람이 잠간 돼지머리 놓는 자리에 앉아 있으면 되겠다. 그러면 그 사람의 코에다 만 원 짜리 두 장을 꽂고 절을 한 뒤에 그 돈은 그 사람의 몫으로 한다. 하하. 절도 받고 돈도 벌고 얼마나 좋은 일인가. 하하, 하하.

2017. 1. 19(목).

인성교육

최근 뉴스에 강남 엄마들이 자녀의 인성교육을 위해 청학동이나 안동으로 방학동안 유학을 보낸다고 나왔다. 그리고 그 학원비는 약 100만 원 정도라고 한다. 야 참 돈이 많기는 많나보네. 강남 맘들.

인성교육은 사람을 사람답게 하는 생활교육인데 그 먼 곳에 가 한 달간 훈장어른 밑에서 한문 좀 배운다고 인성교육이 될까 싶다. 물론 안하는 것보다는 낫겠지만 인성교육을 학원으로 보내는 것은 너무 수학능력시험적 발상으로 보인다.

인성교육은 일상 속에서 실천하는 것이 가장 효과적이라고 본다. 부모와 형제자매들이 함께 생활하는 가운데, 나아가 학교와 사회생활을 하는 가운데, 서로 예절(에티켓;etiquette;good manners)을 지키고 남을 배려하는 습관이 들게 하면 된다. 거기에 인문학적 요소를 가미하여 동서양 고전을 같이 읽고 토론하는 습관을 들이면 더욱 좋을 거고.

인성교육에는 인문학이 필수다. 인문학은 사람됨을 가르치는 학이다. 고리타분하다고 치부하는 삼강오륜 그런 것만이 인문학은 아니다. 옛사람들이 인간답게 살았던 지혜의 말씀들, 동·서양고전을 현대적으로 되새겨 우리 생활에 적용하여 실천하는 것이 인문학이다.

인성교육은 과외공부의 대상이 아니라 포용력을 기르는 평생교육이다. 인성교육을 체화한 사람은 어디가나 사람들을 편하게 한다. 말 한마디 행동 하나하나가 사람답다. 따라서 성적(成績)도 성향(性向)도 자동 업그레이드된다. 성적(性的)으로도 안전하게 될 것이고. 그래서 인성교육은 성교육이다. 하하. 지식은 많아도 성교육이 안 되면 어떻게 되는지 여러 명의 '성 교수'들이 입증한 바 있지. 하하.

2017. 1. 19(목).

눈 설

밤새 눈이 왔다. 아침 창문을 여니 눈이 하얗게 쌓였다. 도로엔 눈이 일부는 녹고 일부는 녹지 않아 미끄러워 보였다. 나뭇가지에 눈꽃이 피었다. 설화, 설화, 설국, 설국. 이 메마른 겨울, 얼마나 보고 싶던 설화인가? 얼마나 그리웠던 설국인가?

예전(한 30년 전)에 비해 요즘은 눈도 비도 드물고 귀하다. 비올 땐 비가 와야 하고, 눈 올 땐 눈이 와야 온 생명이 잘 사는데 대지도 인심도 메말라가고 있다. 강우량과 강설량이 적으면 신농씨를 괴롭히고, 복희씨를 힘들게 하지. 21세기에 왜 이럴까? 이 무슨 섭리일까? 몰디브는 문자 그대로 침몰되어 간다고 하는데…. 아이 참.

탄핵정국에 텔레비전을 켜 보니 오늘도 실망이다. 단 눈(sweet snow)이 왔는데, 반갑다고는 안 하고, 폭설도 아닌데 폭설이라 하고, 눈 피해를 조심하라고만 했지, 단 눈이 내려 해갈에 도움이 된다고는 말하지 않았다. 혜택은 안 보이고 피해만 보이는 사람들의 불공정 심리가 고스란히 느껴진다. 결국 누구를 위한 눈이며 누구를 위한 정치인가? 왜 언론은 현상을 바로 보지 못 하는가?

눈 내린 아침, 유여붕등자근방래(有女朋等自近方來). 자발적 도서관 건전시민 네 분이 인문학도서관에 놀러왔다. 적막하던 스터디 룸에 사람 소리가 났다. 눈과 함께 조금은 포근한 마음으로 시민대학 프로그램 팸플릿을 함께 예쁘게 접어 인근 아파트단지에 돌렸다. 오늘 하루 설국은 즐거웠다.

2017. 1. 20(금).

연유

가락시장 마트에 가기 전까지 너는 연유가 무엇인지 연유를 몰랐다. 커피믹스가 동이 났기에, 전에 사다 논 병 커피를 타 먹으려고, 마트에 가서 분유코너를 기웃거리는 데, 연유라는 제품이 눈에 띄었다. 그래서 연유 병을 들고 깨알 같은 설명서를 들여다보니 커피에 타서 먹으면 좋다고 했다.

옳지, 바로 이거구나. 장바구니에 담았다. 누룽지와 김자반도 담았다. 누룽지는 아침 식사, 김자반은 반찬, 연유는 모닝커피에 어울릴 것 같다. 하하.

아침에 누룽지를 끓였다. 구수한 숭늉이 옛 맛을 돋운다. 누룽지 숭늉에 김자반을 가끔씩 곁들이니 맛이 더욱 좋았다. 간단(simple)하지만 융숭한 아침식사(breakfast) 하하. 남은 숭늉을 마신 후 이젠 모닝 커피차례, 새하얀 커피 잔에 커피와 각설탕을 넣고 끓는 물을 부은 후 연유를 찔끔 짜 넣고 차 스푼을 휘휘 돌렸다.

어디 보자, 한 모금. 짭짭. 오우, 새로운 맛, 부드럽고 순한 맛이다. 연유도 모르고 산 연유지만 사기 참 잘했네. 그런데 한 가지 궁금증이 생겼다. 분유는 좀 오래 보관해도 될 것 같은데 연유는 얼마나 보관할 수 있을까? 혹시 액체라 방부제가 더 많이 들어있지는 않을까? 내일 점원에게 물어봐야겠다.

2017. 1. 21(토).

천천히 달리기

요즘 너는 걷기운동을 조금 강화하여 조깅을 하고 있다. 너의 경우 조깅은 아침에 달리기 운동을 하는 것으로 착각하기 쉬운데 그것은 조라는 글자를 아침 조(朝)자로 연상해서 그럴 것이다. 조깅을 사전에 찾아보니, "조깅 jogging : 건강을 유지하기 위해 자기의 몸에 알맞은 속도로 천천히 달리는 운동"이라고 나온다. 즉 조깅은 영어가 우리말로 익은 것이다. 그러니 네가 시도 때도 없이 나가서 슬슬 달리는 것은 정확하게 조깅이다.

12시 20분에 집을 나섰다. 잠실 거리에 가서 사람 구경도 하고 책도 구경하고, 하하. 오늘 염두에 둔 책은 『인포메이션』인데 엊그제 나온 번역 신간이다. 버스에서 내려 조깅을 했다. 사람이 많은 곳에서는 그냥 활보를 했다. 햄버거를 사서 고기와 야채만 쏙 빼 먹은 다음 교보문고로 진입해 그 책을 찾아보니 정보사회론 강의에 참고는 될 것 같은데 책값이 좀 비싸 다시 내려놓고, 하하. 『현대 정보사회이론』이라는 책이 있어 살펴보니 정보사회이론을 교재처럼 정리한 책이다. 2016년 나남(나와 남)에서 출판되었는데, 역시 비싸 내려놓고 책방에서 나왔다. 공공도서관에 기댈 생각이지. 8호선 전철역으로 다시 조깅해 열차를 탔다.

열차엔 너처럼 할 일 없이 돌아다니는 실버들이 많았다. 너도 현생인류답게 스마트폰을 꺼내 눈을 굴리다가 가락에서 내려 건너말 언덕을 달렸다.

너는 결국 책 사러 나갔다가 책을 안 샀다. 절약을 했으니 참 잘했지. 조깅도 좀 했으니 더욱 잘했지. 사람도 많이 구경했으니 너도 잘 살아 있음을 알았고, 잘했군, 잘했군, 잘했어. 이것이 2017년 1월 22일의 서울 잠실사회의 한 단면이지 뭐, 다큐 소설, 하하. 갈증이 나기에 칼슘두유를 하나 마셨다. 두유 노우 두유?

2017. 1. 22(일).

참깨, 들깨, 아주까리

참깨 들깨 노는데 아주까리는 못 노나? 예전에 어른들이 생활의 고뇌 속에서 자주 부르던 노래가 오늘 떠올랐다. 아마 일종의 노동요였을까, 땡볕에서 일하며 가난 속에서도 평등을 염원한 자조 섞인 한탄의 노래였을까? 어제 EBS에서 본, 한국에 남편을 노동자로 보낸 동티모르 아줌마와 아이들의 가난한 생활모습이 겹쳐 떠올라 눈물이 나려 했다. 가난하지만 순박하고 순진한 사람들, 예전에 우리도 그랬었는데. 서로 돕고 다독여주고 같이 울고 웃으며 지냈던 평화의 추억, 그게 어느 새 추억이 되어버렸네.

너는 지난 주 200여 년 전 추사선생이 써 놓으신 '大烹豆腐瓜薑菜(대팽두부과강채)'라는 작품을 본 후 콩 음식을 더 챙겨 먹기로 했었다. 그래서 저렴한 식당이 문을 닫은 일요일 오늘, 바야흐로 가락동 전주순두주집에 가서 들깨순두부를 먹었다. 값은 약간 비싸지만 들깨 맛이 좋은 음식이다. 쌀밥은 덜먹고 들깨 맛 순두부와 야채는 거의 다 먹고, 귀가 길에 옛 과자 맛동산을 사가지고 왔다.

의식주, 예나 지금이나 먹고사는 문제는 참 중요하다. 그래서 이 문제를 해결하기 위하여 일자리, 일자리, 누구나 일자리를 찾는다. 그런데 오늘의 문명사회 속에서도 일자리는 찾기가 쉽지 않아 백수들이 거리를 떠돌아다니고 있다. 청춘 백수, 중년 백수, 실버 백수, 일자리를 찾아 헤매느라 더 힘든, 기진맥진(氣盡脈盡)한 백수들, 그래서 "백수가 과로사 한다."는 말까지 나왔다.

경제선진국의 문턱에서 대한민국은 지난 가을 감기몸살에 걸려버렸다. 정치, 경제, 사회, 노동계가 다 조류 아닌 조류독감에 걸렸다. 아마 머리글자(initial)가 같다고 인공지능(AI)과 조류독감(AI)이 같은 줄 아는 모양이지. 이런 전염병이 창궐하는 와중에 서로 상대방을 살 처분 하겠다며 싸우느라 구덩이를 더 깊게 파 들어가고 있다. 비난, 욕설, 모독, 정치부대나 댓글부대나 수준은 거기서 거기 같다. 이제 참깨 들깨 아주까리 피마자 다 분수를 찾을 때가 됐다. 미국, 중국, 일본, 북한이 서울의 깽판을 넘보고 있다. 두렵지 않은가?

2017. 1. 22(일).

옛 동산, 맛 동산

"내 놀던 옛 동산에 오늘 와 다시 서니 산천의구란 말
옛 시인의 허사로고, 예 섰던 그 큰 소나무 베어지고 없구료.
지팡이 도로 짚고, 산기슭 돌아서니 어느 해 풍우엔지 사태나
무너지고 그 흙에 새 솔 나서, 키를 재려 하는 구료."

중학교 때 배운 우리 가곡이다. 그 땐 그 노래가 이상했는데 나이 들어 고향이 멀어지고 잘 가지도 못하니 그 노래를 목청껏 부르고 싶을 때가 있다. 그런데 네가 아주 가까이 갈 수 있는 동산이 있으니 바로 맛 동산이라는 거다. 맛 동산은 봉지에 들어 있어 네가 슈퍼에 가서 데려올 수 있는 동산이다. 하하. 맛 동산도 예전 1970년대부터 있었다. 당시의 라디오 광고에는 "땅콩으로 버무린 튀김과자, 해태 맛 동산"하고 경쾌한 시엠송(CM song: commercial message song)으로 나왔었다. 하하.

오늘 맛 동산 한 봉지를 샀다. 동지섣달 긴긴밤에 맛 동산을

깨물며 옛 동산을 그리워한다. 학교 뒤에 있던 '계룡의 달걀'이라 부르던 중봉산도 그립고, 이성계가 왔다가서 임금마을이라 불렀던 우적동(禹跡洞), 너의 그 집 앞 느티나무, 동네 사람이 너희 집을 헐값에 사서 목기장사에게 팔아먹어 베어져나간 그 우람한 느티나무도 그립다. 사람이 과거 지향적이면 안 된다는데, 그래 내일부터는 미래로 가자. 하하.

2017. 1. 22(일).

나는 너를 고소한다

我 告訴 你. 중국말이다. 나는 너를 고소한다, 가 아니라 너에게 알린다, 라는 뜻이란다. 중국어는 한국어와 단어가 같아도 뜻이 다른 경우가 많다. 중국어로 先生은 선생이 아니라 그냥 아무개 씨, 진짜 선생은 老師라네. 중국에서 선생은 좀 늙어야 하나보다. 하하. 학생은 똑 같이 學生인데. 도서관도 똑 같이 圖書館이고.

언어를 살펴보면 참 재미있다. 그래서 언어유희가 가능한가보다. 유머 리더십도 가능하고. 세상에 유머마저 없다면 삭막해서 어떻게 살까? 너는 심심할 땐 유머를 생각하고 대화에도 한 번씩, 강의에도 한 번씩 써먹어본다. 그런데 조심할 것은 유머도 제때에 제대로 써야 한다는 것이다. 유머도 잘만 하면 리더십이 생긴다고 한다. 유머 리더십. 그러나 유머도 때와 장소가 있다는 사실, 이것만은 꼭 기억해두자.

좀 까칠한 사람이 일을 잘하는 경우를 많이 본다. 일을 놓아두고 빈둥거리면 일이 줄어들지 않는다. 까칠하고 독하게 대들어야 진도를 낼 수 있다. 감독자가 까칠하면 직원들이 눈치를 보면서 일을 잘 하지. 감독자가 호인이면 직원들이 느슨하여 일이 더디지. 그래서 조직을 리드하는 사람은 일 할 때 까칠하게 다그쳐야 한다. 하지만 너무 비인간적이면 뒤에서 욕을 먹는다. 그래서 너의 결론은 "일은 까칠하게, 마음은 따뜻하게" 이거다. 경제학의 오래된 명언 '냉철한 머리, 따뜻한 가슴' 그 말과 같다. 오늘 제자가 번역 교정지를 가지고 왔다. 일을 까칠하게 한 표시가 난다. 하하. 이제 좀 더 까칠하게 번역 진도를 내자.

2017. 1. 23(월).

SRT 탑승기

옛 백제 땅 위례에서 시민대학 준비회의를 마치고, 그 영어 도서관에서 제공한 점심을 먹은 후 수서 발 고속철을 탔다. 목적지는 세종시인데, 세종시에 가까운 역은 오송역(五松驛)이다. 오송이라, 소나무가 다섯 그루? 어찌 다섯 그루뿐이겠는가? 더 많았겠지. 지명의 유래가 궁금하다. 오송은 읍 소재지로 청주시에 가까운데 외부 사람들이 잘 모른다고 청주오송역으로 고치자는 의견이 제기되었다고 한다. 수서 발 고속철도는 SRT(Super Rapid Train)라고 부르는데, 한글 이름은 없나보다. 한글 이름 하나 지으면 좋을 듯, 수서에서 오송역까지 요금은 1만 5천 4백 원, 소요시간은 38분이라 한다. 3시 20분차에 오르니 빈자리가 많은데, 그래도 지정석에 앉았다. 좌석 등받이 흰색 머리받침 헝겊에는 'SRT START'라고 새겨져 있다. 그것도 절묘하게 통하네.

캄캄한 터널 속으로 20여분을 달리니 첫 번째 정차역인 지제

역이 나왔다. 지제역(芝制驛)도 처음 들어보는 역명인데 평택 부근이라 한다. 이 역도 평택지제역이라 해야겠군. 하하. 번역 원고 교정지를 보다가 졸다가 몇 줄 읽지도 못했는데 어느새 오송역, 4시다. 와! 빠르긴 빠르다. 고속버스로 1시간 반 걸리는 거리를 절반 이상 단축했다. 새로운 세상에 사는 것만 같다.

좀 있으니 Y형이 산타차를 몰고 나오셨다. Y형의 운전 솜씨는 좀 비합리적이다. 하하. 거기서부터 20분을 달려 세종 정부청사 부근 Y형 댁에 도착했다. 형수님도 또 다른 친구 분도 보잘 것 없는 너를 반겨주시는데 바로 저녁식사로 연결됐다. 너는 먹고 싶어도 제대로 못해먹는 잡채, 파김치, 돼지고기 수육, 보쌈김치, 알타리무김치, 거기다 너는 몰랐던 국순당 소주까지 화기애애한 대화와 함께 밤 10시간이 마치 SRT처럼 달려갔다.

깨어보니 다음날 오전 10시, 또 맛있고 부드러운 미역 떡국이 나왔다. 커피를 안 주시기에 코리아노를 한잔 주문해 마신 다음 너는 Y형에게 역사고고학적 제안을 했다. 우리 같이 공주박물관에 가보면 어떨까요? 세분의 판관은 너의 제안을 곧바로 용인했다. 정당성이 인정되었나보다. 정오를 넘기고 Y형의 차에 모두 탔다. 너는 코너링 이야기를 꺼냈다. Y형의 코너링은 어떤 때는 좋으나 어떤 때는 불합격 수준, 배심원들의 의견이 일치된다.

공주박물관에는 작년인가 너 혼자 와 본적이 있는데 이제와 다시 보니 절반을 막아놓고 공사 중이어서 나머지 절반만 관람을 했다. 국립박물관은 입장료가 없어 좋다. 관람의 속도는 관람객에 따라 다르다. 여성분들은 빨리빨리 남성분들은 다소 느렸다. 백제의 예술과 풍류도 대단했었나 보다. 술병을 저렇게 예쁘게 빚어서 멋과 맛을 즐기고 금 귀걸이로 장식을 하고, 하하, 그런데 숟가락은 왜 저리 클까? 백제인의 입이 컷을 지도 모르지.

관람을 끝내고 너는 또 제안을 했다. 어디 맛 집 식당에 가서 식사하고 가시자고, 그랬더니 오송역에 가까운 매운탕 집으로 안내하셨다. 식당 이름은 “용뎅이매운탕” 하하. 용뎅이가 뭐야 용뎅이가. 용의 궁뎅이? 마을 이름일지도 모르지. 감이 잘 안 오는데 메기매운탕 전문 집이라 했다. 용봉탕이 아니라서 안심, 언어유희 전문가인 너는 ‘메기의 추억’을 연상하며 4인분을 시키려는 데 경험자인 Y형이 3인분을 시켰다. 분량이 많다는 것이다. 매운탕이지만 그리 맵지 않고 뜨거운데도 시원한 국물. 새로운 맛이네. 그 집 전화는 044-864-9068, 맛있어서 알려드린다. 하하.

다시 오송역에서 한 시간을 기다린 다음 수서행 SRT를 탔다. 수서역서 3호선 전철을 타고 경찰병원역서 내려 걷기운동. 그런데 이틀 동안 화장실에 가지 않고 먹기만 했더니 아래쪽에서 내려오려 한다. 엉거주춤 걸음을 재촉하는데 집에까지는 도저히 못 버티겠다. 가까스로 비데 없는 공원 화장실에 들러 해우, 하하. 온 몸이 가볍다.

2017. 1. 26(목).

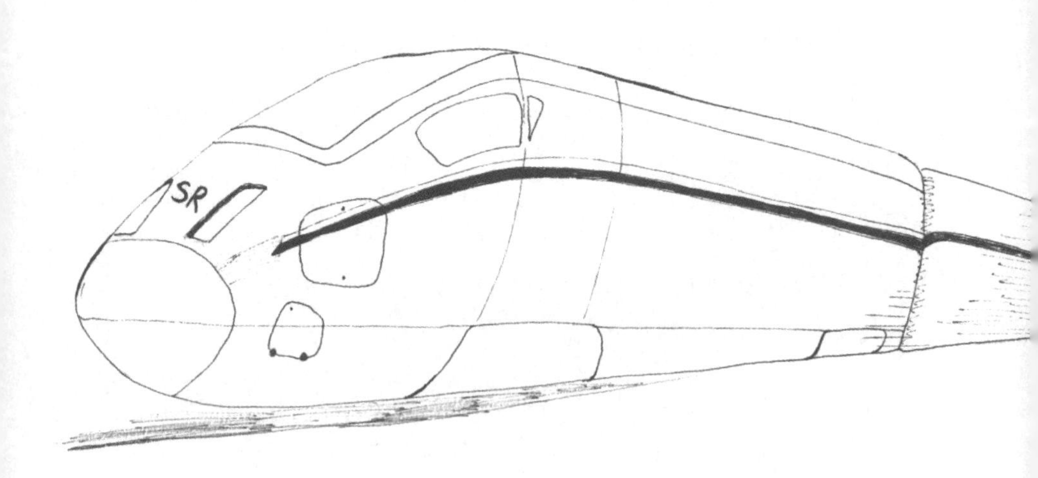

기쁜 말씀

기쁜 말씀이 기독의 복음만은 아니다. 항간에도 얼마든지 기쁜 말씀을 들을 수 있고, 만들 수 있고, 엮을 수 있다. 할 수 있다! 할 수 있다! 설이 다가오니 기쁜 말씀을 많이 듣는다. 건강하세요, 건강을 챙기세요, 더욱 건강하세요, 복 많이 받으세요. 나이가 더 드는데 더욱 건강할 수는 없겠지만 그래도 듣기는 좋다. 복은 제가 일한 만큼 받겠지만 복을 많이 받으라는 말씀도 기쁘다.

우연히 너의 도서관에서 책꽂이를 두리번거리다가 『悅話 2005년 판』이라는 책을 꺼내보았다. 기쁠 열, 말씀 화, 기쁜 말씀, 그 의미가 참 좋다. 悅話(열화)는 이퇴계 진성이씨 문중에서 발간하는 연간 잡지였다. 어린이의 일기도 있고, 그 문중 소속의 다양한 연령대에서 글을 지어 만드는 잡지인가보다. 그런데 편집자의 후기를 보니 원고모집도 어렵고 편집을 도와주는 사람도 없는 모양이었다. 그렇지, 어디서나 책을 만들 때는 편집자가 거의 모든 걸 다 하게 되어있지. 하하.

너도 한전 서울연수원에서 『서울연수원 35년사』를 편집할 때 혼자 밤을 새며 고생한 적이 있지. 하하. 더구나 공조직에서는 하라면 해야 하니 별도리가 없지. 초과근무, 야간근무가 수시로 노동법을 위반하고. 하하. 그래도 해 놓고 나면 보람은 있지. 할 이야기도 있고, 그런 게 연습이 되어서 글도 늘고 말도 늘지.

우리는 되도록이면 기쁜 말씀을 창출하고, 출판하고, 방송하면 좋겠어. 서로 비방하고, 비난하고, 무슨 패러디 나체사진을 악의적으로 국회에 전시하고, 입에 담기 힘든 욕을 하고, 이건 기쁜 말씀이 아니지. 아무리 정적이 잘못을 했어도 좀 대승적, 합리적으로 멋지게 해결할 수는 없을까? 이번 설 연휴를 슬기롭게 보내고 이 땅에 새봄이 오면 정말 좋은, 기쁜 말씀을 전할 수 있기를 고대하겠어. 국민의 열화(熱火)와 같은 박수를 받으며 열화(悅話)를 말하고 열화를 실천하는 새로운 지도자가 나오기를 빌겠어. 오늘이 작은 설날이네. 까치, 까치, 설날, 까치야, 예전처럼 우리에게 기쁜 소식을 좀 전해주렴.

2017. 1. 27(금).

꼰대란 무엇인가

꼰대가 무엇인지 생각해 본다. 하하. 꼰대, 네가 꼰대라면 꼰대를 잘 설명할 수 없을 터인데, 일단 너는 꼰대가 아니라고 가정하고 꼰대를 생각해보기로 하겠다. 이것이 본 글의 緒論이다.

꼰대의 국어 사전적 정의는 다음 3가지다.

1. 학생들의 은어로, '선생(先生)'을 이르는 말
2. 학생들의 은어로, '아버지'를 이르는 말
3. 학생들의 은어로, '늙은이'를 이르는 말

그렇다면 선생, 아버지, 늙은이이므로 대개는 나이가 많은 사람인 셈이다. 그런데 이 사전적 정의는 실제와 맞지 않음을 지적할 수밖에 없다. 나이가 많아도 소통을 잘하고, 합리적이고, 민주적이고, 인간적인 사람을 꼰대라고 하지는 못할 것이기 때문이다. 네가 생각하기에 고집불통으로, 제고집대로만 하고 한 발짝도 양보하지 않고, 물러서지 않는 사람이 꼰대다. 그래서 너는 꼰대는 나이와는 상관이 없다고 생각한다.

예를 들어 김형석 교수님은 97세라도 꼰대라고 할 수 없다. 세상을 훤히 꿰뚫어 보시고 사람들에게 어떻게 사는 것이 좋은지 본인의 경험을 섞어 행복의 메시지를 주신다. 선생도 학생과 대화를 잘하는 선생님은 꼰대가 아니다. 인성교육 수기 『그 아이만의 단 한사람』이라는 책을 쓴 선생님은 꼰대일 수 없다. 나이가 많지 않아서도 그렇지만 학생들의 편에 서서 학생들을 도와주는 눈물 많은 선생님이기 때문이다. 아버지라도 자녀들의 의견을 들어주고, 존중하고, 협력하고, 본인의 모든 것을 아낌없이 다 주는 그런 아버지는 꼰대라고 할 수 없다. 명절 때는 칭찬의 말, 기쁨을 주는 말만 하고, 아들 집에 가더라도 하룻밤만 자고 바로 제자리로 돌아가는 오뚝이 같은 아버지는 꼰대가 아니다. 꼭 자네 이야기 하는 것 같지만, 하하하.

그런데 젊은 사람들도, 그리고 진보라고 하는 사람들도 대화가 통하지 않는 사람, 자기주장만 고집하는 사람, 다른 사람과 타협할 줄 모르는 사람, 국리민복을 모르고 정권만 쥐려는 그런 사람들은 꼰대라고 보아야 한다. 또한 종교의 교주라고 자칭하는 사람, 젊은이들도 자기 고집대로만 하고 선생, 교수, 부모의 말을 무시하는 사람, 이런 사람들은 꼰대라고 보아야 할 것이다.

결론적으로 꼰대란 연령 기준이라기보다 행동기준, 대화기준, 인격기준이라는 것이다. 늙은 사람이 꼰대가 많기는 하지만 젊은 꼰대도 많다. 어당 사람들이 꼰대가 많지만 야당 사람들도 꼰대가 참 많아 보인다. 꼰대와 줏대는 다르다. 줏대 있게 행동하되 꼰대는 벗어나자. 하하.

2017. 1. 27(금).

The Purpose of Humanities

Man must be a man for the Man. In other words, Ladies and gentleman must be ladies and gentleman for ladies and gentleman. President must be a inter-leader for the People. Professor must be a inter-educator for the People. Librarian must be a inter-civil servant for the Civilization. Humanities for the people, by the people, of the people shall not perish from the Universe.

사람은 사람을 위한 사람이 되어야 한다. 다시 말하면 신사숙녀는 신사 숙녀를 위한 신사숙녀가 되어야 한다. 대통령은 국민을 위한 소통의 지도자가 되어야 한다. 교수는 시민을 위한 상호 교육자가 되어야 한다. 사서는 문명을 위한 시민의 상호 봉사자가 되어야 한다. 인간을 위한, 인간에 의한, 인간의 인문학은 세상에서 결코 사라지지 않을 것이다(결론은 링컨의 게티즈버그 연설을 좀 원용했음).

2017. 1. 28(토) 설날.

국어가 힘들어질 때

오늘 문정 로데오거리를 거닐다가 마주 오는 한 청춘 남녀의 대화를 무심코 들었다. 여성의 소리가 커서 저절로 듣지 않을 수 없었다.

“존나, 장난식도 아니구 진지빨 보여!”

여성의 입에서 나온 말이라고는 믿기지 않았다. 우선 여성의 입에서 ‘존나’가 뚜렷하게 나왔을 뿐 아니라 뒤에 나오는 말뜻은 전혀 알 수 없었다. 물론 토막말을 듣고 그 의미를 완벽하게 파악하기는 어렵다. 하지만 우리가 우리인 이상 토막말이라도 그 대강의 뜻은 저절로 알게 되어 있는데. 그런데 ‘존나’ 이외에는 의미를 전혀 알 수 없었다. 그래서 10분 정도 곰곰 생각하다보니 대략 이런 뜻 같았다.

(누구를 만나 대화를 하는데) “아주 장난치는 식은 아니고, 진지한

것처럼 보였어."

하지만 아직 확신은 안 선다. 요즘 들어 젊은 분들과 대화를 하다보면 구세대들이 알아듣지 못하는 말이 점점 늘어나고 있음을 느낀다. 우선 외국어를 섞어서 많이 쓰고, 약자, 은어, 신조어를 많이 쓴다. 그래서 잘 몰라서 물어보면 당사자도 그 어원은 잘 모르는 경우가 많다.

세월이 가면 언어는 변하게 되어 있다지만 오늘날 우리 사회의 언어 변화는 너무 혼란스럽다. 너는 그래도 날마다 신문을 보고, 방송을 시청하고, 책을 읽고, 학교에서 젊은이들을 만나 소통을 하고, 이렇게 젊게 사는 편이라고 생각하고 있는데, 우리말로 인해 가끔 불편을 느낀다. 언어가 변하더라도 품위는 좀 유지해야 할 텐데. 너무 막나가는 것 같아서 씁쓸하고 걱정도 된다. 종교와 종교인이 다르듯이 국어와 국어사용자도 다른가보다.

너의 생각에 의하면 종교는 품위가 있어도 종교인이 품위가 없으면 종교의 품위도 덩달아 떨어진다. 마찬가지로 국어는 품위가 있어도 국어사용자가 품위가 없으면 국어의 품위도 덩달아 떨어질 것이다. 언어교육은 인성교육이다. 개혁이 필요하다.

2017. 1. 28(토).

관심과 방심

설날 모처럼 꿈을 꾸었다. 꿈에 축구 경기를 관람했는데 남녀 혼성경기였다. 선수들이 공을 참 잘 몰고 다녔는데, 한 여자선수가 공을 몰고 골 대 바로 앞에 이르렀다. 그 때 골키퍼가 나오자 안 되겠다 싶었는지 주춤했다. 그러자 골키퍼도 순간 볼을 방치했다. 그러자 주춤거리던 그 선수가 공을 살짝 골문으로 밀어 넣었다. 꿈이라 그런지 두 번이나 그랬다. 그래서 관전하던 너는 "그러게 방심하면 안 되지."하고 중얼거리는데 꿈을 깼다.

맞아. 방심하면 안 되지. 설 연휴랍시고 하던 일을 멈추고 있었더니 꿈에서 현몽을 한 것 같다. 그러면서 관심의 중요성을 다시 한 번 떠올렸다. 관심을 놓으면 방심이 된다. 다 마음의 문제다. 마음을 성실하게 운행하는 게 관심이다. 모든 일은 관심으로 파종하고 관심으로 수확한다. 관심의 대상은 사람에 따라 다르지만 크게는 우리 삶의 환경인 인간, 시간, 공간이다.

말하자면 삼간집이다. 명절 연휴에 잘 쉬되 삶을 방심하지 말라는 네 꿈의 교훈, 이 정도는 프로이트가 아니라도 잘 해석할 수 있겠다. 하하.

손홍민의 골 소식이 포털에 떴다. 손 선수는 공에 대한 관심의 명인인가보다. 공 팔자를 타고 난 걸까? 엊그제 산『명리 인문학』이나 좀 읽어보고 다시 일을 해야겠다.

2017. 1. 29(일).

도서관은 공간이 아니라 사람이다

요즘 문헌정보학과에 변화가 감지되고 있다. 어떤 대학은 학과 명칭을 바꿨다고 들었다. 변화는 언제나 시대의 발전에 따라 있어 왔고 또 필요한 것이지만 요즘의 문헌정보학 변화는 좀 그 성격이 다른 것 같다.

문헌정보학은 원래 도서관학에서 나왔다. 정보화시대가 전개되면서 도서관은 그 좁은 울타리를 넘어서 정보사회로 그 외연을 확장하지 않을 수 없었다. 그래서 학문의 명칭도 문헌정보학으로 개선됐다. 그런데 그 후에도 문헌정보학은 위상을 제대로 세우지 못했다. 과거의 도서관학과 컴퓨터와 관련된 새로운 정보학 사이의 갈등 속에서 도서관의 본질을 정립하지 못하고 컴퓨터의 보급 활용과 인테리어에만 급급한 양상을 띠었다. 문헌정보학은 분류학도 아니고 컴퓨터학도 아니고 인테리어학도 아닌 어정쩡한, 특별한 전문성이 없는 학문 아닌 학문으로 치부되었다. 다른 분야 전공자들은 문헌정보학을 학문이라고 인정하지 않으려는 현상도 감지되었다. 그런데도 문헌정보학은 커리큘럼을 개선하지 않고 대학에서 그냥 그렇게 안이한 세월만 보내고 있었다.

한국문헌정보학은 다시 살아나야 하고, 다시 살려내야 한다. 이런 일을 할 책임이 있는 사람들은 문헌정보학자들과 기득권을 가진 고위직 사서들이다. 문헌정보학자들은 대학이라는 직장에 안주할 게 아니라 개혁의 길을 선도하고 동참해야 한다. 사서공무원들도 안정된 직장에서 복지부동할 게 아니라 도서관 서비스를 글로벌 시대에 맞게 개혁하고 개선해야 한다. 참 어려운 일이기는 하다. 기존 직장의 안위에서 벗어나는 것은 언제나 어려운 일이다. 너도 마찬가지였다. 기득권의 벽에 눌려 어떠한 제안도 할 수 없었고, 제안을 하더라도 말이 안 된다고 무시당하기 일쑤였다.

모든 학문은 시대에 맞게 변신해야 한다. 과학기술분야가 아니라도 학문은 저마다 새로운 옷으로 갈아입어야 한다. 그 옷은 외형적인 것이라기보다 본질적, 기능적이어야 한다. 도서관의 본질은 인간에 있다. 도서관의 인간은 사서들과 이용자들이다. 이는 문헌정보학에서 누누이 강조해 왔다. 그러나 현실은 개선되지 못했다. 중앙정부, 지방자치단체 할 것 없이 도서관은 시설과 인테리어 일변도였다. 프로그램은 전시효과였다.

그곳에 사람은 관리자 이외에는 없었다. 그래서 전문성도 없는 사람들을 아무나 임시로 쓰면 되었다.

문헌정보학과 도서관 정책 책임자들은 이러한 현실을 하루 빨리 바로잡아야 한다. 동양에도 강하고 서양에도 강한 유능한 전문사서들을 길러 도서관서비스를 사람 중심으로 재편하는 일, 이것이 우리 문헌정보학이 해야 할 최우선의 과제다. 사서는 경영자라야 한다. 사서는 학자라야 한다. 사서는 교육자라야 한다. 사서는 행정 관리자가 아니라 미래를 내다보는 교육 기획경영자이다.

2016. 8. 11(목).

호모 사피엔스 히스토리쿠스

인간은 기록하는 동물이다. 인간은 적자생존의 의미를 잘 아는 것 같다. 하하. 인간의 기록은 그의 이야기들이다. 그래서 히스토리일까? his + story = history. 's' 하나는 공통인수로 생략한다. 하하. 그럼 여성은 서운할 것 같지, 그래서 여성에겐 heritage가 있다. 여성은 문화를 출산하고 문화를 남긴다. 이게 더 위대한 것 같기도 하지. 하하. 이 history와 heritage의 용법은 너의 창안이 아니고 몇 해 전 고려대학교 박물관 현수막에서 보았다. 재미있지. 하하. 그런데 그 의미도 심장하다. 좀 더 상상하면, 역사 이야기를 보려면 도서관과 기록관으로 가고 문화유산을 보려면 전 세계 박물관으로 가라고도 할 수 있다.

인간은 기록한다는 점에서, 세상의 이치를 발견하고 창조한다는 점에서, 그리고 이 모든 사유와 물리를 서로 공유한다는 점에서 위대하다고 자화자찬 할 수 있다. 그래서 현재 지구에 살고 있는 너는 가끔 희열을 느끼고 용기와 자신감을 갖는다.

여행을 가면 반드시 그 지역의 도서관과 박물관에 가보고 기록을 보고 문화를 본다. 그런 재미없이 여행을 하는 사람들을 잘 이해하지 못한다. 며칠 후 제주에 갈 예정이다. 전에 제주에 갔을 때도 국립제주박물관과 우당도서관, 한라도서관을 가보았지만 이번에도 가보고 싶다. 그리고 이번엔 한라산을 꼭 한번 올라가 보고 싶다. 남한 최고의 산 한라산에 가서 새해의 정기를 마음껏 품어오고 싶다. 사소한 일상의 고난을 떨쳐내고 가슴을 열어 우리 시대 새 문명을 구가하고 싶다. 하하.

2017. 1. 29(일).